21 世纪高职高专创新精品规划教材

ASP.NET 程序设计

主 编 严健武 柳 青

中国水利水电出版社
www.waterpub.com.cn

内 容 提 要

本书采用案例教学方式编写，有利于初学者快速掌握 ASP.NET 程序设计的基本知识和方法。全书共 8 章，内容包括 ASP.NET 概述、静态网页设计基础、ASP.NET 程序设计基础、Web 服务器控件、内置对象和数据验证控件、ASP.NET 数据库操作、站点导航与母版页和案例分析（网上教学质量评价系统开发）等。

本书可作为高等职业院校计算机及相关专业程序设计课程的教材，也可作为高等职业院校非计算机专业 ASP.NET 程序设计选修课的教材，还可供有关培训班教学使用。

本书配有电子教案，读者可以从中国水利水电出版社网站和万水书苑免费下载，网址为： http://www.waterpub.com.cn/softdown/和 http://www.wsbookshow.com。

图书在版编目（ＣＩＰ）数据

ASP. NET程序设计 / 严健武，柳青主编. -- 北京：
中国水利水电出版社，2010.1

21世纪高职高专创新精品规划教材
ISBN 978-7-5084-7046-7

Ⅰ. ①A… Ⅱ. ①严… ②柳… Ⅲ. ①主页制作—程序
设计—高等学校：技术学校—教材 Ⅳ. ①TP393.092

中国版本图书馆CIP数据核字(2009)第221624号

策划编辑：杨庆川   责任编辑：张玉玲   加工编辑：胡海家   封面设计：李 佳

书　　名	21世纪高职高专创新精品规划教材 ASP.NET 程序设计
作　　者	主 编 严健武 柳 青
出版发行	中国水利水电出版社 （北京市海淀区玉渊潭南路 1 号 D 座　100038） 网址：www.waterpub.com.cn E-mail: mchannel@263.net（万水） 　　　　 sales@waterpub.com.cn 电话：（010）68367658（营销中心）、82562819（万水）
经　　售	全国各地新华书店和相关出版物销售网点
排　　版	北京万水电子信息有限公司
印　　刷	北京市天竺颖华印刷厂
规　　格	184mm×260mm　16 开本　17.5 印张　429 千字
版　　次	2010 年 1 月第 1 版　2010 年 1 月第 1 次印刷
印　　数	0001—4000 册
定　　价	29.00 元

序

近年来，我国高等职业教育蓬勃发展，为现代化建设培养了大量高素质技能型专门人才，对高等教育大众化作出了重要贡献，顺应了人民群众接受高等教育的强烈需求。高等职业教育作为高等教育发展中的一个类型，肩负着培养面向生产、建设、服务和管理第一线需要的高技能人才的使命，在我国加快推进社会主义现代化建设进程中具有不可替代的作用。随着我国走新型工业化道路、建设社会主义新农村和创新型国家对高技能人才要求的不断提高，高等职业教育既面临着极好的发展机遇，也面临着严峻的挑战。

教材建设是整个高职高专院校教育教学工作的重要组成部分，高质量的教材是培养高质量人才的基本保证，高职高专教材作为体现高职高专教育特色的知识载体和教学的基本工具，直接关系到高职高专教育能否为一线岗位培养符合要求的高技术性人才。中国水利水电出版社本着为高校教育服务，为师生提供高品质教材的原则，按照教育部《关于全面提高高等职业教育教学质量的若干意见》的要求，在全国数百所高职高专院校中遴选了一批具有丰富的教学经验、较高的工程实践能力的学科带头人和骨干教师，成立了高职高专教材建设编委会。编委会成员经过几个月的广泛调研，了解各高职院校教学改革和企业对人才需求的情况，探讨、研究课程体系建设和课程设置，达成共识，组织编写了本套"21世纪高职高专创新精品规划教材"。

本套教材的特点如下：

1．面向高职高专教育，将专业培养目标分解落实于各门课程的技术应用能力要求，建立课程的技术、技能体系，将理论知识贯穿于其中，并融"教、学、做"为一体，强化学生的能力培养。

2．理论知识的讲解以基础知识和基本理论"必需、够用"为原则，在保证达到高等教育水平的基础上，注重基本概念和基本方法讲解的科学性、准确性和正确性，把重点放在概念、方法和结论的阐释和实际应用上，推导过程力求简洁明了。

3．在教材中按照技术、技能要求的难易和熟练程度，选择恰当的训练形式和内容，形成训练体系；确定实训项目，并将实训内容体现在教材中。对于单独设置实训的课程，我们将实训分成基础实训和综合实训两个部分。综合实训中重点体现了工学结合的原则，提高学生的社会实践能力。

4．在编写方式上引入案例教学和启发式教学方法，采用以实际应用引出的问题为背景来设计和组织内容，增强了教材的可读性和可操作性，激发学生的学习兴趣，使知识点更容易理解掌握，从而使学生能够真正地掌握相关技术，为以后的就业打好基础。

5．教材内容力求体现经济社会发展对应用技术的新要求和新趋势，将新兴的高新技术、复合技术等引进教材，并在教材中提出了一些引导技术发展的新问题，以期引起思考和讨论，有利于培养学生技术应用中的创新精神和能力。

6．大部分教材都配有电子教案和相关教学资源，以使教材向多元化、多媒体化发展，满足广大教师教学工作的需要。电子教案使用 PowerPoint 制作，教师可根据授课情况任意修改。相关教案和资源可以从中国水利水电出版社网站 www.waterpub.com.cn 下载。

本套教材凝聚了众多奋斗在高等职业教育教学、科研第一线的教师和科研人员多年的教学经验和智慧，教材内容选取新颖、实用，层次清晰，结构合理，概念清晰，通俗易懂，可读性和实用性强。本套教材适用于高职高专院校，也可作为社会各类培训班用书和自学参考用书。

　　我们期待广大读者对本套教材提出宝贵意见和建议，以便进一步修订，使该套教材不断完善。

21 世纪高职高专创新精品规划教材编委会

2008 年 4 月

前　　言

    ASP.NET 是 Microsoft 推出的 Visual Studio .NET 开发平台中的一种面向对象的网页设计工具，采用面向对象的、可视化的编程技术，结合事件驱动的模块设计，使网页设计变得轻松快捷，得到广泛的应用。

    本教材的编写采用案例教学方式。通过案例引导，结合基础知识、基本技能和技巧的学习，并配以可供学生拓展知识、提高创造力的习题，既巩固所学知识，又扩展了学生的思路，帮助学生掌握 ASP.NET 程序设计的基本知识和方法，加强对自学能力、创新能力的培养。教材中结合案例讲解设计方法，结合大量的代码注释，帮助读者明确 ASP.NET 程序设计的思想和方法。针对初学者的特点，在编排上注意由简到繁、由浅入深、循序渐进的特点，力求通俗易懂、简洁实用。

    本书共分 8 章，内容包括 ASP.NET 概述、静态网页设计基础、ASP.NET 程序设计基础、Web 服务器控件、内置对象和数据验证控件、ASP.NET 数据库操作、站点导航与母版页和案例分析（网上教学质量评价系统开发）等。教材中除介绍 ASP.NET 程序设计基础知识外，还结合案例介绍用 ASP.NET 进行网站开发的方法和技巧，便于初学者学习和掌握。本书注重实际能力的培养，每章给出小结与习题，帮助读者熟练掌握 ASP.NET 程序设计的方法与技巧。

    本书由严健武、柳青任主编，严健武编写了全书的初稿，柳青对全书进行了修改和定稿。

    由于时间仓促及作者水平有限，书中难免有错误和不妥之处，恳请广大读者批评指正。

编　者

2009 年 10 月

目　　录

第1章 初步认识 Web 应用程序

本章导读

本章介绍动态网页与静态网页的基本概念和执行过程以及当前流行的动态网页开发技术，还对 ASP.NET 开发环境的安装和配置作了详细介绍。最后，分别用记事本和 Microsoft Visual Studio 创建和运行了第一个 ASP.NET 网页。

1.1　动态网页设计概述

1.1.1　静态网页与动态网页

HTML（Hypertext Markup Language，超文本链接语言）是网页的基础语言，由一系列特定的标记所组成，这些标记用于说明如何在浏览器（如 IE、Firefox 等）中呈现文字格式、图片、声音以及文件之间的链接关系。完全由 HTML 标记元素构成的文件，不会因时因地发生变化，任何人在任何时候请求读取该文件时，在浏览器中看到的内容都完全一致。因此，完全由 HTML 标记构成、没有程序代码的 HTML 网页文件又称为"静态网页"文件。

要使网页内容产生动态变化，必须通过编写程序代码来实现。在 HTML 中嵌入程序代码，实现网页动态变化的网页称之为"动态网页"。动态网页仍然以 HTML 语言为基础，由服务器端执行代码并将执行结果转换为静态网页形式，传输到客户端，由客户端浏览器解释执行。

1.1.2　流行的动态网页技术

1. 当前流行的动态网页技术

（1）ASP。ASP（Active Server Pages）是 Microsoft 公司 1996 年 11 月推出的动态网页开发技术，使用 VBScript 或 JScript 作为脚本语言嵌入到 HTML 中，并以.asp 为后缀名保存的动态网页文件。常用的可视化开发工具具有 FrontPage、Dreamweaver 等。一般在 Windows 操作系统下，使用 IIS（Internet Information Server 互联网信息服务器）作为 Web 服务器，结合 Access 或 SQL Server 数据库进行动态网页的开发。

（2）JSP。JSP （Java Server Pages）是 Sun Microsystems 公司倡导、许多公司参与一起建立的一种动态网页技术标准。JSP 技术使用 Java 程序片段（Scriptlet）和 JSP 标记（tag），嵌入到 HTML 中，并以.jsp 为后缀名保存的动态网页文件。JSP 代码首次被请求时编译成 Servlet

并由 Java 虚拟机执行。当前流行的 JSP 可视化开发工具主要有：IBM VisualAge、Borland Jbuilder、Allaire Jrun、NetBeans、Eclipse 等。一般在 Linux 或 UNIX 操作系统下，大中型网站通过搭建 Apache Tomcat 或 IBM WebSphere Application Server 作为 Web 服务器，采用 Oracle、MySQL、Sybase、DB2 等数据库方式进行动态网页开发。

（3）PHP。PHP（Hypertext Pre-processor）中文译为"超文本预处理器"，是一种开放源代码的脚本编程语言，最初只是一套简单的 Perl 脚本，后来用 C 语言重新进行了设计。PHP3之后形成了自己的语法结构，其语法结构与 C 语言相似。目前最新发布版本 PHP4，常用的开发工具有：Zend Studio、ActiveState Komodo、PHPEclipse 及在 Windows 下面使用的 PhpED、PHP designer 等。一般在 Linux 或 UNIX 操作系统下，通过搭建 Apache Web 服务器，采用Oracle、MySQL、Sybase 等数据库方式进行动态网页开发。

（4）ASP.NET。ASP.NET 是 Microsoft 推出的动态网页设计技术，具备 JSP 和 PHP 完全面向对象、基于组件、事件驱动和编译执行的特点，具有页面显示与代码分离易于维护的优点，完全可以利用.Net 架构的强大、安全、高效的平台特性。基于运行时代码托管与验证的安全机制等，为 ASP.NET 带来卓越的性能。对 XML、SOAP、WSDL 等 Internet 标准的强大支持，为 ASP.NET 在异构网络里提供了强大的扩展性。ASP.NET 不是 ASP 简单的升级，可以认为是 ASP 与.NET 技术的组合体。可以使用支持.NET Framework 的任何一种语言进行ASP.NET 动态网页开发，如 C#、VB.NET 等。目前，可以进行 ASP.NET Web 应用程序开发的最方便的可视化开发工具是 Microsoft Visual Studio .NET。当然，也可以使用简单的工具（如记事本）进行程序编写。

2．编程语言的选择

无论采用哪种动态网页设计技术，目标都是接受客户端用户请求后，将 Web 服务器处理的结果传输到客户端浏览器显示。如何选择动态网页技术进行网页开发，初学者经常会感到迷茫。实际上，这取决于初学者掌握的基础知识以及个人偏爱。如，目前在国内大部分个人和企事业单位的计算机上，广泛使用 Windows 操作系统。ASP 和 ASP.NET 具有易学、易用、安装配置简单、使用方便的特点。因此，具有强大功能和无限潜力的 ASP.NET 无疑是个很好的选择。

1.1.3 静态网页与动态网页的执行过程

应用程序通常分为两大类，一类是基于浏览器运行的应用程序，称为 Web 应用程序，即通常所说的"网站"；一类是基于操作系统（如 Windows）运行的应用程序，称为"桌面应用程序"。本书中的应用程序指的 Web 应用程序，即基于.NET Framework 2.0、在 Microsoft Visual Studio 2005 开发环境中用 VB.NET 语言开发的 ASP.NET 网站。

在一个 ASP.NET 网站中，通常包含以 htm 或 html 为后缀名的静态网页文件、以 aspx 为后缀名的动态网页文件。用户在浏览器中向 Web 服务器（在 Windows 操作系统下，通常是Internet 信息服务器，简称 IIS）请求读取静态网页文件时，Web 服务器将把静态网页文件不经处理地发送（下载）到客户端浏览器中；如果客户端浏览器请求以 aspx 为后缀名的动态网页文件时，Web 服务器将执行该类型文件中的程序代码，然后将执行结果转换为静态网页文件内容，发送到客户端浏览器。读取静态网页和动态网页文件的过程如图 1-1 和图 1-2 所示，图中的 xx 为任意文件名。

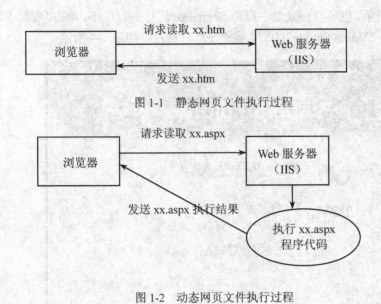

图 1-1 静态网页文件执行过程

图 1-2 动态网页文件执行过程

1.2 安装和配置 ASP.NET 开发和运行环境

要运行 aspx 网页，必须先安装.NET Framework，本书使用的版本为 2.0 版，这也是 Microsoft Visual Studio 2005 默认安装的版本；此外，还必须通过"控制面板"添加 Windows 组件中的"Internet 信息服务组件（IIS）"，即安装和配置 Web 服务器。如果系统中已经安装了 Microsoft Visual Studio 2005，由于 Microsoft Visual Studio 2005 内置了一个小型的 Web 服务器，已经具备了开发和调试运行 ASP.NET 网页的条件，那么就不必安装和配置 Web 服务器。

1.2.1 安装 Microsoft Visual Studio 2005

1. 安装 Microsoft Visual Studio 2005 的环境需求
（1）对操作系统的要求。
1）Windows XP 系列版本：安装 SP2。
2）Windows 2000 系列版本：安装 SP4。
3）Windows 2003 系列版本：安装 SP1。
4）Windows Vista 系统：可以直接安装。
（2）内存要求。最低 192MB；建议 500MB 或以上。
（3）硬盘空间要求。安装驱动器上要有 2GB 可用空间；系统驱动器上要有 1GB 可用空间。
（4）显示器要求。800*600 分辨率及以上。

2. 安装 Microsoft Visual Studio 2005 的操作步骤
（1）启动安装程序。将 Microsoft Visual Studio 2005 光盘放入光盘驱动器后，自动弹出安装界面，如图 1-3 所示。也可以在光盘中双击 Setup.exe 运行安装程序。单击"安装 Visual Studio 2005"链接，弹出"Visual Studio 2005 安装程序"对话框，如图 1-4 所示。

图 1-3　Visual Studio 2005 安装界面

图 1-4　"Visual Studio 2005 安装程序"对话框

（2）接受协议并输入产品密钥。单击"下一步"按钮，弹出"Visual Studio 2005 安装程序—起始页"对话框，如图 1-5 所示。接受许可协议，输入序列号。

（3）选择安装方式。如果硬盘容量足够大，建议选择完全安装，如图 1-6 所示。完全安装包括安装 C#、VC.NET 等基于 .NET 的其他语言和相关模块。这里仅安装 VB.NET 语言及 ASP.NET 开发环境，如图 1-7 所示。单击"安装"按钮，进入安装过程。安装过程的时间长短视系统中已安装组件而不同。

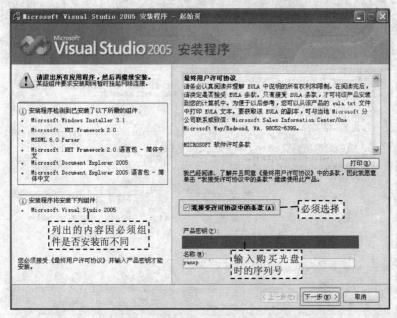

图 1-5 "Visual Studio 2005 安装程序—起始页"对话框

图 1-6 选择安装方式

（4）完成安装。选择完成后，单击"安装"按钮，完成安装，如图 1-8 所示。

（5）安装完成后，在"开始"菜单中找到 Microsoft Visual Studio 2005 程序项。单击 Microsoft Visual Studio 2005 子项，即可打开图 1-9 所示起始环境。

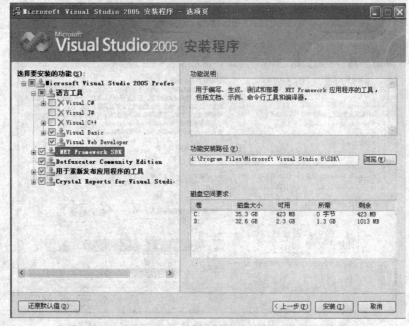

图 1-7　选择安装部件

图 1-8　完成安装

1.2.2　用记事本编写 ASP.NET 页面

安装 Microsoft Visual Studio 2005 后，可以在 Microsoft Visual Studio 2005 的可视化环境下创建 ASP.NET 网页和调试运行。若通过第 3 章学习 ASP.NET 基本语法后，还可以用记事本编写 ASP.NET 网页，并通过 IIS 执行，以便理解 ASP.NET 基本语法。

在 Microsoft Visual Studio 2005 中开发完成的一个 ASP.NET 网站后，最终必须发布到 IIS

主目录中，即通过 IIS 提供 Web 请求服务。IIS 也是网站的真实运行环境。因此，有必要掌握 IIS 的安装和配置。

图 1-9　起始环境

假设已经安装了 Microsoft Visual Studio 2005。以下在 Windows XP SP2 环境下进行 IIS 的安装和配置；如果没有安装 Microsoft Visual Studio 2005，则需要先下载并安装.NET Framework 2.0。

1. 安装 IIS

在控制面板中打开"添加和删除程序"，选择"添加和删除 Windows 组件"，如图 1-10 所示。选择"Internet 信息服务（IIS）"选项，单击"下一步"按钮，直到完成。

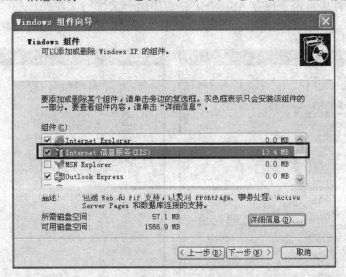

图 1-10　"Windows 组件向导"对话框

2. 配置 IIS

主要是指定 Web 站点的主目录和主文档，主目录即存放网站所有文件的文件夹，对应于 IIS 中一个站点的位置；主文档是网站的主页文件，在浏览器地址栏输入一个网址而不带具体文件名时，IIS 将在指定位置查找默认指定的主文档。

在控制面板中打开"管理工具",将看到"Internet 信息服务"的快捷方式。双击打开"Internet 信息服务"窗口,如图 1-11 所示。用鼠标右击"默认网站",在弹出的快捷菜单中选择"属性"选项,弹出"默认网站 属性"对话框,如图 1-12 所示。

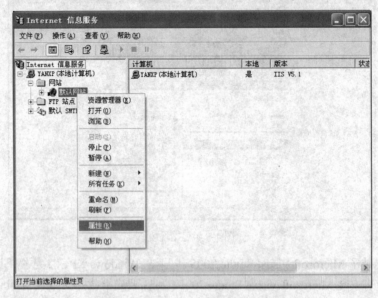

图 1-11   "Internet 信息服务"窗口

选择"主目录"选项卡,在"本地路径"中输入已经存在的文件夹名称(如果不存在,请先建立),该文件夹将用于保存 ASP.NET 站点中所有文件的文件夹。

选择"文档"选项卡,如图 1-13 所示。单击"添加"按钮,添加网站默认的主页文件名。

图 1-12   "默认网站 属性"对话框"主目录"选项卡   图 1-13   "文档"选项卡

安装并配置 IIS 后,需要测试 IIS 是否配置好。可以建立一个最简单的 ASP.NET 网页来测试,方法如下:

(1)打开记事本,输入下面一行代码:

`<% =now() %>`

（2）以 Default.aspx 文件名保存到图 1-12 指定的主目录 D:\AspWeb 文件夹中。

（3）打开浏览器，输入 Http://localhost（localhost 代表本地服务器，或者输入 http://您的电脑名称或http://127.0.0.1，三种方式都代表本地服务器），按回车键。如果能看到图 1-14 所示界面，则配置成功。

图 1-14　测试网站

1.3　第一个 ASP.NET 网页

　　启动 Microsoft Visual Studio 2005，进入 Microsoft Visual Studio 2005 集成开发环境（IDE）。在"文件"菜单中选择"新建网站"选项（见图 1-15），弹出"新建网站"对话框，如图 1-16 所示。按图 1-16 说明选择模板，单击"确定"按钮，进入 Microsoft Visual Studio 2005 集成开发环境，如图 1-17 所示，正式开始第一个 ASP.NET 网站的创建，并自动生成第一个 ASP.NET 网页文件 Default.aspx。

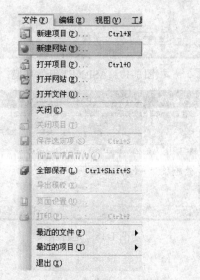

图 1-15　选择"新建网站"选项

　　在设计视图中直接输入文字"这是我的第一个 asp.net 页面"，按 F5 键，自动启动内置的 Web 服务器，并运行 Default.aspx 页面，运行结果如图 1-18 所示。详细的网页设计过程将在第 4 章学习。

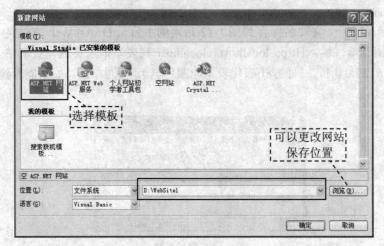

图 1-16　选择网站模板

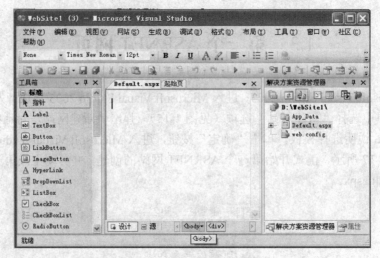

图 1-17　ASP.NET 开发环境

图 1-18　运行结果

1.4　本章小结

本章主要介绍了动态网页的基本概念，以及 ASP.NET 网站的开发和运行环境的安装和配置。当前进行 ASP.NET 开发的最佳可视化环境为 Microsoft Visual Studio，在学习之前，先安装该工具并了解创建 ASP.NET 网站的一般步骤。

习题一

1. 试述动态网页与静态网页执行过程。
2. 试述使用 Microsoft Visual Studio 2005 创建网站的一般步骤。
3. 在本机安装和配置 IIS，如何测试 IIS 是否可以运行 ASP.NET 页面。思考：什么情况下需要使用 IIS？

第 2 章　静态网页设计基础

本章导读

本章介绍了静态网页的基本结构、静态网页中常见的标记和属性，为 Web 程序设计初学者学习 ASP.NET 动态网页设计打下坚实基础。

静态网页文件由 HTML 标记组成，以 htm 或 html 为文件后缀名，又称 HTML 文件。如果在静态网页中嵌入程序代码，并保存后缀名为 asp 或 aspx 的文件，则构成了动态网页文件。动态网页文件内容通过 Web 服务器执行后，将执行结果转换为 HTML 标记组成的内容，输出到浏览器。因此，HTML 标记是网页的基本构成。静态网页可以用记事本编辑，也可以用可视化开发工具自动生成，如 FrontPage 、Dreamweaver 等。静态网页不需要 IIS 支持，建立静态网页文件后，直接双击即可在浏览器中打开。为了熟悉 HTML 标记，建议初学者用记事本演练本章所有范例，以到达熟悉 HTML 标记的目的。

2.1　HTML 文件基本结构

例 2-1　通过一个简单的动态网页文件，理解 HTML 文件的基本结构。

```
<html>
<head><title>HTML 标题</title></head>
<body>
这是网页内容
</body>
</html>
```

代码说明：

（1）静态网页是由标记所组成，标记都是成对出现的。如：<html>…</html>、<head>…</head>等。标记中可以包含其他的标记或内容，但不可以交叉引用。

（2）成对标记中，首先出现的标记称为"首标记"，如：<html>；后出现的标记称为"尾标记"，如：</html>。尾标记是在首标记前带 / 号。

（3）<html>标记表明是一个网页文件，每个静态网页文件都以<html>开始，以</html>标记结束。

（4）<head>表示这是网页文件格式首部，一般包含网页标题标记，如：<title> 。

（5）<title>与</title>标记之间的内容出现在页面的标题栏。

（6）<body></body>之间的内容，是出现在浏览器窗口中的内容。

静态网页可以使用记事本进行编辑。保存时，后缀名为 htm 或 html。保存后，双击即可直接运行。

程序运行结果如图 2-1 所示。

图 2-1 显示效果

任意一个文本文件，将后缀名改为 html 或 html 后，都可以作为静态网页文件在浏览器中打开。这也说明，静态网页的标记很多是可以省略的。如果省略所有标记，则文本内容默认为 Body 标记中的内容。

2.2 标记的使用

为了在浏览器中呈现各种不同的显示页面内容效果，可以对文字、段落加以修饰，或在页面中添加声音和图像，或从一个页面转向另外的页面等。静态网页由大量标记组成，这些标记代表着一定的含义，由浏览器下载到本地并进行解释后，呈现各种绚丽的效果，从而实现超越文本文件的功能。标记可以包含属性，不同的标记有着不同的含义。

2.2.1 Body 标记及其常用属性

例 2-2 产生一个灰色背景和红色字体的页面。

```
<html>
<head>
    <title>灰色页面背景，红色字体</title>
</head>
<body bgcolor ="gray"   text="red" >
这是网页内容
</body>
</html>
```

代码说明：

（1）bgcolor 和 text 称为 body 标记的属性名，分别用于设置页面背景色和字体颜色；gray和 red 分别为其属性值，可以是英文颜色常数，也可以是 16 进制的颜色值，例如，#000000代表黑色，#FFFFFF 代表白色等。用于修饰页面的背景颜色和页面上字体的颜色。

（2）属性包含在首标记中，多个属性以空格隔开。一般属性值带双引号（也可以不带）。

（3）对于 body 标记而言，还可以有其他的标记。例如，在 body 中添加 background 属性：background ="p1.jpg"，可以指定页面背景为网站中的图片，这里指定为与该静态网页文件同一文件夹中的 p1.jpg 文件，该文件在测试时必须存在。

提示 在以下的例子中，为了说明重点，将省略 HTML 文件中基本结构的标记。除非特别说明，所有的标记都放置在<body>与</body>之间

2.2.2　H1 ~ H6 **标记**

例 2-3 显示 H1～H6 标记中文字。

知识准备：

<H1></H1>～<H6></H6>标记可以快速设置标题文字的大小。首尾标记之间包含文字内容，尾标记之后的内容将自动换行。

[代码]

```
<h1>这是 H1 大小</h1>
<h2>这是 H2 大小</h2>
<h3>这是 H3 大小</h3>
<h4>这是 H4 大小</h4>
<h5>这是 H5 大小</h5>
<h6 >这是 H6 大小</h6>
```

程序运行结果如图 2-2 所示。

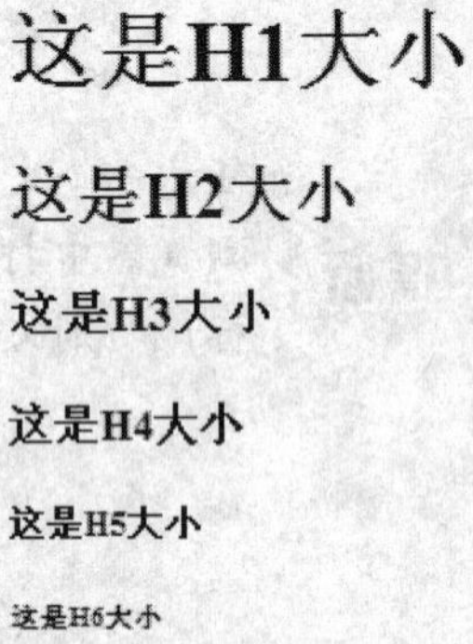

这是H1大小

这是H2大小

这是H3大小

这是H4大小

这是H5大小

这是H6大小

图 2-2　h1～h6 标记效果

2.2.3　**单标记**

例 2-4 单标记的使用。

知识准备：

单标记是指并非成对出现的标记。为了满足 HTML 4.0 的格式，一般单标记在>符号前，加上 / 符号表示标记的结束。

1. 常用单标记

（1）换行标记
与段落标记<p/>。如果要控制文字换行，直接按回车键是不会换行的。在需要换行的内容前加上
标记，可以控制文字的换行。<p/>标记是段落标记，也可以实现内容的换行。与
标记不同，<p/>标记换行的间隔比
换行要大。

（2）水平线标记 <hr/>。用于在页面上显示一条与页面窗口等宽的直线，起到装饰作用。

（3）图片显示标记<img />。<img>标记也是单标记，用于在页面中显示指定的图片文件。该标记必须设置图片文件位置和图片文件名，同时可以设置图片显示的大小。

例如：

```
<img  src="p1.jpg"  width="90%"  height="60px"  alt="照片"/>
```

2. 标记的属性值

（1）Src 属性。指定图片的来源，即文件位置和文件名，可以是 Bmp 文件（由于占用空

间大，很少使用该格式），也可以是 Gif 、Png、Jpg 或其他图形格式文件。其中，文件位置有相对位置和绝对位置。绝对位置指在硬盘中的具体位置，一般网页设计几乎不会使用；相对位置指图片文件相对该网页文件的位置，表示方法（假定在当前网页显示的图片文件为 p1.jpg）如表 2-1 所示。

表 2-1　相对位置描述方法

格式	含义
p1.jpg	图片与该网页同一文件夹中
../p1.jpg	图片在该网页的上一级文件夹中
Images/p1.jpg	Images 文件夹与该网页在同一位置，图片在 images 文件夹中
/p1.jpg	图片在网站的根目录下

（2）Width 属性和 Height 属性。指定图片的宽度和高度。其中，宽度值 90%指定图片按实际宽度 90%大小显示，百分比是相对大小；高度值 60px 为绝对大小。如果不带这两个属性，则图片按原始大小显示。

（3）Alt 属性。显示图片的提示文字。当图片文件不存在时，提示文字将显示在 img 区域。

```
这是第一行<br />
这是第二行<p />
我的照片<hr />
<img src="images/p1.jpg" width="50%" height ="60" border="1"/>
```

程序运行结果如图 2-3 所示。

这是第一行
这是第二行

我的照片

图 2-3　单标记使用效果

2.2.4　块标记

例 2-5　将古诗<<明月光>>每两句分行显示,全诗在页面分别左对齐、居中和右对齐显示。

知识准备：

1. 块标记

块标记又称区域标记，将网页部分连续的内容（如段落）作为块，便于统一设置区域内容的格式（对齐方式、字体样式等）。常见的块标记有 div 和 span 两种。span 标记与 div 标记的不同之处：div 标记后的内容将换行，span 标记后的内容不换行。

2. 标记属性说明

Align 属性：块内文字对齐方式，有三个取值，为 left（左对齐）、center（居中对齐）和 right（右对齐）。

```
<div align="center">窗前明月光，疑是地上霜<br />举头望明月，低头思故乡</div>
<div align="left">窗前明月光，疑是地上霜<br />举头望明月，低头思故乡</div>
<div align="right">窗前明月光，疑是地上霜<br />举头望明月，低头思故乡</div>
```

程序运行结果如图 2-4 所示。

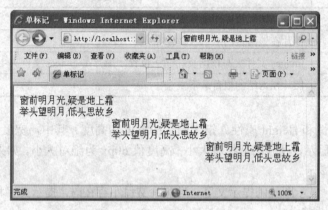

图 2-4　例 2-5 的显示效果

2.2.5　文字样式

例 2-6　文字样式综合应用，显示如图 2-5 的效果。

知识准备：

如果要单独设置个别文字、行、段落的文字显示新字体、大小和颜色，可以在包含的文本前后加上 font 标记。font 标记用来设置其标记内容的字体、字号及字形等。

例如：

```
<font face="黑体" color ="red" size="1" >红色黑体</font>
```

其中：

（1）face 属性：指定字体名称。指定的字体必须在本机上已经安装，否则以默认字体出现。

（2）color 属性：指定显示的颜色。

（3）size 属性：指定显示的字号，取值为 1～7。

如果要显示字形效果，可以在包含的文字前后添加<B>（粗体）、<I>（斜体）和<U>（下划线）标记。如果要添加上标或下标，可以使用<sup>或<sub>标记。

```
<font face="黑体" color ="red"  >红色黑体<b><i>水的分子式:</i></b>H<sub>2</sub>O 和<b><u>X 的平方 X</u></b><sup>2</sup></font>
```

注意　标记可以嵌入其他标记，注意不能交叉包含，如：粗斜体 是错误的。

程序运行结果如图 2-5 所示。

红色黑体水的分子式:H_2O 和 **X的平方**x^2

图 2-5　例 2-6 的效果

2.2.6　表格制作与超链接

例 2-7　使用表格制作网页，网页效果如图 2-6 所示。

产品名称　　　　运动鞋
价格　　　　　　180
产品信息:
黑色
如果购买,请联系....

图 2-6　使用表格显示商品信息的效果

知识准备：

表格在页面内容布局中起到非常重要的作用。几乎任何一个稍微复杂的页面，都至少有一个或一个以上的表格实现版面内容的布局。因此，必须对表格标记非常熟悉。

1．表格标记

表格由行组成，行由一个个的单元格组成。<table>是表格的标记，行的标记为<tr>，单元格的标记为<td>。

一个简单的 2*2 的简单表格，可以用 HTML 标记描述如下：

```
<table border="1">
    <tr>
        <td>11</td>
        <td>12</td>
    </tr>
    <tr>
        <td>21</td>
        <td>22</td>
    </tr>
</table>
```

效果如图 2-7 所示。

11	12
21	22

图 2-7　2*2 的表格

2．table 标记的常用属性

table 标记的常用属性如表 2-2 所示。

表 2-2   表格的常用属性

属性名	描述
border	外边框粗细，取值为大于等于零，如果为 0 则无边框
align	表格在页面对齐方式：取值为：left、center、right
background	表格背景图需要指定背景图文件位置
bgcolor	表格背景颜色
bordercolor	边框颜色
cellpadding	单元格内文字与单元格边距
cellspacing	单元格与单元格之间的距离
width	表格宽度，单位为百分比（随浏览器窗口变化而变化）或绝对值（不随浏览器窗口变化而变化）
height	表格高度，单位为百分比或绝对值

3. 表格标记属性的含义

表格标记属性的含义如图 2-8 所示。

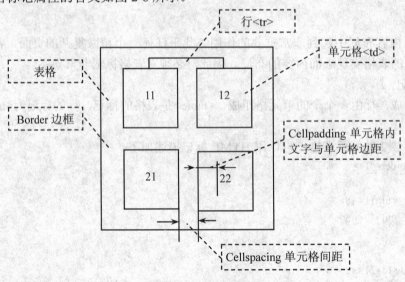

图 2-8   表格部分属性示意

可以对行和单元格单独设置背景色（bgcolor）、水平对齐方式（align）和垂直对齐方式（valign）。行与行、单元格与单元格之间可以合并，单元格内可以添加文本、图片，还可以插入另外的表格。

设计思路：

规划要显示的内容，对内容的安排有粗略的布局。

（1）建立一个 2*2（2 行 2 列）表格，不显示边框（即 border=0）。

（2）将左右两部分行的单元格合并，形成 1*2 表格（也可以直接建立 1*2 表格，这里为了演示如何进行行的合并）。

（3）在左边单元格显示图片。

（4）在右边单元格插入一个 3*2 表格，用于显示商品信息（目的：单独控制文字说明部分的格式）。

（5）将新插入表格的第 3 行进行单元格合并，以显示产品信息（这里演示如何进行列合并）。

设计步骤与代码：

步骤 1：制作 2*2 原始表格如图 2-9 所示，代码如下：

```
table border="0" cellpadding="0" cellspacing="0" width="400px">
    <tr>
        <td >  </td>
        <td >  </td>
    </tr>
    <tr>
        <td > </td>
        <td > </td>
    </tr>
/table>
```

图 2-9　2*2 的表格示意

步骤 2：对上下单元格进行行合并如图 2-10 所示，代码如下：

```
<table border="0" cellpadding="0" cellspacing="0" width="400px">
    <tr>
        <td rowspan="2" >  </td>
        <td rowspan="2" >  </td>
    </tr>
    <tr>
    </tr>
</table>
```

图 2-10　合并后的表格示意

标记说明：rowspan 为行合并属性，是对行进行合并。由于合并了行，第二行已经没有 J，如上面代码中斜体字部分，该行已经没有了单元格，可以删除；如果仅合并了左边的上下行，该行右边还有一个单元格，则该标记内包含一个 td 标记。

步骤 3：在左边单元格显示图片，在右边单元格式插入 3*2 新表格，代码如下：。

```
1        <table border="0" cellpadding="0" cellspacing="0" width="400px">
2            <tr>
3                <td rowspan="2" >
4                    <img src="images/A18.jpg" /></td>
5                <td rowspan="2" >
6                    <table border="0" cellpadding="0" cellspacing="0" >
```

7	**\<tr\>**
8	**\<td \>产品名称\</td\>**
9	**\<td \>运动鞋\</td\>**
10	**\</tr\>**
11	**\<tr\>**
12	**\<td \>价格\</td\>**
13	**\<td \>180\</td\>**
14	**\</tr\>**
15	**\<tr\>**
16	**\<td colspan="2"\>**
17	**产品信息:\<br /\>**
18	**黑色\<br /\>**
19	**如果购买，请联系....**
20	**\</td\>**
21	**\</tr\>**
22	**\</table\>**
23	\</td\>
24	\</tr\>
25	\<tr\>
26	\</tr\>
27	\</table\>

标记说明：

（1）深色背景和粗体字的标记为在新插入的表格标记。

（2）行 4：在单元格中显示图片，图片为 images 文件夹中的 A18.jpg 图片，该图片必须实际存在。

（3）行 7～10：新插入表格的第一行

（4）行 11～14：新插入表格的第二行

（5）行 15～21：新插入表格的第三行

（6）行 16：colspan 为列合并属性，2 代表包含其本身与其右边的 2 个单元格合并，合并之后，可以看到，行 15～21 之间只有一个单元格标记 td 了。

知识拓展：

1. 超链接

超链接实现页面之间静态导航，使网站中页面之间可以相互跳转，即从一个页面可以转到需要的其他页面；也可以跳转到互联网中的任何页面。

2. 建立超链接的标记和基本属性

标记格式：

　　\<a　href="目标文件" target="链接目标"\>说明性文字\</a\>

其中：

（1）\<a\>\</a\>为链接标记，表示标记内的内容为链接，当鼠标点击时，将跳转到其他页面。

（2）href 指定了要链接的文件的位置，链接文件可以是任何类型的文件，根据文件所在位置，有几种表示形式，如表 2-3 所示。

表 2-3　href 属性的取值描述

链接位置	范例
绝对链接	<a href="http://www.163.com/index.asp">163 网站</a> 从当前网站的页面，转向其他网站或本网站的页面
相对链接	相对当前网页文件所在位置 <a href ="AA.htm">AA 页面</a> <a href="info/AA.htm">Info 文件夹中的 AA 页面</a> <a href="../info/AA.htm" >上一级的 info 文件夹中页面</a> 这里文件位置与 img 标记中的 src 属性值文件位置含义相同
根相对链接	<a href="/info/AA.htm">网站根目录下 Info 文件夹中的 AA 页面</a> / 表示网站根目录

（3）target 标记表示，跳转到其他页面时，显示页面的目标位置，有 5 种取值，如表 2-4 所示。

表 2-4　target 属性取值

target 取值	含义
_blank	在新窗口打开连接
_self	取代本身页面窗口显示
_parent	在本身页面的父窗口打开，该页面一般是框架中的子窗口
_top	如果是框架页面，则在整个窗口打开链接文件
_serach	在浏览器的搜索区打开文件，仅 Internet Explorer 5 或者更高版本中有效
指定窗口名称	在其他打开的包含名称的页面或框架中打开链接文件

（4）如果要链接到 E-mail，则 href 属性值需要带上 mailto：标识符，如：

　　<a   href="mailto:info@yahoo.com.cn">联系我们</a>

单击该链接，可直接启动浏览器指定的电子邮件收发程序进行电子邮件的编写和发送。

2.3　表单与表单控件

表单的作用是在客户端收集用户输入信息后，通过单击表单内的提交按钮，或通过客户端的脚本代码调用表单的提交方法，将表单内用户选择或输入的信息提交到服务器，在服务器端通过动态网页取得提交的页面数据，并进行数据处理。凡是放置在表单内的控件内容，都将传递到服务器。表单内出现的控件，如文本框、按钮等，称为"表单控件"。

2.3.1　表单控件的使用——文本框与按钮控件

例 2-8　实现模拟论坛信息发布页面，页面内容包括：主题、发布人和发布内容，页面效果如图 2-11 所示。

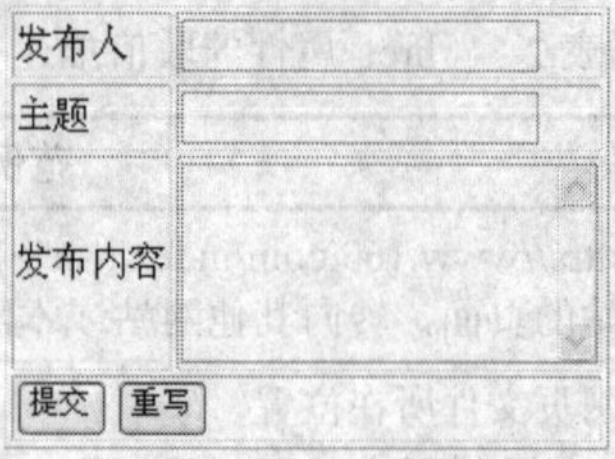

图 2-11　信息发布页面

知识准备：

1．表单标记及属性

（1）标记格式。

> **<form name**="表单名称" **method**="get/post" **action**="目标网页">
> 表单控件
> </form>

（2）标记及属性说明。

1）form：表单标记，标记内为其他任何 html 标记，一般为信息收集控件。

2）name 属性：指定表单的名称，一个 html 页面可以有多个表单，每个表单只有一个提交类型的按钮。执行将本表单数据传递到服务器中的目标网页。

3）method 属性：有两个取值 get 或 post，一般采用 post 方法。get 值对传递数据的大小有限制（小于 8k），传递时数据显示在地址栏中；post 没大小限制，数据也不会显示在地址栏中，起到一定的数据保密作用。

注意　在 ASP.NET 中，每个页面最多只有一个 form 标记，所有的表单控件都必须放置在 form 标记内。

2．表单控件

表单控件一般以<input>单标记出现。

标记格式：

> <input　type="控件类型"　name="名称"　其他属性... />

注意　在 ASP.NET 中，控件的 name 属性将被 ID 属性所替代，而且 ID 取值是唯一的，也就是不能出现两个 ID 相同的控件。

3．文本框类型控件

（1）单行文本框。

1）标记格式。

> <input **type**="text" **name**="text1" **value**="" **width**="80px" **maxlength**="20"/>

2）说明。

- 属性 type：属性值 text，指明是单行文本框。
- 属性 value：指定文本框中显示的初始值。
- 属性 width：设置文本框显示在页面的宽度，以 px 为单位。
- 属性 maxlength：设置文本框最大可以输入字符或汉字个数。

（2）密码文本框。

1）标记格式。

```
<input type="password" name="pwd" value="" maxlength="20" />
```

2）说明。

- type 属性值 password：指明这是密码文本框；
- 其他属性含义与单行文本框同。

（3）多行文本框。

1）标记格式。

```
<textarea name="text1" cols="20" rows="10" readonly>
只读文字…
</textarea>
```

2）说明。

- 与单行和密码文本框不同，多行文本框成对出现，标记内为多行文本框的内容。
- textarea 标记：说明这是多行文本框。
- cols 属性：多行文本框初始显示的列数。
- rows 属性：多行文本框初始显示的行数。
- readonly 属性：指明多行文本框的内容是否只读，该属性既是属性名又是属性值，如果加了该属性则为只读，否则为读/写方式。

（4）隐藏文本框。

隐藏文本框是存在而不出现在页面上的文本框，不需要用户输入，也不希望用户看到，一般用来向服务器传递标识性的内容。若有几个页面都要向服务器中的一个动态页面提交数据，可以使用隐藏文本框标识是哪个页面传递的。与单行文本框相似，区别是 type 属性值为 hidden。

例如：

```
<input type="hidden" name="text1" value="第 5 期读者调查表" />
```

4．常见按钮类型控件

（1）普通类型按钮。

1）标记格式。

```
<input type="button" name="button1" value="关闭窗口">
```

2）说明。

- type 属性值 button：指明是普通类型的按钮，单击上面标记生成的按钮时，页面上不会发生任何变化。主要作用是在标记内添加事件处理过程，以调用客户端的脚本代码（本书后面章节将对调用客户端脚本代码进行解释）。
- value 属性：显示在按钮上的文字。

（2）提交类型按钮。

1）标记格式。

```
<input type="submit" name="submit1" value="提交">
```

2）说明。

type 属性值 submit：说明是提交按钮。在页面上单击该按钮时，自动将表单内所有控件的数据（如文本框中 text 属性值）提交到 form 标记属性值 action 指定的网页中。

（3）重置类型按钮。

1）标记格式。

```
<input type="reset" name="reset1" value="清除内容">
```

2）说明。type 属性值 reset：说明是重置按钮。当在页面上单击该按钮时，表单标记内所有选择或输入的控件值回复到初始值；如果初始值为空（如文本框），相当于清除在文本框中最近输入的内容。

```
1     <form name="form1" method="post" action="test.aspx">
2         <table border="1">
3             <tr>
4                 <td> 发布人</td>
5                 <td ><input type ="text" name ="text1" /></td>
6             </tr>
7
8             <tr>
9                 <td >主题</td>
10                <td><input type ="text" name ="text2" /></td>
11            </tr>
12
13            <tr>
14                <td   >发布内容</td>
15                <td   >
16                <textarea cols=20 rows=5 ></textarea>
17                </td>
18            </tr>
19            <tr>
20                <td colspan="2">
21        <input type="submit" value ="提交"   /><input type="reset" value ="重置" />
22                </td>
23            </tr>
24        </table>
25    </form>
```

代码说明：

使用表格的目的，是合理放置控件或文本的内容。一般情况下，制作这种类型页面都需要采用表格布局。

- 行 1：将表格包含在 form 标记中。单击表单内的提交按钮时，将所有表单的内容传送到服务器的 test.aspx 网页中。采用 method 方法的目的，可以使发布内容的长度不受限制，同时，信息不会出现在地址栏中。
- 行 5 和行 10：在单元格中插入单行文本框。
- 行 16：在单元格内插入多行文本框，并指定初始显示的列数和行数。
- 行 20：将左右单元格合并成一行，在合并后的单元格中插入提交和重置按钮。

2.3.2　表单控件的使用——图形按钮

例 2-9　制作图 2-12 所示图形按钮。

图 2-12　图形按钮样式

知识准备：

本例需要使用图形按钮。图形按钮有两种：普通图形按钮和图形提交按钮。普通图形按钮与普通类型按钮作用相似，不同的是可以在图形按钮标记内使用 html 标记；而图形提交按钮跟提交按钮作用相同，但是该按钮可以是图片。

1．普通图形按钮

（1）标记格式。

```
<button>其他 html 标记</button>
```

（2）说明。该按钮成对标记出现，可以在按钮内添加其他的 html 标记。如果只添加文本，则与普通按钮一样；如果在标记内添加显示图片标记 img，则显示为图片按钮。

2．图形提交按钮

（1）标记格式。

```
<input type="image" src="images/go.gif" name="button1" value="提交">
```

（2）说明。

- type 属性：取值 image，说明是一个图形提交按钮。
- src 属性：指明显示在按钮上的图片来源。
- value 值：根据需要是否设置，该属性值不显示在页面上。如果该按钮放置在表单标记内，将执行表单提交动作。

```
<button>
上面<br>左边<img src="go.gif" ><font color=blue>右边</font><br><font color=red>下面</font>
</button>
```

2.3.3　表单控件的使用——单选按钮

例 2-10　提供两组单选按钮，分别选择性别和政治面貌，效果如图 2-13 所示。

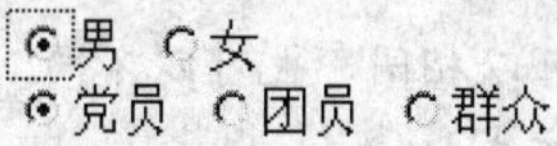

图 2-13　单选按钮的使用

知识准备：

本例需要使用单选按钮。单选按钮可在多个选项中选择其中一个按钮。

1．标记格式

```
<input type="radio" name="名称" value="值">说明性文字
```

2．说明

在 html 标记中，单选按钮的名称（即 name 属性值）设置为同一名称。同名单选按钮作为一组，在一组单选按钮中只能选中一个。

```
<input type="radio" name="R1" value="男">男
<input type="radio" name="R1" value="女">女
<br>
<input type="radio" name="R2" value="党员">党员
<input type="radio" name="R2" value="团员">团员
```

```
<input type="radio" name="R2" value="群众">群众
```

2.3.4 表单控件的使用——复选按钮

例 2-11 提供两组复选按钮，效果如图 2-14 所示。

你喜欢的项目是： ☑游泳 ☐羽毛球

你选购的物品是
☐衬衣
☐裤子
☐鞋子

图 2-14 复选按钮

知识准备：

本例需要使用复选按钮。复选按钮又称复选框，可在多个选项中选择部分或全部内容。

1. 标记格式

```
<input type="checkbox" name="名称" value="值" checked>说明性文本
```

2. 说明

Checked：即是属性名也是属性值，表示选择与否。

```
你喜欢的项目是：
<input type="checkbox" name="c1" value="游泳" checked>游泳
<input type="checkbox" name="c1" value="乒乓球" >乒乓球
<br />
你选购的物品是:<br />
<input type="checkbox" name="c2" value="衬衣" >衬衣<br />
<input type="checkbox" name="c2" value="裤子" >裤子<br />
<input type="checkbox" name="c2" value="鞋子" >鞋子<br />
```

◀》说明　对于复选按钮，名称可以相同，也可以不同；主要影响是在提交到目标页面时，目标页面的代码检测方式。

2.3.5 表单控件的使用——列表框控件

例 2-12 实现图 2-15 的列表框样式。

图 2-15 列表框样式

知识准备：

列表框根据设置的样式，可以形成单选列表框，也可以形成多选列表框。单选列表框控件的作用与单选按钮相同，都是在提供的多个选项中选择一个选项；多选列表框的作用与复选按钮相同，在提供的多个选项中可以不选、全选、只选一个或选择一个以上。不同的是列表框占用的页面空间可以比较小。

（1）标记格式。

```
<select name="名称" size="初始显示项目数"  [multiple]>
<option [selected] value="值">项目文本</option>
<option value="值">项目文本</option>
… …
</select>
```

（2）说明。

- Select 标记：成对出现的标记，表示是列表框。
- Size 属性：初始显示的项数。
- Multiple 属性：单属性，加上该属性，形成多选列表框；不带该属性，则为单选列表框。
- Option 标记：成对出现的标记，列表框中的每一项的标记。标记内为项目文本。
- Value 属性：列表框中的每一项对应的实际值，一般与显示的文本相同。
- Selected 属性：设置默认是否选择了该项。

1. 多选页面代码

```
<select name="list1" size=4   multiple>
<option   selected   value="选项 A">选项 A</option>
<option value="选项 B">选项 B</option>
<option value="选项 C">选项 C</option>
<option value="选项 D">选项 D</option>
</select>
```

2. 单选页面代码

```
<select name="list2" size=1   >
<option   selected   value="选项 A">选项 A</option>
<option value="选项 B">选项 B</option>
<option value="选项 C">选项 C</option>
<option value="选项 D">选项 D</option>
```

2.4 本章小结

本章简要介绍了常用的 HTML 标记和表单控件，是学习动态网页设计的基础。表格标记在页面布局中起到非常重要作用，需要充分认识并掌握其每一个属性的使用，特别是表尺寸、行列尺寸（宽度和高度，相对单位和绝对单位）的控制；表单是收集用户信息并提交到服务器的基础，认识表单控件是为了更好学习 ASP.NET 的 Web 服务器控件。

习题二

1. 建立一个黑色背景，白色字体的网页。

2．为红色、斜体的文字"163 网站"添加链接，点击时跳转到 http://www.163.com。

3．在页面上显示名字为 yahoo.gif 图片，并且点击时，在新窗口中打开 http://cn.yahoo.com 网站，图片提示为"YAHOO 网站"，如图 2-16 所示。

图 2-16

4．使用表格布局，实现登录信息随窗口变化一直居中显示的效果，如图 2-17 所示。

图 2-17

 在页面中插入 1*1 表格，宽度和高度均为 100%，单元格水平和垂直均居中，再在单元格中插入表格。

5．请建立一个学生信息采集表的表单页面。

第**3**章 ASP.NET 程序设计基础

本章导读

本章主要学习 ASP.NET 程序设计的基本语法，包括常量、变量、页面动态输入输出、ASP.NET 动态页面的基本结构、程序结构和数组、自定义过程及函数使用。在学习基本语法的基础上，进一步学习 ASP.NET 的开发环境 Microsoft Visual Studio 2005 的使用，ASP.NET 应用程序的建立过程，如何添加控件及控件通用属性设置，如何添加事件响应代码，以及网页的编程模型。

目前支持 ASP.NET 动态网页开发的语言主要有 VB.NET、C#和 J#，本章以 Visual Basic.NET（以下简称 VB.NET）作为 ASP.NET 的基础语言，因此，所有介绍的语法格式均为 VB.NET 的语法格式。本书及后续章节均以 Microsoft Visual Studio 2005 为开发环境，结合案例进行演示和讲解。

由于动态网页中代码运行需要 Web 服务器支持（在 Windows 2000、Windows XP 及以上的版本，则是 Internet Information Server，简称 IIS），因此，测试本章的案例前，必须配置本地 Web 服务器（参见第 1 章）。如果使用 Visual Studio.NET 2005 开发环境，由于内置了小型 Web 服务器，不需要配置本地 Web 服务器进行测试。

3.1 数据类型

与其他程序设计语言一样，在 VB.NET 中，数据也分为不同的类型。不同类型的数据占用不同的内存空间，同时表明了数据可以参与何种运算。数据可以以常量的形式出现，也可以以变量的形式存在。

3.1.1 常量

所谓常量，就是常数。在 VB.NET 中，常数的基本类型如表 3-1 所示。

表 3-1 常量的类型

类型	范例
整数	1，2，3，…
小数	0.7，32.6，65.9，….
字符串	"abc"，"张三"，"奥运中国"，…
日期时间	#3/12/2006 12:23:34 AM#

续表

类型	范例
逻辑	True False
系统符号常量	vbCrlf（回车换行）

对于符号常量，除使用系统提供的符号常量外，也可以自定义符号常量。一般在代码中经常使用同一个常数，或公式计算中有固定值的数时，可将该常数定义为符号，以便于修改和引用。

定义符号常量的语法：

Const 符号名 [as 类型]=值

说明：

（1）符号[ ]中的内容表示可以有，也可以没有，以下所有的示例均表示该含义，不再说明。

（2）Const 为符号常量定义关键字，不能省略。符号名按照变量名的命名规则，可以指定常量的数据类型，也可以省略。"="为赋值符（关于变量及其命名规则和数据类型见3.1.2 节）。

例如：

Const PI =3.14
Const WEEKEND as Integer=7

3.1.2 变量

变量是指程序运行期间其值可以变化的量，实质是程序运行过程中保存临时数据的内存单元，因而又称内存变量。内存单元的名称即变量名。

在 VB.NET 中，变量必须先定义后使用。定义的目的，是在程序运行过程中分配合适的内存单元保存临时数据。变量的定义包含声明变量和变量可以保存的数据类型。

1. 变量的定义

定义变量的语法：

Dim 变量名 [as 数据类型][=值]

其中，Dim 为声名变量的关键字；数据类型如表 3-1 所示；"="表示给变量赋值，说明在声明变量的同时，可以对变量进行赋初始值。

例如：Dim MyName as String="张三"

也可以先定义变量，然后进行赋值。

例如：

Dim i as Integer
i=10

如果几个变量属于同种类型，可以一起定义。

例如：Dim a ,b,c as Integer

在 VB.NET 中，定义变量可以不需要说明其类型。赋予变量哪一种类型数据，该变量具有最后一次赋值数据的类型。

变量命名的规则如下：

（1）必须以字母或下划线(_)或汉字开头，例如：name、_x、姓名等。

（2）变量名中只包含字母、十进制数字、汉字和下划线，不能包含空格、小数点以及其他符号。

（3）如果变量名以下划线开头，必须包含至少一个字母或十进制数字。

（4）变量名长度不能超过 1023 个字符。

（5）变量名不能与 VB.NET 的关键字（又称保留字）相同，不能与过程名和符号常量相同。否则，需要在变量名前加[ ]（中括号）。

（6）变量名在同一范围内必须是唯一的。

例如：

- 以下是正确的变量名：

strName　_FileLen TelNo　A1 [Double]　（Double 是 ASP.NET 数据类型名）金额 库存量

- 以下是非法的变量名：

#A1#　True　100 家店　我.家地址

错误原因分析：违反了命名规则（1），且#号表示日期常数；True 是常数；不能以数字开头；不能包含小数点。

变量命名时，最好使用有明确实际意义的名字，看到变量名即可猜到变量代表的含义。例如，FileLen、Address 分别代表文件长度和地址等，不要取一些如 a、b、c 等无法猜测的变量名。

2．变量的数据类型

VB.NET 的基本数据类型如表 3-2 所示。

表 3-2　VB.NET 2005 的基本数据类型

类型名	长度	取值范围
Boolean（布尔型）	2 个字节	True 或 False
Byte（字节型）	1 个字节	0~255（无符号）
Char（单字符型）	2 个字节	一个字符（无符号）
Date（日期型）	8 个字节	从公元 1 年 1 月 1 日凌晨 0:00:00 到 9999 年 12 月 31 日晚上 11:59:59
Decimal（定点型）	16 个字节	小数位数为 0 时（无小数位），+/-79228162514264337593543950335（+/-7.9...E+28）；有 28 位小数位时，+/- 7.9228162514264337593543950335，最小的非零值为+/-0.0000000000000000000000000001（+/-1E-28）
Double（双精度浮点型）	8 个字节	负数范围：-1.79769313486231570E+308～-4.94065645841246544E-324；正数范围：　4.94065645841246544E-324～1.79769313486231570E+308
Integer（整型）	4 个字节	-2147483648～2147483647（有符号）
Long（长整型）	8 个字节	-9223372036854775808～9223372036854775807
Object（对象型）	4 个字节（32 位平台上），8 个字节（64 位平台上）	任何一种数据类型都可以存储在 Object 数据类型中

类型名	长度	取值范围
SByte	1 个字节	-128～127（有符号）
Short（短整型）	2 个字节	-32768～32767（有符号）
Single（单精度浮点型）	4 个字节	负数范围：-3.4028235E+38～-1.401298E-45 正数范围：1.401298E-45～3.4028235E+38
String（字符串型）	0 至多个双字节	0 到约 20 亿个 Unicode 字符

为帮助初学者初步掌握常用数据类型的使用，先分类作简单介绍，以满足初级程序设计的需要。

（1）数值数据类型。数值数据类型用于处理不同形式的数字，分为整型（Integer）、长整型（Long）、定点型（Decimal）、单精度浮点型（Single）、双精度浮点型（Double）。这里先介绍整型和双精度浮点型（实型）。定义数值类型变量的原则，是估算需要保存的数据最大可能取值范围，然后选择适合的类型。

1）整型（即整数）。类型关键字：Integer

例如：Dim Age As Integer   '定义 Age 为整型变量

　　　Age=10   '对 Age 赋值

2）实型（即小数）。类型关键字：Double

例如：Dim Salary as Double=1000.98

定义保存整型数据变量时，一般都定义为 Integer 类型；定义保存实型数据变量时，一般都定义为 Double 类型；如果考虑程序的运行效率和减少程序占用的内存，可选择更合适的其他数据类型，如 Short 和 Single 等。

（2）日期数据类型。类型关键字：Date

日期型数据类型（Date）以 64 位的整数形式存储日期和时间，表示从公元 1 年 1 月 1 日凌晨 0:00:00 到 9999 年 12 月 31 日晚上 11:59:59 的时间。

例如：2006-03-12 12:23:34

例 3-1　在页面中输出日期型数据。

```
1    <%
2        Dim d As Date
3        d = #3/12/2006 12:23:34 PM#
4        Response.Write(d)
5        Response.Write("<br/>")
6
7        d = DateAndTime.DateString & " " & DateAndTime.TimeString
8        Response.Write(d)
9    %>
```

操作方法：

打开记事本，编辑以上代码，将文件保存为 aspx 后缀名，如：test.aspx，然后放在网站的主目录下。运行时，必须在浏览器中输入如下网址形式进行访问（运行）：

　　　http://localhost/test.aspx

或：

http://服务器名/test.aspx

- Localhost 代表本地服务器,也可以使用 IP 地址为 127.0.0.1 的本地服务器测试 IP。
- 不能象静态网页运行方式那样直接双击打开。
- 本章所有案例都使用记事本进行编辑,保存为 aspx 后缀名,然后放置在已建立的 Web 服务器主目录下。

 动态网页是在服务器端运行的, 通过 "http://服务器名/aspx 网页文件名" 的格式在浏览器中打开, 不能直接双击运行。

代码说明:

行 1 和行 9: 在网页 HTML 标记的任何位置,均可以插入<% %>标记,标记内为 ASP.NET 程序代码。当客户端要访问包含 ASP.NET 程序代码的网页时,Web 服务器(IIS)首先会将<%%>标记内的代码转换为 HTML 标记,与网页原有的 HTML 标记一起,输出到客户端的浏览器。本章所有的例子的代码,除非特别说明,均放置在<% %>标记内。

行 2: 定义日期类型变量 d,以便保存日期类型数据。

行 3: 定界符#,日期时间常数必须使用#定界符,格式: #月/日/年时:分:秒 [AP/PM]#。

行 4: 这里使用了 ASP 内置五大对象之一的 Response 对象 (其他内置对象见第 6 章),该对象仍然在 ASP.NET 中使用。要在页面上动态输出内容,需要使用 Response 对象的 Write 方法 (方法是存在某个具体对象中的函数),该方法是向浏览器窗口输出 HTML 标记的信息。方法的调用格式: 对象名.方法名 (参数)。

 在 VB.NET 中, 经常使用 MsgBox 函数查看变量结果。在 ASP.NET 网页中, 由于程序代码是在服务器运行的, 使用 MsgBox 函数时将会在服务器端弹出对话框。因此, 在这里使用没有意义。使用 Response.Write 方法不但可以动态在页面输出 HTML 标记内容, 也常用来测试变量的值或运算结果。

行 5: 输出 HTML 换行标记。注意,不能输出 VBCrLf (回车换行常量) 换行,在浏览器窗口中输出的内容只能是 HTML 标记的内容,而 VBCrLf 并不是 HTML 标记。

行 7: DateAndTime 是 VB.NET 提供的可以取得时间和日期的类,该类提供了可以方便取得日期和时间数据的属性,可以取得时间和日期的其他类还有: Date、DateTime 类和 now() 函数等。其中,&符为连接符号,作用是把不同类型的数据连接成字符串。

程序运行结果如图 3-1 所示。

图 3-1　ASP.NET 页面的执行结果

本例重点介绍了一个动态网页如何运行。后续案例中的代码段有些将省略 `<%%>`标记，测试时请将代码写在该标记中。

（3）字符数据类型。字符数据类型用于处理可以打印和显示的字符，如英文字母、汉字及各种符号等。字符数据类型包括单字符类型（Char）和字符串类型（String）。

1）单字符类型。类型关键字：Char

例如：Dim　MyChar　As　Char

　　　MyChar="y"

2）字符串类型。类型关键字：String

字符串是由任意字符组合的数据，如"abc"、"张三"、"程序运行结果是："等。

例 3-2　字符串型数据的使用。

```
<%
    Dim s1, s2, ss As String
    s1 = "A"
    s2 = "B"
    ss = s1 & s2
    Response.Write(ss)
%>
```

代码说明：

● 定界符" "：字符串常数必须使用定界符""，表示是字符串数据。

● &：字符串连接符，用于将任意类型的数据连接成字符串。

（4）逻辑数据类型。逻辑数据类型又称布尔数据类型，常用来表示逻辑判断的结果。该数据类型只有两个取值：True 和 False。

类型关键字：Boolean

例如：Dim　bol　As　Boolean

　　　bol=True

（5）对象数据类型。类型关键字：Object

对象数据类型不存放对象的具体数据信息，只存放对象的地址信息，再根据对象的地址访问对象的数据。

任何数据类型都可以保存在对象类型的变量中。在声明变量、数组、属性、函数参数或返回值时，如果不能指定数据类型，将其自动（隐式）设置为对象类型。对象类型可以接受任何数据类型，并且可以自动转化这些数据类型。因此，对象数据类型比较灵活，若使用得当，可以给程序设计带来很大的方便。

　　　当定义变量而不说明类型时，其自动定义为 Object 类型。

3.1.3　**类型转换函数**

1. 常用类型转换函数

（1）Val(expression)：将表达式 expression 的值转换为数值类型。

（2）CDate(expression)：将表达式 expression 的值转换为日期。

（3）CDbl(expression)：将表达式 expression 的值转换为小数。

（4）CInt(expression)：将表达式 expression 的值转换为整数。

（5）CLng(expression)：将表达式 expression 的值转换为长整数。

例 3-3   将字符串（数字）变量 aDateString 转换为日期，并存放在变量 aDate 中；将字符串（数字）变量 aTimeString 转换为时间，并存放在变量 aTime 中。

```
<%
    Dim aDateString, aTimeString As String
    Dim aDate, aTime As Date
    aDateString = "2/12/2002"
    aTimeString = "4:35:47 PM"
    aDate = CDate(aDateString)
    aTime = CDate(aTimeString)
%>
```

例 3-4   将其他类型数据转换为字符串类型。

```
<%
    Dim aDouble As Double
    Dim aString As String
    aDouble = 437.324
    aString = CStr(aDouble)
%>
```

2. 类型通用转换函数

函数格式：CType(expression, typename)

说明：

（1）expression：任何有效的表达式。如果 expression 的值超出 typename（类型）允许的范围，系统将引发异常。

（2）typename：任何在 Dim 语句的 As 子句内合法的表达式，即任何数据类型、对象、结构、类或接口的名称。

例如：

```
Dim aDate As Date = #2/12/1969 12:00:01 AM#
Dim s As String = CType(aDate, String)
Dim s As String = "1/2/2009"
Dim d As Date = CType(s, Date)
```

思考：解释以上代码的含义。

3.2   运算符与表达式

运算是对数据的加工。最基本的运算形式可以用简洁的符号来描述，这些符号称为运算符或操作符，被运算的数据称为操作数。

3.2.1　算术运算符和算术表达式

算术表达式又称数值表达式，由算术运算符、数值型常量、变量、函数和圆括号组成，其运算结果一般为数值。

算术运算符是常用的运算符，用于执行简单的算术运算。VB.NET 常用的算术运算符如表 3-3 所示。

表 3-3　算术运算符

运算符	说明	示例
+（加）	返回两个操作数之和	5 + 4
-（减）	返回两个操作数之差	5 - 4
*（乘）	返回两个操作数之积	5 * 4
/（除）	返回两个操作数之商	5 / 4
\（整除）	将两个数相除并返回以整数形式表示的结果	5 \ 4
Mod（取余)	将两个数相除并只返回余数	10 Mod 5
^（幂）	求以某个数为底、以另一个数为指数的幂	3^3

例 3-5　算术运算符应用范例。

（1）Mod 运算。

```
Dim testResult As Double
testResult = 10 Mod 5      '结果为：0
testResult = 10 Mod 3      '结果为：1
testResult = 12 Mod 4.3    '结果为：3.4
```

> **提示**　如果有一个数是小数，其结果表示余数的小数。

（2）除运算。

```
Dim resultValue As Double
resultValue = 10 / 4       '结果为：2.5
resultValue = 10 / 3       '结果为：3.333333
```

> **提示**　即使两个操作数都是整数常数，结果始终为浮点类型（Double）。

（3）整除运算。

```
Dim resultValue As Integer
resultValue = 11 \ 4       '结果为：2
resultValue = 67 \ -3      '结果为：-22
```

> **提示**　结果是一个整数，表示两个操作数的整数商，余数被丢弃。

（4）幂运算。

```
Dim exp1, exp2 As Double
exp1 = 2 ^ 2      '结果为 4（2 的平方）
```

```
exp2 = (-5) ^ 3    '结果为 -125（-5 的立方）
```

3.2.2 字符串运算符与字符串表达式

字符串表达式由连接运算符、字符串常量、字符串变量和字符串函数组成。

VB.NET 提供两个字符串运算符 "+" 和 "&"，用于连接两个或更多的字符串。

说明：

（1）+：对字符串类型实现连接；对数字类型实现相加运算。

（2）&：可以将所有数据类型的数据连接成字符串，注意&的前后要有空格。

字符串表达式范例：

```
Dim sampleStr As String
sampleStr = "Hello"  &  " World"      ' sampleStr 的结果为："Hello World".
sampleStr = "Hello" + " World"        ' sampleStr 的结果为："Hello World".
sampleStr = "12" + " 34"              ' sampleStr 的结果为："1234".
```

 "+" 运算符尽可能执行算术加法运算，只有当两个表达式均为字符串时，才执行连接操作。

3.2.3 关系运算符和关系表达式

关系运算符比较两个表达式的值，以判断它们之间的大小关系，常用在判断语句中，用来决定程序执行的流程。

1. 常用关系运算符

常用关系运算符如表 3-4 所示，表中还列出关系表达式运算结果为 True 或 False 的条件。

表 3-4 关系运算

运算符	满足条件，表达式值为 True	满足条件，表达式值为 False
<（小于）	表达式 1<表达式 2	表达式 1>=表达式 2
<=（小于或等于）	表达式 1<=表达式 2	表达式 1>表达式 2
>（大于）	表达式 1>表达式 2	表达式 1<=表达式 2
>=（大于或等于）	表达式 1>=表达式 2	表达式 1<表达式 2
=（等于）	表达式 1=表达式 2	表达式 1<>表达式 2
<>（不等于）	表达式 1<>表达式 2	表达式 1=表达式 2

运算符 "=" 也常用作赋值运算符。

关系运算符两边可以是数值、字符串、日期、逻辑类型的数据。比较运算后得到的运算结果是逻辑类型，即值为 True 或 False。

例 3-6 关系运算符的使用。

```
Dim testResult As Boolean
testResult = 45 < 35
```

```
testResult = 45 = 45
testResult = 4 <> 3
testResult = "5" > "4444"
```

以上第一次关系运算的结果为 False，其余关系运算的结果均为 True。

2．关系运算符 Is 和 IsNot

（1）IsNot 运算符：确定两个对象的引用是否引用不同的对象，但不执行值比较。

（2）Is 运算符：与 IsNot 运算符相反。

IsNot 可以避免使用 Not 和 Is 的笨拙语法，后者难以读取。

例如，若 object1 和 object2 都引用相同的对象实例，结果 result 为 False；否则，结果 result 为 True。

语法如下：

```
result =object1 IsNot object2 '若 object1 和 object2 不是同类型对象，result 为 True
result=object1 Is object2 '若 object1 和 object2 是同类型对象，result 为 True
```

例 3-7 用 Is 运算符和 IsNot 运算符进行同样的比较。

```
Dim o1, o2 As New Object
If Not o1 Is o2 Then Response.write("o1 和 o2 不是同一类型对象.")
If o1 IsNot o2 Then Response.write ("o1 和 o2 不是同一类型对象.")
```

思考：分析以上语句的运行结果。

3.2.4　赋值运算符

基本赋值运算符是“=”，用于给变量或属性赋值。在 Visual Basic .NET 中，还可以和算术运算符结合，进行算术运算后重新给变量赋值。组合形式如下。

+=	-=	*=	\=	/=	&=	^=

例 3-8 赋值运算符的使用。

（1）
```
Dim val As Integer = 10
val += 10   'VaL 的结果是 20
val -= 10   'VaL 的结果是 10
val \= 2    'VaL 的结果是 5
val /= 3    'VaL 的结果是 3
```

（2）
```
Dim Str1 As String
Str1 = "12"
Str1 &= "34"
```

Str1 的结果是 1234。

3.2.5　逻辑运算符

逻辑运算符可以对多个逻辑表达式或关系表达式进行逻辑运算，运算结果是逻辑类型。逻辑运算符一般用于判断某个条件是否成立，然后根据该条件决定程序执行哪一个分支。

1. 常用逻辑运算符

Visual Basic .NET 提供的常用逻辑运算符如表 3-5 所示。

表 3-5 逻辑运算符

运算符	运算	运算规则	例子	结果
And	与	当两表达式结果均为真时，结果才为真	T And T	T
Or	或	当两表达式结果均为假时，结果才为假	F Or F	F
Not	非	当表达式为假时，结果为真	Not F	T
Xor	异或	两表达式结果相同时，结果为假	T Xor T	F

2. 逻辑运算符 AndAlso 与 OrElse

（1）AndAlso 运算符：简化 And 运算，如果第 1 个表达式为 False，则不计算第 2 个表达式。

（2）OrElse 运算符：简化 Or 运算，如果第 1 个表达式为 True，则不计算第 2 个表达式。

例 3-9 逻辑运算符的使用。

①Dim a As Integer = 10,b As Integer = 8,c As Integer = 6

```
Dim val As Boolean
val = (a > b) And (b > c)      '结果为 True
val = (b > a) And (b > c)      '结果为 False
val = a > b Xor b              '结果为 True
val = a > b Xor b > c          '结果为 True
```

②Dim a As Integer = 10,b As Integer = 8, c As Integer = 6

```
Dim val As Boolean
val = a > b AndAlso b > c      '结果为 True
val = b > a OrElse b > c       '结果为 True
val = a > b AndAlso c > b      '结果为 False
```

3.2.6 运算优先级

当表达式包含不止一种运算符时，按照以下规则进行计算：

（1）算术运算符和连接运算符的优先级高于比较运算符、逻辑运算符和位运算符。算术运算符和连接运算符之间的优先级顺序如下：

1）求幂（^）

2）一元标识和非（+、－）

3）乘法和浮点除法（*、/）

4）整数除法（\）

5）取余（Mod）

6）加法和减法（+、－），字符串连接（+）

7）字符串连接（&）

（2）比较运算符具有相同的优先级，它们的优先级均高于逻辑运算符和位运算符，但低于算术运算符和连接运算符。

（3）逻辑运算符的优先级均低于算术运算符、连接运算符和比较运算符。逻辑运算符之间的优先级顺序如下：

1）非（Not）

2）与（And、AndAlso）

3）或（Or、OrElse）

4）异或（Xor）

（4）具有相同优先顺序的运算符按照它们在表达式中出现的顺序从左至右进行计算。

 说明

这里的 "=" 运算符是相等比较运算符，不是赋值运算符。

字符串连接运算符 "&" 不是算术运算符，但在优先级方面与算术运算符属于一组。

运算符 Is 和 IsNot 是对象引用比较运算符。它们不比较两个对象的值，只确定两个对象变量是否引用相同的对象。

例 3-10　以下运算结果等效。

```
Dim a, b, c, d, f, h As Double
a = 8.0
b = 3.0
c = 4.0
d = 2.0
h = 1.0


f = a - b + c / d * h          '结果为 7
f = (a - b) + ((c / d) * h)    '结果为 7
```

3.3　ASP.NET 中的输入输出语句

如何将网页数据动态的输出到浏览器窗口，如何向动态页面传递参数，如何编写代码检测客户端传递的数据？

ASP 内置了六大对象：Response、Request、Server、Cookie、Session 和 Application 对象。ASP.NET 仍然可以使用这六大对象（详见第 5 章）。利用 Response 对象的 Write 方法，可以实现动态生成 HTML 信息内容；使用 Request 对象可以在动态页面上读取通过表单提交或通过网址参数（变量）传递的数据。

例 3-11　动态输出 2*1 的表格（2 行 1 列）。

```
<%
    Response.Write("<table border=1>")
    Response.Write("<tr>")
    Response.Write("<td>第一个单元格</td>")
    Response.Write("<td>第二个单元格</td>")
    Response.Write("</tr>")

    Response.Write("</table>")
%>
```

代码说明：

任何 HTML 标记都可以连接成字符串作为 Response 对象 Write() 方法的参数，以输出到浏览器窗口。在浏览器中查看源文件时，实际看到的内容如下：

<table border=1><tr><td>第一个单元格</td><td>第二个单元格</td></tr></table>

原因：由于客户端在请求读取 aspx 网页，如果该网页中存在程序代码，Web 服务器将执行该网页中的程序代码，并将结果转换为 HTML 标记替换程序代码在网页中的位置，和原来网页中已经存在的其他 HTML 标记一起发送到客户端。

程序运行结果如图 3-2 所示。

第一个单元格	第二个单元格

图 3-2 例 3-11 的执行结果

提示　在 aspx 网页的 HTML 标记的任何位置，均可以插入<%%>标记代码。

例 3-12　在页面输出当前的日期时间，并用红色、粗体突出显示。

[相关知识与技能]如果要向 aspx 网页提交数据，即从一个网页（原网页）转向到另一个网页（目标网页）时，需要向目标网页传递数据，可以通过两种方式：网址参数传递；表单提交。

1. 通过网址参数提交数据

请求一个 aspx 网页时，可以在地址栏输入以下格式：

http://localhost/test.aspx?a=1&b=2&c=3

说明
（1）http://localhost/test.aspx 表示网址，准备访问 test.aspx 网页。
（2）问号 "?" 后面表示要传递到 test.aspx 页面处理的参数，参数的格式：参数名=参数值；如果有一个以上的参数需要传递到该页面，每个参数用 & 分隔。这实际上相当于变量的传递。

在 test.aspx 页面中，必须编写代码，检测传递过来的参数数据。如何检测？这需要使用 Request 对象的 QueryString 方法。

语法格式：

Request.QueryString("参数名")

注意　QueryString 方法中的括号和双引号不能省略

2. 通过表单提交数据

要把用户输入的数据传递到服务器页面处理，如论坛中的信息发布、留言信息等，都是通过在表单中安插表单控件的方式来收集用户输入或选择的信息。点击提交按钮时，ASP 中所有表单控件的数据（值）将传递到表单标记中 action 属性指定的服务器页面。对于表单数据的传递和检测，ASP.NET 与 ASP 存在一些差别，后续章节将有详细介绍，这里仅作简单说明。

```
1    <%
2        Dim d As Date = Now()
3    %>
```

```
4      <html>
5        <body >
6          现在的时间是:<font color ="red"><b><%=d%></b></font>
7        </body>
8      </html>
```

代码说明：

行 2：定义变量 d，并使用内部函数 now()取得系统当前的日期和时间。

行 6：在 HTML 标记内嵌入程序代码，代码部分写在<%%>标记内。如果向页面输出的代码只有一行，可以使用 "=" 号，代替 Response.Write()方法输出。本例中也可以不定义变量 d，直接用<% =now() %>代替<% =d %>。

程序运行结果如图 3-3 所示。

现在的时间是:2008-06-08 13:49:23

图 3-3 例 3-12 的执行结果

提示：如果要在页面任意位置动态输出内容，而且代码只有一行时，可以使用 "=" 号代替 Response.Write 方法进行输出。

例 3-13 编写 test.aspx 网页，接受三个整数，并输出三者的和。

```
<%
    Dim a As Integer = Val(Request.QueryString("a"))
    Dim b As Integer = Val(Request ("b"))
    Dim c As Integer = Val(Request ("c"))

    Response.Write("a+b+c=" & a + b + c)
%>
```

代码说明：

Request.QueryString("a") 也可以简写为：Request("a")。注意，这里的 a 为网址参数名，而 Dim a As Integer 中的 a 是变量，两者的含义不同。为避免混淆，可以定义为其他任意的变量名。

要得到正确运行结果，必须按以下格式访问该网页（假定该网页保存在本地服务器主目录下）：

http://localhost/test.aspx?a=100&b=12&c=90

在 test.aspx 代码中明确要读取三个网址参数 a、b、c，因此，网址参数名必须是 a、b、c，而 a、b、c 的出现顺序没有关系。

特别注意：网址参数值都是字符串类型，运算时注意类型转换，否则可能得到意外的结果。

3.4 数组

所谓数组，实质是一片连续内存单元，每一个内存单元数据类型均相同，名称均为数组名，数组中每一个内存单元（即数组元素）通过索引（下标）引用。VB.NET 数组的下标默认从 0 开始。例如，a(0)表示数组 a 的第 1 个元素，a(1)表示数组 a 的第 2 个元素，依此类推。

如图 3-4 所示是一个保存 5 个整数的数组 Arr 在内存单元中的示意图。

数组名	下标	单元值	
Arr	0	10	—— 第 1 个元素 Arr(0)
	1	20	—— 第 2 个元素 Arr(1)
	2	2	—— 第 3 个元素 Arr(2)
	3	3	—— 第 4 个元素 Arr(3)
	4	4	—— 第 5 个元素 Arr(4)

图 3-4　数组 Arr 在内存单元中的示意

一般变量在内存中存放的位置没有规律，而且不同类型的变量占用的内存空间也不相同。数组元素具有相同数据类型、相同变量名、连续的下标。因此，用户可以根据下标区分不同的元素。由于这些变量的变量名相同、下标不同，用循环来访问其中的某些变量或所有变量比较方便。

例如，求一个班 40 名学生某门课程的平均分，为保存这些成绩，可以定义 40 个变量。这样虽然可以解决问题，但显得很繁琐，用数组则可以简便地解决这个问题。

3.4.1　一维数组的定义

例 3-14　定义整型数组 Arr，并对每一个单元赋值。

相关知识与技能：

定义一维数组的语句格式：Dim 数组名(上限)　As 数据类型

> **提示**　图 3-4 中的 arr 数组，数组上限为 4，下限为 0（默认），数组 Arr 共有 5 个元素。

```
Dim Arr (4) As Integer
Arr(0) = 10
Arr(1) = 20
Arr(2) = 2
Arr(3) = 3
Arr(4) = 4
```

例 3-15　定义数组 Xm，以保存学生姓名；定义数组 Xh，以保存学生学号。输出格式如图 3-5 所示。

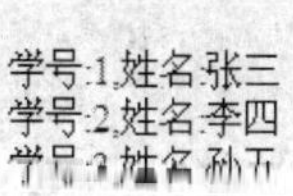

相关知识与技能：

定义数组时赋初始值：可以在定义数组的同时对数组赋初始值，这时，不能在声明语句中定义元素上限。

学号:1 姓名:张三
学号:2 姓名:李四
学号:3 姓名:孙五

图 3-5　例 3-15 运行结果

例如：dim Arr () As Integer={10,11,22}

```
<%
    Dim Xm(2) As String
    Dim Xh() = {1, 2, 3}
    Dim s As String=""

    Xm(0) = "张三"
    Xm(1) = "李四"
    Xm(2) = "孙五"
```

```
        s = "学号:"  &  Xh(0)  &  ","  &  "姓名:"  &  Xm(0)  &  "<br/>"
        s &= "学号:"  &  Xh(1)  &  ","  &  "姓名:"  &  Xm(1)  &  "<br/>"
        s &= "学号:"  &  Xh(2)  &  ","  &  "姓名:"  &  Xm(2)  &  "<br/>"
        Response.Write(s)
    %>
```

代码说明：

对于例 3-15 的输出格式，一般在网页设计中采用表格形式输出数据，固定输出的常数部分（如学号和姓名）直接采用 HTML 标记，动态变化的部分（如数组数据）则在需要显示的数据的位置插入代码，以便显示的数据对齐，或设置其他的格式。

例 3-16　以图 3-6 的形式，在表格中输出学号和姓名信息。

```
1    <%
2         Dim Xm(2) As String
3         Dim Xh() = {1, 2, 3}
4         Dim s As String=""
5
6         Xm(0) = "张三"
7         Xm(1) = "李四"
8         Xm(2) = "孙五"
9    %>
10   <table border ="1">
11       <tr>
12           <td style="width: 100px">学号</td>
13           <td style="width: 100px">姓名</td>
14       </tr>
15       <!-- 第 1 行-->
16       <tr>
17           <td style="width: 100px"><% Response.Write(Xh(0))%> </td>
18           <td style="width: 100px"><% Response.Write(Xm(0))%> </td>
19       </tr>
20           <!-- 第 2 行-->
21       <tr>
22           <td style="width: 100px"><% =Xh(1)%></td>
23           <td style="width: 100px"><% =Xm(1)%></td>
24       </tr>
25           <!-- 第 3 行-->
26       <tr>
27           <td style="width: 100px"><% =Xh(2)%></td>
28           <td style="width: 100px"><% =Xm(2)%></td>
29       </tr>
30   </table>
```

学号	姓名
1	张三
2	李四
3	孙五

图 3-6　以表格形式输出数组元素

代码说明：

根据需要在页面上输出的数据，建立 4*2 表格，静态部分的内容事先编辑好，需要动态输出的部分，在相应的位置插入代码。

行 1~9：数组的定义和赋值。

行 10~30：4*2 表格的 HTML 标记。

行 15：出现在静态网页 HTML 标记中的注释符。格式：<!--注释文字-->

如果要在程序代码(<% %>)中注释文字，则使用单引号，单引号后面的内容全为注释内容，注释的内容仅仅起到文字说明作用，不会被执行。

例如：Dim s As String = "" '定义的同时赋空值

行 17~18：在单元格中动态输出数组元素。

 动态代码可以插入到 HTML 标记的任意位置，在需要插入程序代码的部分，必须使用<%%>标记将程序代码标记起来。

行 22~23：使用 "=" 号代替 Response.Write 方法的输出。

以上代码不是唯一的，将第 10 行到第 30 行改为以下更简洁的代码，可以实现同样的效果：

```
<table border ="1">
    <tr>
        <td style="width: 100px">学号</td>
        <td style="width: 100px">姓名</td>
    </tr>
    <% For i As Integer = 0 To Xm.Length – 1 %>
    <tr>
        <td style="width: 100px"><% =Xh(i)%> </td>
        <td style="width: 100px"><% =Xm(i)%> </td>
    </tr>
    <% Next %>
</table>
```

当学完本章之后，请自己再分析上面的代码。

例 3-17　循环求数组之和。

```
1    <%
2        Dim fen() As Double = {90.8, 89, 78, 66, 60}
3        Dim zf As Double = 0
4        For Each m As Double In fen
5            zf += m
6        Next
7    %>
8
9    <html>
10     <body>
11         总分是:<%=zf %>
12     </body>
13   </html>
```

代码说明：

行 4~6：列举循环，把数组中的元素逐个取出来，保存到 m 变量中，然后累加到变量 zf 中（关于列举循环见 3.6.4 节循环结构）。

行 11：在 HTML 标记中，插入动态计算的结果，即程序运行结果，如图 3-7 所示。

总分是:383.8

图 3-7　例 3-17 运行结果

例 3-18　将数组内容反转显示。

相关知识与技能：

数组的常用方法。

（1）Length()方法：取得数组的元素数。

（2）Reverse()方法：将数组单元反转。

```
1    <%
2        Dim fen() As Double = {12.3, 34, 54, 66, 78}
3        Dim s As String = ""
4        For i As Integer = 0 To fen.Length() - 1
5            s &= fen(i) & " "
6        Next
7    %>
8    按数组原始顺序显示数组的内容:<br /> <%=s %>
9
10   <%
11       s = ""
12       Array.Reverse(fen) '将数组内容进行反转
13       For i As Integer = 0 To fen.Length - 1
14           s &= fen(i) & " "
15       Next
16   %>
17   <br />
18   按反转数组后,数组的内容:<br /><%=s %>
```

代码说明：

行 4～6：循环结构，根据数组元素长度（个数）fen.Length()，逐一取出数组的元素进行运算（循环结构具体使用见 3.6.4 节）。

行 5：将数组 fen 中的每一个元素依次连接起来，并且用空格分隔。

行 8：动态输出 s 的值，也可以使用 Response.Write(s)语句.

行 12：Reverse()方法是数组类型 Array 的特殊方法，称为"共享方法"（又称静态方法），该方法的使用通过语法"类名.方法名()"调用，不能
通过具体对象来调用。

程序运行结果如图 3-8 所示。

按数组原始顺序显示数组的内容:
12.3 34 54 66 78
按反转数组后,数组的内容:
78 66 54 34 12.3

3.4.2　可变数组

图 3-8　按数组原始顺序显示

在某些情况下，数组的长度无法事先确定。例如，
保存学生班级的成绩数据时，每一个班级的人数不相同，定义数组长度太小了，无法保存超过数组长度的数据；定义数组长度太大了，又浪费内存空间。这种情况下，希望可以根据录入的人数自动伸缩数组的长度，从而灵活地使用数组，有效减少内存空间的占用。Visual Basic .NET

提供可变长度数组的使用方式，这种数组称为可变数组或动态数组。

可变数组的定义方式与一般数组的定义相同。

语句格式：Dim　Arr(0)　As　Integer

如果要改变数组的长度，应使用 ReDim 关键字，例如：

```
Dim Arr(10) As Integer
Arr(0) = 100
ReDim Arr(12)    '将数组增长为 13 个元素，这时 Arr(0)的内容将为 0
ReDim Arr(3)     '将数组缩短成 4 个元素，并全部清空.
```

（1）使用 ReDim 关键字不能再改变数组的类型，即不能在其后加 As 关键字。

（2）使用 ReDim 重新定义数组长度后，原来的内容将全部清除。

（3）如果要保留重新定义前的数据，必须使用 Preserve 关键字，例如：

```
Dim Arr(10) As Integer
Arr(0) = 100
```

ReDim Preserve Arr(12)　　'将数组增长为 13 个元素，Arr(0)的内容将仍然为 100。

3.5　字符串

字符串相当于字符数组，也是常用的数据类型。本节主要介绍对字符串进行处理的一些常用的方法。

1．字符串的定义

语句格式：Dim Str As String

2．字符串的方法

（1）Split 方法：按指定的分隔符拆分字符串，返回可变长度字符串数组。

例如：

```
Dim Str1 As String = "ABC,DEF"
Dim retStr() As String
retStr = Str1.Split(",")
```

程序运行结果：retStr(0)="ABC"；　retStr(1)= "DEF"

（2）Trim 方法：去掉字符串前后的空格或指定的某字符，将处理后的结果返回。

例如：

```
Dim Str1 As String = "ABC,ADEFA"
Response.Write(Str1.Trim("A"))
```

程序运行结果：BC，ADEF

（3）Replace 方法：将字符串中的字符或子串替换为新的值。

例如：

```
Dim Str1 As String = "ABC,ADEFA"
Dim retStr As String
RetStr = Str1.Replace("A", "")
```

程序运行结果：RetStr 的值为 BC,DEF

（4）IndexOf 方法：搜索指定字符或子串的位置，如果找到，返回第一次找到的位置；

否则，返回-1。

例如：

    Dim Str1 As String = "ABC,ADEFA"
    Dim Pos As Integer

Pos = Str1.IndexOf("ABC")

程序运行结果，Pos 的值为 0。

（5）ToUpper 方法：将字符串的内容转换为大写，对应于 VB 的系统函数 Ucase ()。

（6）ToLower 方法：将字符串的内容转换为小写，对应于 VB 的系统函数 Lcase()。

（7）Length 方法：取字符串长度，等同于 VB 的系统函数 Len()。

例如：

    Dim Str1 As String = "ABC,我你他"
    Response.Write(Str1.Length())
    Response.Write (Len(Str1))

程序运行结果：7

> **提示** 使用这些方法对字符串 Str1 进行操作后，Str1 本身的值并没有改变。

3.6 程序结构

VB.NET 是一个面向对象的程序设计语言，尽管采用了事件驱动的机制，但在设计过程的程序代码时，仍需要对过程的流程进行控制，即采用结构化程序设计的方法完成过程代码设计。

结构化程序设计方法把程序的结构分为顺序、选择和循环三种基本结构。程序设计的基本原则是，尽量避免语句间的跳转，自顶向下、逐步求精、模块化设计等。

3.6.1 程序语句与顺序结构

1. 程序语句

语句是程序的基本组成部分。VB.NET 程序中，一行代码称为一条程序语句，简称语句。语句是执行具体操作的指令，每个语句行以 Enter 键（回车键）结束。语句的长度最多不超过 1023 个字符。

程序语句是 VB.NET 的关键字、属性、函数、运算符以及能生成 VB.NET 编译器可识别指令的符号的任意组合。一个完整的程序语句可以简单到只有一个关键字，也可以是各种元素的组合。

建立程序语句时，必须遵从的构造规则称为语法。编写程序代码时要遵循一定的规则，使编写的程序既能够被 VB.NET 正确地识别，又能增加程序的可读性。VB.NET 按约定对语句进行简单的格式化处理。例如，将对象名、关键字、函数的首字母自动变为大写。

语句的书写规则：

（1）用回车键作为每一个语句的结束符。

程序代码行之间不能用分号（;）或其他符号作为分隔符，只能用回车键作为行与行之间的分隔。

（2）程序代码不区分字母的大小写。

为提高程序的可读性，系统对程序代码自动进行转换，其中，关键字的首字母总被转换成大写，其余字母被转换成小写。

（3）用注释增加程序的可读性和可维护性。

注释是一些说明性的非执行文本。编译程序或解释程序遇到注释时会跳过。在程序代码中加入注释时，只需在注释文本前加上一个单号 "'" 即可。

（4）语句分隔符和续行符。

①冒号 "："：语句分隔符。在同一行上书写多个语句时使用。这种书写格式降低了程序的可读性。

②空格和下划线 "__"：语句续行符。当一个单行语句要分为若干行书写时，只需在该行后加入续行符即可。

2．顺序结构

顺序结构是程序设计中最简单、最常用的基本结构。在该结构中，各语句的执行按照语句的书写次序逐条顺序执行，是任何程序的基本结构。本章之前的范例都是最简单的顺序结构程序。

3.6.2　选择结构

例 3-19　通过网址参数输入一个数，如果该数大于 100，则输出 "GOOD!"。

相关知识与技能：

通常，程序中的语句按顺序执行。但是，许多情况下语句的执行顺序依赖输入数据或中间结果，这时，必须根据某个变量或表达式的值作出判断，以决定执行哪些语句或跳过哪些语句不执行。

选择结构指程序可以根据一定的条件有选择地执行某一程序段，即对不同的问题采用不同的处理方法。选择结构又称分支结构，VB.NET 提供了多种形式的条件语句来实现选择结构。

选择结构有三种形式：单分支结构、双分支结构、多分支结构。

单分支结构可以由两种语法格式。

（1）语法格式一：

    If 条件表达式 Then 程序语句

（2）语法格式二：

    If 条件表达式 Then

        程序语句块

    End If

程序语句块可以是一条语句，也可以是多条语句，甚至可以是空语句；如果条件表达式的计算结果为逻辑值 True，则执行 Then 后面的程序语句；如果程序语句只有一行，可以采用语法格式一的简洁写法；如果程序语句在一行以上，必须将程序语句依次写在 If 和 End If 之间。

```
1    <%
2        Dim num As Integer = Val(Request("num"))
3        If num > 100 Then
4            Response.Write("GOOD!< br/>")
5        End If
6
7        Response.Write("你输入的数是:" & num & "<br/>")
8        Response.Write("想想,你为什么还能看到这两行?")
9    %>
```

代码说明:

行2: 读取传递的网址参数 num 的值。

行3~5: 如果 num 的值>100,则执行行4的语句。由于满足条件要执行的语句只有一行,因此,也可以按语法格式一写为: If   num > 100   Then   Response.Write("GOOD!< br\>") 。

 将语句写为一行时,后面不能再带 End If 关键字。

行6之后: 由于行7和行8不在 if 和 end if 之间,无论 num 的值是否满足大于100的条件,分支结构后的语句都会被执行。

程序运行结果如图3-9和图3-10所示为传递不同数据时的显示结果。

GOOD!
你输入的数是:101
想想,你为什么还能看到这两行?

你输入的数是:10
想想,你为什么还能看到这两行?

图 3-9   http://localhost/test.aspx?num=100   图 3-10   http://localhost/test.aspx?num=10

 例3-19中没有说明,如果 num 不满足小于或等于100时执行什么动作。不满足条件时,若需要提示用户输入大于100的数时程序才继续向下执行,则需要使用双分支结构。

例 3-20   分析以下代码运行的结果。

相关知识与技能:

在例3-20中采用双分支结构,语法格式如下:

If 条件表达式 Then
    程序语句块 1
Else
    程序语句块 2
End If

代码:

```
1    <%
2        Dim num As Integer = Val(Request("num"))
3        If num > 100 Then
4            Response.Write("你输入了大于100的数!<br/>")
5        Else
6            Response.Write("对不起,你必须输入大于100的数<br/>")
7            Response.End()
```

```
8          End If
9
10         Response.Write("你什么时候能看到这一句?")
11    %>
```

代码说明：

行 3：如果输入的数大于 100，则执行行 4 程序语句；否则，执行 Else 与 End If 之间的语句，即行 6～7。

行 7：Response 对象的 End 方法表示，如果程序执行到这一行，则程序结束了，浏览器不再输出该行代码之后的任何内容。不管后面有无程序语句，或者 HTML 标记，都不再往下执行。

程序运行结果如图 3-11 和图 3-12 所示。

你输入了大于100的数!　　　　　　　　　　　　　　　对不起,你必须输入大于100的数
你什么时候能看到这一句?

图 3-11　http://localhost/test.aspx?num=101　　　　图 3-12　http://localhost/test.aspx?num=10

例 3-21　判断输入的分数，得出分数等级，其中>=90 分为 "A"；>=80 为 "B"；>=70 为 "C"；>=60 为 "D" 其余为 "E"。

相关知识与技能：

在选择结构中，如果处理方法比较复杂，需要多行语句才能实现，则需要使用多分支结构。本例有多个条件需要进行判断，采用多分支选择结构来实现。

多分支结构有两种语法格式：

（1）语法格式一：

```
If 条件表达式一 Then
     程序语句块 1
ElseIf 条件表达式二 Then
     程序语句块 2
ElseIf 条件表达式三 Then
     程序语句块 3
…
Else
     程序语句块 (N+1)
End If
```

（2）语法格式二：

```
elect Case 条件表达式
     Case 值 1
          程序语句块 1
     Case 值 2
          程序语句块 2
     Case 值 3
          程序语句块 3
     …
     Case Else
          所有条件不满足时执行的语句块
```

End Select

代码:

```
1    <%
2        Dim x As Single = Val(Request("x"))
3        Response.Write("你的分数等级是:<BR/>")
4
5        If x >= 90 Then
6            Response.Write("A")
7        ElseIf x >= 80 Then
8            Response.Write("B")
9        ElseIf x >= 70 Then
10           Response.Write("C")
11       ElseIf x >= 60 Then
12           Response.Write("D")
13       Else
14           Response.Write("E")
15       End If
16   %>
```

代码说明:

行 1: 通过 val 函数, 将参数转换为数值, 保存在 Single 类型变量 x 中。

行 2: 输出提示性的信息并换行。

行 5~15: 典型的多分支结构。依次对 x 的值进行判断, 仅当不满足第一个条件时, 才进行下一个条件的判断, 依此类推, 直到所有的条件都不满足时, 将执行最后一个 else 分支, 如第 14 行的语句。如果自上到下判断过程中, 只要有一个条件满足, 那么其余的分支将不会被执行。假如, 输入的数是 82, 则行 5 的条件不满足, 不会执行行 6 的语句, 而继续执行行 7 的判断; 本例中, 82>80 满足条件, 将执行行 8 的语句, 然后执行 End If 之后的语句; 后面的判断, 如行 9、行 11 和行 13 将不会继续执行。

程序运行结果如图 3-13 所示。

你的分数等级是:
A

图 3-13   http://localhost/test.aspx?x=100

提示   例 3-21 采用的是多分支结构的格式一。

例 3-22   使用多分支结构格式二, 实现例 3-21 同样的功能。

```
1    <%
2        Dim x As Single = Val(Request("x"))
3        Response.Write("你的分数等级是:<BR/>")
4
5        Select Case x
6            Case is>=90
7                response.write("A")
8            Case    is>=80
```

```
 9              response.write("B")
10          Case is>=70
11              response.write("C")
12          Case is>=60
13              response.write("D")
14          Case else
15              response.write("E")
16      End select
17  %>
```

代码说明：

行 6～12 中的 Is 代表 Select case 中的 x，不能直接写成 Case >=90 的形式。若判断 x 的值是否等于某个值，如 90，可以直接写成：Case 90；若判断 x 的值是否等于某个范围内的值，如 70,80,90，可以写成：Case 70,80,90，每个具体的值用逗号分隔；如果判断 x 是否在某个范围内，如 >=90 且 <=150，可以写成：Case 90 To 120，其中，To 关键字表示到某个范围内。对于字符串类型的数据，具体值使用双引号括起，如：Case "A"。

分支语句也可以嵌套使用，即在一个分支结构中，可以包含其他的分支语句，需要注意，If 总是与其最近的 End If 配对。

例 3-23 输入一个整数，并且判断这个数是负数、一位数、二位数或是三位及以上的数。

```
<%
    Dim x As Integer = Val(Request("x"))
    If x < 0 Then
        Response.Write("负数")
    Else
        If x < 10 Then
            Response.Write("一位数")
        ElseIf x < 100 Then
            Response.Write("两位数")
        Else
            Response.Write("三位及以上的数")
        End If
    End If
%>
```

思考：分析以上代码。该例可以有多种写法，你能写出几种？

3.6.3 循环结构

例 3-24 从 1 累加到 4，输出结果。

相关知识与技能：

程序设计中，常常会遇到一些计算不复杂但需要反复多次计算的问题，如显示九九乘法表等。这种问题可用循环结构来实现。

循环结构程序设计实际上是一种特殊结构的选择结构，程序根据循环条件的判断结果决定是否执行循环体语句。循环体语句是循环结构中的处理语句块，用来执行重复的任务。

循环结构有多种形式，可以根据需要选择。无论采用何种类型的循环结构，其循环体执行次数必须视其循环类型与条件而定，且必须确保循环的重复执行能在适当的时候得以终止（即非死循环）。此外，循环结构还能嵌套使用。

VB.NET 的循环语句常用的有四种形式：

（1）For ... Next

（2）For Each ... Next

（3）While ... End While

（4）Do ... Loop While

例 3-24 采用了 For ..Next 循环结构。

（1）语法格式。

```
For 循环变量 [As 类型]=初始值 To 终止值 [Step 步长]
    程序语句块
    [Exit For]
Next
```

（2）语句功能。

For 循环语句是一种定次循环语句，在程序设计时已经可以确定需要循环的次数。执行 For 语句时，首先判断循环变量当前值是否大于终值，若不是，则进入循环执行循环体语句块。执行到 Next 语句时，将循环变量的值加上步长值，返回到 For 语句（循环开始处）；否则，退出循环执行 Next 语句之后的语句。

（3）语句说明。

● 循环变量：整型变量，用于记录循环次数的数值型变量。

● 类型：说明循环变量的类型。

● 初始值：循环变量的起点值。

● 终止值：决定何时退出循环。

● 步长值：数值类型。步长值决定每执行一次循环，循环变量的增量。每次循环后，循环变量的增量（默认）增 1，可以是正数或负数。

● Exit For：控制转移到 For 循环外，即退出循环。

● 初始值、终止值和步长变量在循环前必须赋值，且为整数。

```
<%
Dim i as Integer
Dim sum as Integer=0
For i=1 To 4 Step 1
    Sum+=i
Next
Response.Write(sum)
%>
```

代码说明：

变量 sum 保存累加的结果。Step 1 表示步长为 1（Step 表示步长）。步长为 1 时可以省略 Step 1。

例 3-25 列出当前页面上所有控件的 ID。

相关知识与技能：

本例采用 For Each 结构。For Each 结构又称列举循环，一般用于集合对象或数组。

（1）语法格式。

```
For Each 变量 in 集合类型对象或数组
    程序语句块
    [Exit For]
Next
```

（2）语法功能。

依次取出集合或数组中的每一个元素，保存在变量中，直到所有的元素都被取出为止，循环结束；也可以在满足其他条件时，通过 Exit For 语句，中断循环。

例 3-17 也是采用 For Each 结构的一个实例。该实例采用列举循环列举数组元素，并求出数组元素的和。

```
<%
    Dim c As Control
    For Each c In Me.Controls
        Response.Write("控件的 ID 为:" & c.ID & "<br/>")
    Next
%>
```

代码说明：

Controls 为页面所有控件的集合；变量 c 为 Control 为控件类型。

例 3-26 实现 1 到 100 的累加，在页面上输出结果。

相关知识与技能：

本例采用 While 循环结构。While 结构又称为"当型结构"，即当满足条件时，执行循环体的程序语句；或在满足其他条件时，使用 Exit While 中断循环。

语法格式：

```
While 条件
    程序语句块
    [Exit While ]
End While
```

代码：

```
<%
    Dim sum As Integer = 0
    Dim i As Integer = 0

    While i <= 100
        sum += i
        i += 1
    End While
    Response.Write("从 1 累加到 100 的结果是:" & sum)
%>
```

思考：自行分析以上代码的功能。

例 3-27 试求从 1 累加到 100 过程中，当累加到哪个数时，累加结果大于等于 1000？

相关知识与技能：

本例采用 DO 循环结构。Do 循环结构又称"直到型结构"，即先执行循环体，直到不满足条件为止退出循环；也可以在满足其他条件时，通过 Exit Do 语句中断循环。

语法格式：

```
Do
    程序语句块
    [Exit Do ]
Loop While  条件
```

代码：

```
<%
    Dim sum As Integer = 0, i As Integer = 0
    Do
        sum += i
        If sum > 1000 Then Exit Do
        i += 1
    Loop While (1)
    Response.Write("当结果>=1000 时,I 的值是:" & i)
%>
```

思考：分析以上代码的执行过程。本例中，使用 While(1)语句为何不会进入死循环？应该注意什么？

3.7　函数与过程

函数是完成某一功能的程序代码段，又称程序模块。该段程序代码以一定格式实现某个功能，并通过函数名来调用。编写函数的目的是便于维护，避免代码重复编写，提高程序设计效率。一般来说，函数有返回值，函数的返回值即函数执行的结果。实际上，过程也是一种函数，只是没有返回值；方法是存在于某个对象中的函数或过程，必须通过"对象名.方法名"的形式使用，如前面在页面输出内容的方法：Response.Write。函数和过程只需要直接通过名称来使用即可，如 Val("123")。

3.7.1　自定义函数

例 3-28　定义一个函数 Add，实现两个整数相加，并返回相加的结果。

相关知识与技能：

函数分为系统函数和自定义函数。系统函数是 VB.NET 提供的内部函数，可以直接通过函数名调用，如 Val()函数、Len()函数等。自定义函数是用户自己设计的函数。

本案例要求设计一个自定义函数。

自定义函数格式：

```
Function  函数名（参数列表）As 返回值类型
    代码段
[Exit Function]
    [Return  结果]
End Function
```

（1）关键字 Function …End Function：函数的定义结构。

（2）参数：需要传递到函数中处理的数据，多个参数以逗号分隔；调用函数时，传递给函数的参数必须和函数定义时的个数、位置和类型一致。

（3）Return 关键字：返回调用函数的结果，必须与函数定义时的数据类型一致，函数通过 Return 关键字只能返回一个值，不能返回多个值。

```
<script runat="server">
Function Add(ByVal x As Integer, ByVal y As Integer) As Integer
     Dim sum As Integer = x + y
          Return sum
     End Function
</script>
```

代码说明：

使用记事本在 ASP.NET 网页中设计自定义函数和过程时，应将函数和过程放在<script runat="server">和</script>标记内，表示这是在服务器中定义和执行的函数或过程。script 标记可以放在页面的任何位置。调用该函数或过程的程序代码或其他语句，如前面所述，放置在<%%>标记内。

本例中的函数的调用：

```
<%
     Dim sum As Integer = 0
     sum = add(2, 3)
     Response.Write("两数相加的结果是:" & sum)
%>
```

3.7.2 自定义过程

例 3-29 编写一个 OutPut 过程，模拟 Response.Write()方法的功能。

相关知识与技能：

过程分为事件过程和自定义过程。事件过程是在对象上触发某个事件时，系统自动调用的过程。事件过程将在后面介绍。

自定义过程格式：

```
Sub 过程名(参数列表)
     代码段
     [Exit Sub]
End Sub
```

代码：

```
<script runat="server">
     Sub OutPut(ByVal msg As String)
          Response.Write("你需要输出的内容是:" & msg)
     End Sub
</script>
```

自定义过程的调用：

```
<%
```

```
        OutPut("欢迎使用 ASP.NET")
    %>
```

 过程不能有返回值。其他使用与自定义函数一样。

3.7.3 参数与返回值

例 3-30 分析以下的两个自定义过程，并在页面中验证输出的结果。

相关知识与技能：

函数参数的传递方式有两种：值传递和引用传递。

一般，函数的参数称为形式参数，实际传递给函数参数的数据称为实际参数。实际参数可以是变量或常量。

所谓值传递（ByVal），是在调用函数时，把实际参数的值传递给函数对应的形式参数；所谓引用传递（ByRef），是在调用函数时，形式参数对应实际参数的内存地址。因此，引用传递实际参数必须是变量。

两种传递方式的最大区别：引用传递可以改变实际参数的值，值传递不影响实际参数的值。读者可以从例 3-30 看出两者之间的差别。

```
1    <script runat="server">
2        '形式参数为值传递，使用关键字 ByVal 进行说明
3        Sub Testval(ByVal x As Integer)
4            x = x + 10
5        End Sub
6
7        '形式参数为值传递，使用关键字 ByRef 进行说明
8        Sub TestRef(ByRef x As Integer)
9            x = x + 10
10       End Sub
11   </script>
```

代码说明：

TestVal 过程参数传递方式为是值传递，参数 x 前带有值传递的关键字 ByVal。在该过程中，将传递到该过程的值加上 10，由于是值传递，因而不影响调用该过程前数据的值。x 在这里只是局部变量，过程调用完毕，x 将不存在。

TestRef 过程参数传递方式是引用传递，参数 x 前带有引用传递的关键字 ByRef，可以理解为调用该过程时，将整个变量传递到该过程，x 代表着调用该过程时的变量本身，因而在该过程加 10 后，相当于传递到该过程的变量也加了 10。

```
1    <%
2        Dim m As Integer
3        m = 10
4        Testval(m)
5        Response.Write("传值调用的结果是:" & m)     '结果为 10，m 的值没有改变
6        Response.Write("<br/>")
7
```

```
8        m = 10
9        TestRef(m)
10       Response.Write("传地址调用的结果是:" & m)   '结果为 20，m 的值在 TestRef 中被改变了
11    %>
```

代码说明：

行 3：对变量赋初始值，测试调用过程 TestVal 后，m 的值有无发生变化。

行 4：调用 TestVal 过程，传递变量 m 的值到该过程，也可以理解为将 10 这个数传递到该过程。

行 5：输出变量 m 的值。

行 6：换行。

行 8：对变量初始化为 10。

行 9：调用过程 TestRef 过程，将变量 m 的地址传递到该过程，也可以理解为将变量 m 本身传递到该过程。

程序运行结果如图 3-14 所示。

图 3-14   传值和引用传递

例 3-31   用数组作为参数以及函数返回数组。

```
1     <script runat="server">
2          '本案例说明数组字作为函数参数如何传递
3          Sub subArr(ByRef arr() As Integer)     '数组总是传地址的
4               For i As Integer = 0 To arr.Length - 1
5                    arr(i) = arr(i) + 1
6               Next
7          End Sub
8
9          '本案例说明函数如何返回数组
10         Function MySplit(ByVal s As String, ByVal c As String) As String()
11              Return s.Split(c)
12         End Function
13    </script>
```

代码说明：

行 3～7：subArr 过程作用是将传递过来的数组参数，依次加 1。

行 10～12：MySplit 函数的作用是实现将传递的参数字符串 s，按照参数字符串 c 进行分隔，然后返回分隔后的数组。其中，Split 是字符串对象的方法，实现将字符串按指定的分隔符分隔成数组。

```
    <%
        Dim arr() As Integer = {1, 2, 3, 4}
```

```
Dim tmpstr1 As String = ""

'调用自定义函数，并将数组 arr 作为参数
subArr(arr)

'显示 arr 的结果
For i As Integer = 0 To arr.Length - 1
    tmpstr1 = tmpstr1 & arr(i) & " "
Next
Response.Write("调用过程 SubArr 后,数组内容为:" & tmpstr1 & "<br/>")

Dim s() As String
Dim tmpstr2 As String = ""
s = MySplit("abc,bcd,ok", ",")

'显示 s 的结果
For i As Integer = 0 To s.Length - 1
    tmpstr2 = tmpstr2 & s(i) & " "
Next
Response.Write("调用函数 MySplit 后,数组内容为:" & tmpstr2)
%>
```

提示　代码说明已包含在代码的注释中。

程序运行结果如图 3-15 所示。

图 3-15　例 3-31 运行结果

提示　引用传递使得函数可以返回多个值。数组作为函数参数时，是以引用传递方式
进行的。

3.8　创建 ASP.NET 应用程序

3.8.1　创建第一个 ASP.NET 应用程序

1. 启动 Visual Studio 2005

在"开始"菜单的程序组中找到并启动 Visual Studio 2005 集成开发环境，如图 3-16 所示。

图 3-16　启动 Microsoft Visual Studio 2005

2．新建网站

在 Visual Studio 2005 集成开发环境的"文件"菜单中选择"新建网站"选项（见图 3-17），弹出"新建网站"对话框，如图 3-18 所示。

图 3-17　新建网站菜单

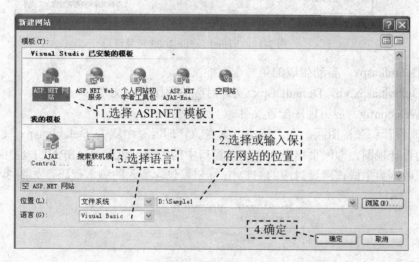

图 3-18　网站模版选择及保存

3．选择模板

在"新建网站"对话框的"模板"框中选择模板。模板数量视系统中已经安装的模板而定，有些模板需要单独安装，如 ASP.NET Ajax-Enabled Web Site 网站模板等。在"位置"下拉列表框中选择或输入保存网站的位置。在"语言"下拉列表框中选择语言，"语言"可以有三种选择：Visual Basic、Visual C#、Visual J#，这也是目前支持 ASP.NET 开发的语言；这里选择 Visual Basic。

4．界面组成

Visual Studio 2005 开发环境如图 3-19 所示。

（1）工具箱：包含所有用于 ASP.NET 应用程序设计界面的元素（控件），可以将控件以拖动方式放置在设计视图中，完成页面的布局。

（2）解决方案资源管理器：管理 ASP.NET 应用程序设计中所有用到的文件，也可以同时进行多个项目的开发和管理。默认生成的文件结构：

1）App_Data 文件夹。包含应用程序数据文件：MDF 文件、XML 文件和其他数据存储文件。App_Data 文件夹用来存储应用程序的本地数据文件，如 Access 数据库。

图 3-19　Visual Studio 2005 开发环境

2）Default.aspx。自动生成的第一个页面文件。

3）Default.aspx.vb。Default.aspx 文件对应的程序代码文件。

4）Web.config。应用程序配置文件。

（3）设计和源视图区。在"解决方案资源管理器"中双击 Default.aspx 文件，默认看到该页面的设计视图，即网页出现在浏览器窗口中的内容，也就是 ASP.NET 应用程序的设计界面；源视图则为生成该网页对应的 HTML 标记，包含插入的脚本代码，如图 3-20 所示。

图 3-20　源视图

（4）代码视图。在资源管理器中双击 Default.aspx.vb 文件，可以打开代码视图，如图 3-21 所示。在这里添加 ASP.NET 的事件处理代码。

图 3-21　代码视图

5. 程序运行

在设计过程中，可以直接输入文字或拖放工具箱中的控件到设计视图。这里直接输入"第一个 ASP.NET 应用程序"文本，然后在工具栏上单击"运行"按钮，执行该网页，如图 3-22 所示。

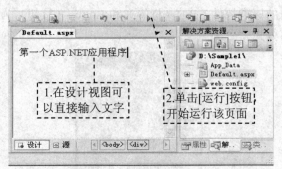

图 3-22 运行程序的操作

首次运行程序时，将弹出"未启用调试"对话框，如图 3-23 所示。若直接单击"确定"按钮，程序将以调试模式运行；如果在运行中出现代码错误，程序将中断在出现错误的代码处，弹出调试对话框。若选择"不进行调试直接运行"单选按钮，代码出现错误时，错误信息将在浏览器窗口输出。

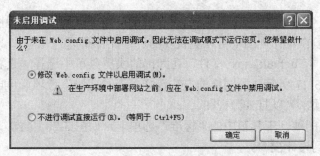

图 3-23 运行方式选择对话框

在"未启用调试"对话框中单击"确定"按钮后，Visual Studio 2005 内置的小型 Web 服务器随之启动运行，在任务栏右下角可以看到图 3-24 所示的提示。程序运行结果如图 3-25 所示。

图 3-24 内置 ASP.NET 应用程序调试服务器

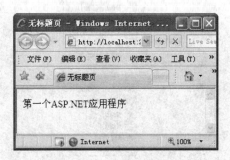

图 3-25 程序运行结果

3.8.2 控件添加与使用

ASP.NET 中提供非常丰富的控件（见图 3-26），可以快速构建 ASP.NET 应用程序界面。本节以工具箱中最常用的标准控件 Label（标签）和 Button（按钮）为例，讲解控件添加、属性的设置和代码的编写方式。

图 3-26　工具箱

例 3-32　添加 Label 控件，在 Label 控件显示"欢迎使用 ASP.NET"的文本。

操作步骤：

（1）打开默认生成的 Default.aspx 的设计视图，在设计视图和源视图下都可以看到工具箱中列出的控件，但在设计视图下可以更直观的进行控件布局。

（2）用鼠标右击 default.aspx 文件，在弹出的快捷菜单中选择"查看设计器"选项，打开设计视图，如图 3-27 所示。用同样的方法选择"查看代码"选项，可以打开代码视图；选择"查看标记"选项，可以打开源视图。

（3）在设计视图展开工具箱中的"标准"选项卡，如图 3-28 所示。双击或拖动 Label 控件，将该控件添加到设计视图。

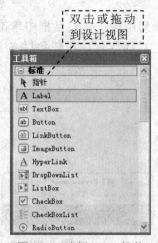

图 3-27　打开设计视图　　　　　　　图 3-28　选择 Label 控件

（4）选中 Label 控件，设置控件的属性，如图 3-29 所示。

图 3-29　属性设置

（5）在工具栏上单击"运行"按钮，程序运行结果如图 3-30 所示。

图 3-30　运行结果

　本例总结向设计视图添加控件、设置控件属性的方法，其他控件的添加和属性设置方法、步骤也一样。

3.8.3　通用属性

例 3-33　设置 Label 属性：背景为 DarkGray，前景色为黑色，宽度和高度为 32px 和 192px，红色点划线边框，边框宽度为 1px，显示内容为"欢迎使用 ASP.NET"，如图 3-31 所示。

欢迎使用ASP.NET

图 3-31　例 3-33 的效果

相关知识与技能：

在 Label 的属性窗口 中列出很多属性，添加到设计视图的各种控件也有很多相似的属性。为便于读者学习，列举大部分控件具有的通用属性及其含义如下：

1．布局属性

（1）Width：宽度，默认单位是 px。

（2）Height：高度，默认单位是 px。

一般不直接设置控件的尺寸，而是通过拖动控件的控制点（图 3-32 中的白色小方块）控制其尺寸。

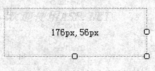

图 3-32　控件大小的调整

2．外观属性

（1）BackColor：控件的背景色，可以通过颜色框选择，或输入颜色常数，如#0099FF、Red 等。

（2）ForeColor：控件的前景色，即控件表面文字颜色，可以通过颜色框选择，或输入颜色常数。

（3）BorderColor：边框颜色，边框颜色需要配合边框样式属性和边框宽度属性才起作用。

（4）BorderStyle：边框样式，各种样式在下拉框中可以选择。

（5）BorderWidth：边框宽度，默认单位是 px。

（6）Font-Bold：字体属性，是否粗体。

（7）Font-Italic：字体属性，是否斜体。

（8）Font-Names：字体属性，字体名称。

（9）Font-Size：字体尺寸。

（10）Font-Underline：是/否加下划线。

（11）Font-Overline：是/否加上划线。

（12）Font-Strikeout：是/否加删除线。

（13）Text：控件表面文本。

3．行为属性

（1）Visible：是否可见。

（2）Enabled：是否可用。

（3）CssClass：CSS 样式类名。

操作步骤：

（1）打开源视图，将看到与以下相似的标记。

```
<asp:Label ID="Label1" runat="server"
    Text="欢迎使用 ASP.NET"
    Height="32px"
    Width="192px"
    BackColor="DarkGray"
    ForeColor="Black"
    BorderColor="Red" BorderStyle="Dashed"    BorderWidth="1px"
    Font-Size="Larger" />
```

（2）除宽度和高度可以直接拖动改变外，其他属性均可以在属性窗口中设置。

3.8.4 添加事件代码

例 3-34 在例 3-32 的基础上，添加一个按钮控件，按钮文本为"改变 Label 内容"，单击按钮控件，编写代码，改变标签控件的文本为"动态改变了 LABEL 文字"。

操作步骤：

1．界面布局

双击工具箱标准选项卡中的 Button 控件，添加按钮控件。

在属性窗口中找到控件的 Text 属性，改变其 Text 属性为："改变 Label 内容"，如图 3-33 所示。

图 3-33 界面布局

在解决方案资源管理器中，用鼠标右击 Default.aspx 文件，在弹出的快捷菜单中选择"查看代码"选项；或双击 Default.aspx.vb 文件，打开代码视图，如图 3-34 所示。在代码视图中编写控件的事件响应代码。

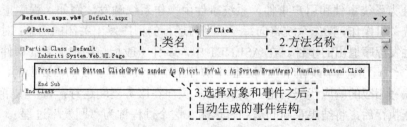

图 3-34 代码视图

在代码视图的"类名"下拉列表框找到 Button1 对象，在"方法名称"下拉列表框找到 Click 事件，自动生成事件结构，表示在 Button1 这个对象上，发生单击 Click 事件时需要做什么。本例需要改变 Label1 的文本。

2．编写代码

在代码视图中，粗体字即为需要输入的代码，即：

Protected Sub Button1_Click(ByVal sender As Object, ByVal e As System.EventArgs) Handles

```
          Button1.Click
          Label1.Text = "动态改变了 LABEL 文字"
      End Sub
```

3. 代码说明

设计视图（即 Web 窗体）上的每一个控件（对象）都有唯一的 ID，控件的 ID 如同人的身份证号码，ID 是调用对象方法或设置对象属性的重要依据，也是一个对象区分其他对象的依据。添加到设计视图的每一个控件，都具有默认的 ID，如本例中的 Label1 和 Button1。设计视图选中控件时，在属性窗口中可以修改其 ID 值。

> 提示 ID 值在一个页面上只能是唯一的。

属性除了可以在属性窗口中设置（设计状态），也可以动态设置（运行状态），使用格式如下：

　　　ID.属性名=属性值

4. 运行结果

程序运行结果如图 3-35 和图 3-36 所示。

图 3-35　运行程序时显示　　　　　　　　　图 3-36　单击按钮后显示

从上面例子中，你学到了如何添加事件响应代码，如何动态更改控件的属性。

知识拓展：

1. 事件驱动与面相对象

ASP.NET 提供面向对象的程序设计方法，支持事件驱动的开发模型。首先需要理解两个重要的概念：事件驱动和面向对象。

所谓事件驱动，简单来说，就是在对象上发生什么事（触发了什么事件），程序应当做什么（编写代码响应该事件）。就象办公室中电话响了（即来电事件），人们应当接听电话（响应事件）。

事件分为系统事件和用户事件。系统事件由操作系统触发，例如，程序正在运行时，又执行了系统关机操作，操作系统将向每一个当前运行的程序发出关闭的消息；对于正在运行的程序，将触发程序退出的事件。在 ASP.NET 中，事件一般指与用户交互的事件，如在按钮上单击、在文本框上按回车或在下拉列表框中选择某个列表项等。我们需要做的，就是对需要响应的事件编写相应的响应代码。由于 ASP.NET 页面在服务器端运行，每一次事件的激发，都将在服务器执行后，将结果重新回送到客户端（这个过程称为"回发"过程）。由于鼠标类的事件，如移动、按下或松开按键等操作频率非常高的事件将引起服务器与浏览器之间的不断回发过程，因此，没有提供该类事件的支持（实际上，一般通过编写客户端执行的脚本代码来实现对该类事件的响应）。

所谓对象，简单来说，一切实际存在的物体即对象。对于程序而言，每一个 Web 窗体上的控件（包括 Web 窗体）都是一个实际的对象。对象具有属性（特征）和方法（动作）。例如，张三是一个具体的人，具有姓名、年龄和性别等特征（张三的属性），他可能还会唱歌、跳舞（他的动作）。

编写代码的思路：在哪个对象上发生某个事件时，需要做什么（设置或取得对象的属性，或调用对象的方法）。因此，需要了解每一个对象的常用属性、常用方法和该对象可以触发的事件。

2．源视图

在设计视图中，通过设计源标签 ![设计 源]，可以在设计视图与源视图之间转换。在开始生成的页面中，可以看到默认生成的源视图的标记格式：

```
1   <%@ Page Language="VB" AutoEventWireup="False" CodeFile="Default.aspx.vb" Inherits="_Default" %>
2   <!DOCTYPE html PUBLIC "-//W3C//DTD XHTML 1.0 Transitional//EN" "http://www.w3.org/
    TR/xhtml1/DTD/xhtml1-transitional.dtd">
3
4   <html xmlns="http://www.w3.org/1999/xhtml" >
5   <head runat="server">
6       <title>无标题页</title>
7   </head>
8   <body>
9       <form id="form1" runat="server">
10      <div>
11
12      </div>
13      </form>
14  </body>
15  </html>
```

标记说明：

行 1：首先指定该页面使用的语言为 VB.NET。AutoEventWireup 属性指示事件与过程是否由 ASP.NET 自动查找和绑定，对于以上方式建立的页面，默认为 False；CodeFile 属性指定该页面对应的 ASP.NET 代码文件，Inherits 属性与 CodeFile 一起使用，指明代码文件中的类名。

行 2：DOCTYPE 声明块，说明 XHTML 或者 HTML 的版本，从而建立符合标准的网页，某些 HTML 标记和 CSS 在正确版本下才能生效。

行 4：xmlns 属性指明 XHTML 名字空间，固定用法。

行 9～13：每个 ASP.NET 页面都只能有一个 Form 标记，而且 Form 标记中具有 runat=server 属性，任何添加到页面的 Web 服务器控件都必须放置到该标记中。实际上，添加控件时，控件的代码标记自动插入到该标记内。若将工具箱中的 Label 控件拖动到设计视图，将会看到以下第 3 行标记：

```
1   <form id="form1" runat="server">
2   <div>
3       <asp:Label ID="Label1" runat="server" Text="Label"></asp:Label>
4   </div>
5   </form>
```

若将 Label 控件直接拖动<form></form>标记之间，也会自动插入以上第 3 行的标记（可以拖动控件到源视图的位置，不一定要转换到设计视图）。

3.8.5　添加新 Web 窗体

例 3-35　为例 3-33 添加一个新页面，并设置其为默认主页。

操作步骤：

1. 新建网页

在例 3-33 的项目中打开解决方案资源管理器，用鼠标右击 Sample1，在弹出的快捷菜单中选择"添加新项"选项；或在"网站"菜单中选择"添加新项"选项（见图 3-37），弹出"添加新项"对话框，如图 3-38 所示。

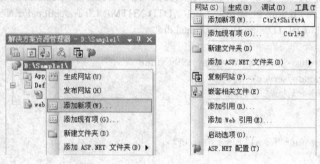

图 3-37　添加 Web 窗体

2. 选择网页模型

选择新建项的模板（本例添加"Web 窗体"）；如果要修改默认的文件名，在"名称"位置中输入新的文件名；默认是按代码隐藏模型建立 Web 窗体，即选择"将代码放在单独的文件中"复选框（见图 3-38）。单击"添加"按钮，在项目中建立新的网页文件，并自动打开其设计视图。

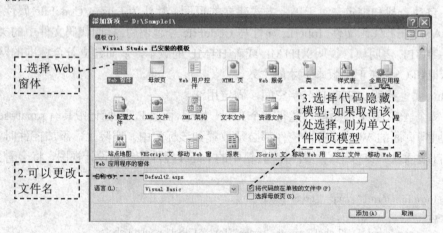

图 3-38　选择网页模型

3. 设置为启始页

在解决方案资源管理器中用鼠标右击 Default2.aspx，在弹出的快捷菜单中选择"设为起始页"选项，如图 3-39 所示。

启始页又称默认页或主页，即 ASP.NET 程序启动时首先执行的页面。本例所设置的默认页，是作为 ASP.NET 内置服务器测试 ASP.NET 应用程序的启始页来运行。当网站发布后，网站默认主页通过 IIS 管理器的"主文档"选项卡设置。

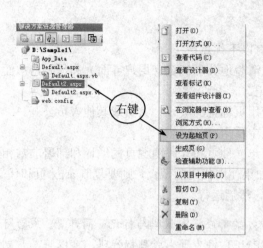

图 3-39 设置起始页

知识拓展：

1. 单文件网页模型与代码隐藏模型

一个 ASP.NET 应用程序一般都有多个 Web 窗体，每一个 Web 窗体可以只有一个 ASP.NET 页，即 aspx 后缀名的文件，此时，ASP.NET 代码和 HTML 标记混合在一起，这就是单文件网页模型；此外，一个 Web 窗体也可以有两个文件，一个是包含 HTML 标记或插入客户端运行的代码文件，后缀名也是 aspx，如 Default.aspx；另一个是 ASP.NET 代码文件，用于管理网页的编程逻辑，包括事件处理程序和其他代码，后缀名为 aspx.vb，如 default.aspx.vb 等，这是隐藏网页模型。

两种 ASP.NET 页模型可以同时存在 Web 应用程序中，两种模型功能相同，两种模型中可以使用相同的控件和代码。以上例子默认创建的网页，采用的是代码隐藏网页模型，也是开发 ASP.NET 应用程序推荐的模型，后面的例子都将采用该模型进行 Web 开发。当然，一个网站中也可以同时包含这两种模型的网页。

2. 单文件网页模型与代码隐藏模型的选择

单文件页模型和代码隐藏页模型功能相同。运行时，这两个模型以相同的方式执行，而且它们之间没有性能差异。因此，页模型的选择取决于其他因素，例如，在应用程序中组织代码的方式、将页面设计与代码编写分开是否重要等。

（1）单文件页的优点。单文件模型适用于特定的页，在这些页中，代码主要由页中控件的事件处理程序组成。

单文件页模型主要有以下优点：

1）在没有太多代码的页中，可以方便地将代码和标记保留在同一个文件中，这点比代码隐藏模型的其他优点都重要。例如，可以在一个地方看到代码和标记，使得研究单文件页更容易。

2）由于只有一个文件，使用单文件模型编写的页更容易部署或发送给其他程序员。

3）由于文件之间没有相关性，因而更容易对单文件页进行重命名。

4）由于页包含在单个文件中，在源代码管理系统中管理文件稍微简单一些。

（2）代码隐藏页的优点。代码隐藏页适用于包含大量代码或多个开发人员共同创建网站的 Web 应用程序。

代码隐藏模型主要有以下优点：

1）代码隐藏页可以清楚地分隔标记（用户界面）和代码，从而可以在程序员编写代码的同时让设计人员处理标记。

2）代码不会向仅使用页标记的页设计人员或其他人员公开。

3）代码可在多个页中重用。

（3）编译和部署。单文件页和代码隐藏页的编译和部署非常相似，最简单的方法是将页复制到目标服务器中。如果使用代码隐藏页，则要复制.aspx 页和代码文件。首次请求该页时，ASP.NET 对其进行编译，然后运行。

> **注意**　（1）两种方案都应将源代码与标记一同部署。或者可以预编译网站。在这种情况下，ASP.NET 将为页生成目标代码，可以将其复制到目标服务器中。预编译对单文件模型和代码隐藏模型都有效，且两种模型的输出相同。
>
> （2）本章的例子均使用记事本以单文件页保存并在 IIS 支持下运行。在代码隐藏页中，如果需要自定义在服务器中执行的函数或过程，代码视图中不需要添加<script>标记，而是直接将自定义函数或过程写在代码视图中自动生成的结构中，在某对象事件触发时进行调用，通过使用 Response.write 方法输出结果（该方法输出的内容总是显示在页面最前面），或使用其他 Web 服务器控件显示结果（可以在任意位置显示结果）。

例 3-36　使用单文件网页模型，输出九九乘法表。

操作步骤：

（1）新建网站，建立 Simple.aspx 页面，不选中"将代码放在单独的文件中(P)"复选框，如图 3-40 所示。

图 3-40　添加单文件网页

（2）切换到 Simple.aspx 源视图，源视图自动生成的标记如下：

```
<%@ Page Language="VB" %>
<!DOCTYPE html PUBLIC "-//W3C//DTD XHTML 1.0 Transitional//EN" "http://www.w3.org/TR/
    xhtml1/DTD/xhtml1-transitional.dtd">
<script runat="server">
'添加函数或过程的位置
</script>
<html xmlns="http://www.w3.org/1999/xhtml" >
<head runat="server">
    <title>无标题页</title>
</head>
<body>
    <form id="form1" runat="server">
    <div>
    '添加标记或代码的位置
    </div>
    </form>
</body>
</html>
```

（3）在<body>与</body>之间可以插入以下代码：

```
<table border ="1" >
    <%
        For i As Integer = 1 To 9
            Response.Write("<tr>")
            For j As Integer = 1 To 9
                Response.Write("<td>" & i & "*" & j & "=" & i * j & "</td>")
            Next
            Response.Write("</tr>")
        Next
    %>
</table>
```

完整的代码如下：

```
1    <%@ Page Language="VB" %>
2    <!DOCTYPE html PUBLIC "-//W3C//DTD XHTML 1.0 Transitional//EN" "http://www.w3.org/
         TR/xhtml1/DTD/xhtml1-transitional.dtd">
3    <script runat="server">
4    </script>
5
6    <html xmlns="http://www.w3.org/1999/xhtml" >
7    <head runat="server">
8        <title>无标题页</title>
9    </head>
10   <body>
11       <form id="form1" runat="server">
12       <div>
13       <table border ="1" >
14       <%
15           For i As Integer = 1 To 9
16               Response.Write("<tr>")
```

```
17              For j As Integer = 1 To 9
18                  Response.Write("<td>" & i & "*" & j & "=" & i * j & "</td>")
19              Next
20              Response.Write("</tr>")
21          Next
22      %>
23      </table>
24      </div>
25      </form>
26  </body>
27  </html>
```

（4）将该页设置为启动页，运行程序，结果如图 3-41 所示。

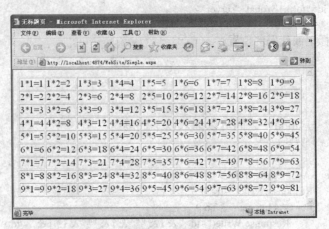

图 3-41　运行结果

例 3-37　使用代码隐藏模型，模拟广东省福利彩票"26 选 5"功能，从 1 到 26 的整数中随机选择 5 个不重复的数，作为其中一组投注号码。

操作步骤：

（1）新建网站，建立 Simple.aspx 页面，选中"将代码放在单独的文件中(P)"复选框，如图 3-42 所示。

图 3-42　添加代码隐藏模型网页

（2）界面布局：将按钮 Button 和一个 Label 控件添加到设计视图，如图 3-43 所示。

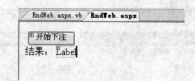

图 3-43　界面布局

（3）双击按钮控件，打开代码视图，自动建立的代码结构如下：

```
Partial Class RndWeb
    Inherits System.Web.UI.Page
End Class
```

（4）为按钮控件的单击事件过程编写代码：

```
1    Partial Class RndWeb
2        Inherits System.Web.UI.Page
3        Protected Sub Button1_Click(ByVal sender As Object, ByVal e As System.EventArgs)
             Handles Button1.Click
4            Dim i As Integer, j As Integer = 0
5            Dim sel(4) As Integer '保存选择的 5 个随机数
6            Dim TempNo As Integer
7            While (1)
8                TempNo = Int(Rnd() * (26 - 1 + 1) + 1) '
9                If Array.IndexOf(sel, TempNo) < 0 Then
10                   sel(j) = TempNo
11                   j += 1
12               End If
13               If j >= 5 Then Exit While
14           End While
15           Dim s As String = ""
16           Array.Sort(sel) '排序
17           For i = 0 To 4
18               s = s & sel(i) & " "
19           Next
20           Label1.Text = s
21       End Sub
22   End Class
```

代码说明：

行 3 和行 21：按钮控件单击事件自动产生的结构。

行 8：随机数公式：Int((上限-下限 + 1) * Rnd 下限)，其中，Int()为取整函数；Rnd()为求得 0～1 之间的小数。

行 9：判断产生的随机数 TempNo 是否存在数组中，如果存在，则 IndexOf 的结果为数组中的下标；如果不存在，则 IndexOf 的结果为-1。

行 16：对数组进行按小到大排序。

行 17～19：取出数组的元素，按空格连接成字符串。

（5）程序运行结果如图 3-44 所示。

图 3-44　运行结果

例 3-38　将例 3-29（编写一个 OutPut 过程，模拟 Response.Write() 方法的功能）改写为代码隐藏页模型，实现同样的结果。

操作步骤：

（1）新建网站，默认建立 default.aspx 页面。

（2）打开代码视图 default.aspx.vb，添加如下粗体字代码：

```
1    Partial Class _Default
2        Inherits System.Web.UI.Page
3        Sub output(ByVal msg As String)
4            Response.Write(msg)
5        End Sub
6        Protected Sub Page_Load(ByVal sender As Object, ByVal e As System.EventArgs) Handles
             Me.Load
7            output("这是代码视图中输入的内容")
8        End Sub
9    End Class
```

代码说明：

行 1、行 2 和行 9：自动生成的页面代码结构。

行 3～行 5：自定义过程 output。

行 6～行 8：在页面装载过程调用自定义过程 output。

（3）程序运行结果如图 3-45 所示。

图 3-45　运行结果

　选择单选网页模型还是代码隐藏模型，根据页面布局的复杂程度以及代码实现的方便性而定，也与个人喜好有关。两者性能上并无明显差别。

3.8.6 ASP.NET 页面的生命周期

所谓 ASP.NET 页面的生命周期，是指页面从开始装载到浏览器（客户端请求该页），到从浏览器中卸载（如从当前页转向其他页时，替换了该页浏览器窗口；或关闭了浏览器窗口），所经历的一系列过程。该过程包括初始化、实例化控件、还原和维护状态、运行事件处理程序代码以及呈现页面。了解页的生命周期非常重要，这样可以使用户在合适的生命周期阶段编写代码，以达到预期效果。

在页生命周期的每个阶段中，页将引发可运行相关代码进行处理的事件。对于控件事件，通过声明方式使用属性（如 OnClick）或使用代码的方式，均可将事件处理程序绑定到事件。

表 3-6 列出了最常用的页生命周期事件。实际的事件比列出的事件要多。但是，它们不用于大多数页处理方案，而是主要由 ASP.NET 网页上的服务器控件使用，以初始化和呈现它们本身。如果要编写自己的 ASP.NET 服务器控件，则需要详细了解这些阶段。

表 3-6 最常用的页生命周期事件

页事件	典型使用
Page_PreInit	使用 IsPostBack 属性确定是否是第一次处理该页。 创建或重新创建动态控件。 动态设置主控页。 动态设置 Theme 属性。 读取或设置配置文件属性值。（注意：如果请求是回发请求，则控件的值尚未从视图状态还原。如果在该阶段设置控件属性，其值可能会在下一阶段被改写）
Page_Init	读取或初始化控件属性
Page_Load	读取和更新控件属性
Control events	执行特定于应用程序的处理：如果页包含验证程序控件，应在执行任何处理之前检查页和各个验证控件的 IsValid 属性。 处理特定事件，如 Button 控件的 Click 事件
Page_PreRender	对页的内容进行最后更改
Page_Unload	执行最后的清理工作，可能包括： ◆关闭打开的文件和数据库连接。 ◆完成日志记录或其他特定于请求的任务。注意：在卸载阶段，页及其控件已被呈现，因此无法对响应流做进一步更改。如果尝试调用方法（如 Response.Write 方法），该页将引发异常

例 3-39 新建一个网站，在默认页中添加一个标签控件，该页执行时在标签上显示当前时间。

操作步骤：

（1）按 3.8.1 节中介绍的步骤新建网站。

（2）参照例 3-32 添加 Label 控件。

（3）按例 3-34 打开代码视图，在"类名"下拉列表框中找到 Page 对象，在"方法名称"下拉列表框中选择 load 事件，如图 3-46 所示。

（4）添加事件代码：

Protected Sub Page_Load(ByVal sender As Object, ByVal e As System.EventArgs) Handles Me.Load

Label1.Text = Now()

End Sub

其中，粗体字为手工添加的代码，Now()为取得当前时间和日期的函数。

（5）程序运行结果如图 3-47 所示。

2008-06-18
23:03:31

图 3-46　添加事件　　　　　　　　　　　图 3-47　运行结果

提示　一般，在网页设计中可能常用到 Page 对象的 Load 事件，page 对象的其他事件使用的机会比较少。

3.9　本章小结

本章介绍了数据类型、变量、常量、运算符与表达式、字符串等基本概念。熟练掌握这些概念有助于编写高质量的应用程序。

动态页面的建立和输入输出方法是学习本章所有内容的实践基础。数组是 VB.NET 程序设计中经常使用的数据结构。其中，固定数组在声明时给出了数组的上、下限与维数，在程序运行过程中不能调整数组元素的个数；可变数组在程序运行过程中能调整数组元素的个数。熟练掌握程序结构的常用语法、函数和过程的定义和使用，是对每个程序员的基本要求。

"工欲善其事，必先利于器"，在进行 ASP.NET Web 应用程序开发前，必须熟悉开发工具的使用，并熟悉 ASP.NET 开发的一般过程和思路，如网页模型选择、控件添加和属性设置等，认识对象、属性和事件的概念，掌握在合适的事件中编写代码的方法。

习题三

一、选择题

1．下面结果为 True 的表达式是（　　）。

    A．3>4　　　　　　　　　　　　　B．"T">"a"

    C．5\2=1　　　　　　　　　　　　D．5% 2=1

2．以下（　　）是算术运算符。

    A．%　　　　　　　　　　　　　　B．&

    C．+=　　　　　　　　　　　　　D．And

3．若有定义 Dim a(3, 5)，则对数组元素引用正确的是（　　）。

A．a[3,5]　　　　　　　　　　　B．a(5)

C．a(0,0)　　　　　　　　　　　D．a[2]

二、填空题

1．x-y<0 或者 20>x+y>10 的逻辑表达式是_____。

2．若声明变量时不明确指定其数据类型，默认是_____类型。

3．用语句 Dim A(5,4)定义的数组，若设置 option base 1，则有_____个元素。

4．用 ReDim 命令多次为动态数组重新分配内存时，若在 ReDim 后出现关键字_____，则不能改变数组的维数。

5．声明有 10 行 5 列的整型数组的命令为_____。

三、简答题

1．求下列表达式的值，并写出其类型。

（1）((8+(7*9-13)/5)/9)^2

（2）"我们爱中国" & "的山山水水，" & "何时能畅游一番？"

（3）2*3+6<= (7+2)/3

（4）2<3 And 7>8

2．根据给出的条件，写出对应的表达式。

（1）分房条件为：已婚（marriage），年龄（age）不小于 26 岁，工作年限（workingage）不少于 5 年。

（2）"x 是小于 100 的非负数"。

（3）设 x 是一个正实数，对 x 的第 3 位小数四舍五入。

3．找出下列变量名中哪些是错误的。

（1）N　　　　　（2）3w　　　　　（3）Abs　　　　　（4）x-y

（5）x%y　　　　（6）e f　　　　　（7）出生日期　　　（8）grade_1

4．静态数组和可变数组有什么区别？使用可变数组应注意什么？

5．相对与 for 循环，使用 While 循环应注意什么？如何中断循环？

6．如何在 asp.net 页面中动态输出信息？<%%>代表什么含义？

7．自定义函数或过程应该放置在什么标记里？参数传递的方式有哪两种？有哪些区别？

8．简述在 Visual Studio 2005 环境中创建 ASP.NET 网站的一般步骤，网站的运行需要 IIS 支持吗？

9．什么是设计视图、源视图和代码视图？如何切换到各个视图？

10．在 ASP.NET 页面中编写代码的一般思路是什么？

11．单文件网页模型和代码隐藏模型有何区别？自定义函数和过程在这两种模型中使用有何不同？

12．页面从开始显示到关闭，经历了哪些事件？

四、上机操作题

1. 通过网址参数形式，编程实现：输入一个百分制成绩，要求在页面中输出成绩等级 "A"、"B"、"C"、"D"、"E"。90 分以上为 "A"，80～89 分为 "B"，70～79 分为 "C"，60～69 分为 "D"，60 分以下为 "E"。

2. 设计一个随机抽奖页面，模拟福利彩票中"26 选 5"的功能，列出随机选择 5 个（1～26 之间）不重复的一组整数。（思考，如果有 1～26 数字图片，如何将选择的数字以对应的图片方式列出？）

3. 自定义并调用 check 函数，用于判断任意的数是正数、负数或 0。

第 4 章　Web 服务器控件

本章导读

ASP.NET 提供了大量可在 ASP.NET 网页上选用的 Web 服务器控件，熟练使用这些控件有助于提高 Web 应用程序的开发效率。本章主要学习用于创建窗体的 Web 服务器控件（如标签、按钮、文本框、图像、链接列表类控件等）以及更复杂的控件（如日历、文件上传、面板等）。其他控件，如数据验证、页面导航控件等将在后续相关章节分别学习。

本章介绍的控件在工具箱的"标准"选项卡中，附录 A 分类列出了这些控件，本章将按此分类对这些控件进行分析和演示。

4.1　标签和文本框类控件

4.1.1　Label 控件

例 4-1　添加三个 Label 控件，其中，Label1 与文本框相关联，快捷键为 N；Label2 与按钮 Button1 相关联，快捷键为 B；Label3 用于点击按钮时，显示文本框中输入的内容。界面布局如图 4-1 所示。

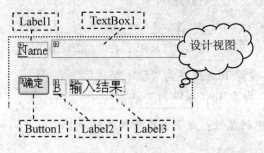

图 4-1　界面布局

相关知识与技能：

1. Label 控件的作用

显示说明性文本，其中文本可以包含 HTML 标记的字符串。

2. 服务器端标记

    <asp:Label ID="ID 值" runat="server" 其他属性...></asp:Label>

或：

<asp:Label ID="ID 值" runat="server" 其他属性… />

3．常用属性（范例）

（1）Text：显示在控件表面的文本。

（2）AccessKey：快捷键，Label 控件可以有快捷键。Label 控件没有获取光标焦点的功能，因而快捷键一般与其他控件联合使用。操作快捷键，实质是操作与其关联的控件，如文本框、按钮等。一般与联合控件 ID 属性 AssociatedControlID 一起使用。

（3）AssociatedControlID：关联控件 ID，设置与 Label 控件相关联的控件的 ID。

操作步骤：

1．界面布局

在项目中新建 Web 窗体，保存为 Ex5_1.aspx，设置该页为起始页。在设计视图中，按图 4-1 添加控件和布局。

2．属性设置

（1）Label1 控件属性设置：如图 4-2 所示，用同样方法设置 Label2。

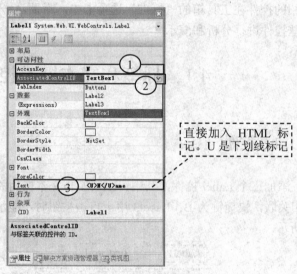

图 4-2　Label1 控件的属性设置

（2）Label3 控件：设置 Text 属性为"输入结果"。

（3）Button1 控件：设置 Text 属性为"确定"。

注意 属性窗口中的属性，是当前选中控件的属性。

3．程序代码

为按钮 Button1 添加代码，实现单击按钮时取得 TextBox1 中输入的文本，即其 Text 属性，然后显示在 Label3 中。

在设计视图中单击鼠标右键，再弹出的快捷菜单中选择"查看代码"选项；或双击设计视图中的 Button1 按钮，自动进入代码视图。其中粗体字为输入的代码。

```
1    Protected Sub Button1_Click(ByVal sender As Object，  ByVal e As System.EventArgs) Handles
     Button1.Click
2            Label3.Text = "输入结果:" & TextBox1.Text
```

3   End Sub

代码说明：

行 1、行 3：在代码视图中选择 Button1 按钮和 Click 事件后，自动生成的事件代码结构。

行 2：在 Button1 按钮上发生 Click 事件时执行的代码，这里是取得 TextBox1 的 Text 属性，即在文本框中输入的内容，然后在 Label3 上显示。

对于文本框，Label 控件的快捷键是使文本框取得输入焦点，并全选文本；对于按钮，相当于单击按钮。

注意 取得对象的属性，或设置对象的属性，必须知道对象的 ID。

4．运行结果

按 F5 键程序运行，结果如图 4-3 所示。

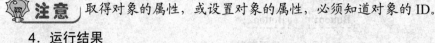

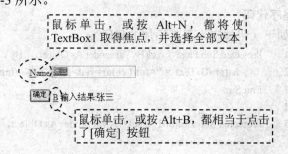

图 4-3   运行结果

4.1.2 Literal 控件

例 4-2   控制 Literal 控件在简单文本和 HTML 编码之间进行切换。

相关知识与技能：

1．控件作用

Literal 控件与 Label 控件一样，都可以动态显示文本。

区别：Label 控件在浏览器输出时转换为 span 标记；Literal 控件不转换为任何标记，仅仅起到文本占位符作用，因而没有 CssName 属性，即不能使用 CSS 样式。另外，Literal 控件还可以显示 HTML 编码前后的文本。

2．服务器端标记

<asp:Literal ID="ID 值" runat="server" 其他属性…></asp:Literal>

3．常用属性

（1）Text：显示在控件表面的文本。

（2）Mode：可以有 3 个选择：

1）Transform：添加到控件中的任何标记都将进行转换，以适应请求浏览器的协议。

2）PassThrough：添加到控件中的任何标记都将按原样呈现在浏览器中。

3）Encode：添加到控件中的任何标记都将使用 HtmlEncode 方法进行编码，该方法将把 HTML 编码转换为其文本表示形式。例如，<b> 标记将呈现为 &lt;b&gt;。

操作步骤:

1．界面布局

在设计视图添加三个控件，如图 4-4 所示。单击 Button1 控件时，在 Literal1 控件中显示正常文本；单击 Button2 控件时，显示 Literal1 文本的 HTML 编码。

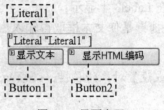

图 4-4　界面布局

2．程序代码

代码如下（粗体字为手工添加的代码）:

```
1   Protected Sub Page_Load(ByVal sender As Object，  ByVal e As System.EventArgs) Handles Me.Load
2       Literal1.Text = "<font color=red>红色字体</font>"
3   End Sub
4
5   Protected Sub Button1_Click(ByVal sender As Object，  ByVal e As System.EventArgs) Handles
        Button1.Click
6       Literal1.Mode = LiteralMode.Transform
7   End Sub
8
9   Protected Sub Button2_Click(ByVal sender As Object，  ByVal e As System.EventArgs) Handles
        Button2.Click
10      Literal1.Mode = LiteralMode.Encode
11  End Sub
```

代码说明:

行 2：页面显示前，初始化 Literal1 控件的 Text 属性，这里设置颜色为红色的 HTML 标记的文本"红色字体"。

行 6：单击 Button1 按钮时，改变 Literal1 的显示方式为 Transform，即按 HTML 格式输出文本。

行 10：单击 Button2 按钮时，改变 Literal1 的显示方式为 Encode，按 HTML 编码方式输出文本，即 Text 的原始内容。

3．运行结果

程序运行结果如图 4-5 所示。

图 4-5　单击 Button1 控件和单击 Buton2 控件时显示结果

　　　　一般在需要动态输出文本时，才考虑使用 Label 或 Literal 控件；如果输出的文本内容不需要改变，可直接在设计视图录入静态文本。

4.1.3 HyperLink 控件

例4-3 文本链接与图片链接的使用。

相关知识与技能：

1．HyperLink 控件作用

建立超链接。可以是文本样式，也可以是图形样式，当鼠标点击时，自动打开该链接。

2．服务器端标记

    <asp:HyperLink ID="ID 值" runat="server" 其他属性… > </asp:HyperLink>

3．常用属性

（1）Text：显示在控件表面的文本，该文本可以作为提示信息文本。

（2）ImageUrl：指定控件的图片文件位置，如果使用图像，则控件的 Text 属性将不显示，而成为图片信息提示。

（3）NavigateUrl：链接到网页。

 若网页不在本网站目录下，应加带 Http://的 URL，如：http://www.163.com；否则，将在当前目录下查找 NavigateUrl 属性指定的网页。

（4）Target：链接目标。包含：_blank、_parent、_search、_self 和_top 五种选择，其含义与 HTML 标记中的 target 含义一致，即目标网页在浏览器中打开的方式。

操作步骤：

1．界面布局

在设计视图中直接输入文字，并在其中插入两个 HyperLink 控件，属性设置如图 4-6 所示。

 ImageUrl 属性中的～/表示网站根目录，凡是 Web 服务器控件相对路径中，都用～/号表示根目录。

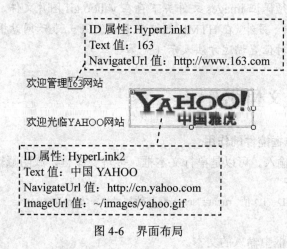

```
ID 属性：HyperLink1
Text 值：163
NavigateUrl 值：http://www.163.com
```

欢迎管理163网站

欢迎光临YAHOO网站

```
ID 属性：HyperLink2
Text 值：中国 YAHOO
NavigateUrl 值：http://cn.yahoo.com
ImageUrl 值：～/images/yahoo.gif
```

图 4-6 界面布局

2．运行结果

程序运行结果如图 4-7 所示。

图 4-7　例 4-3 运行结果

案例拓展：

使用 Label 控件实现 HyperLink 控件的图片链接功能的效果。

分析：由于 Label 控件的 Text 属性可以包含 HTML 标记，因此，Label 控件不但可以显示一般样式文字，而且可以加入链接标记 A 以及图片标记 Img，因此，要实现图片链接，只需要设置 Label 的 Text 属性为：

```
<a href=http://cn.yahoo.com><img src=images/yahoo.gif alt=中文雅虎 ></a>
```

打开源视图，可以看到 Label 的标记如下：

```
<asp:Label ID="Label1" runat="server" Text="<a href=http://cn.yahoo.com><img src=images/yahoo.gif alt=中文雅虎 ></a>"></asp:Label>
```

程序运行结果如图 4-8 所示。

图 4-8　运行结果

　本例必须保证 images 文件夹下存在 yahoo.gif 图片文件，否则显示找不到图片文件的⊠号；另外，在 HTML 标记中不能使用 ~/表示网站根目录，只能使用 HTML 中的相对位置描述方法表示（见第 2 章）。

4.1.4　TextBox **文本框控件**

1．TextBox 文本框控件的作用
接受用户的信息输入。可以是单行文本框、多行文本框，或隐藏输入信息的密码文本框。

2．服务器端标记
```
<asp:TextBox ID="ID 值" runat="server" 其他属性…></asp:TextBox>
```

3．常用属性
（1）Text：文本框中输入的文本。

（2）TextMode：文本框样式，其值可以选择：Single、MultiLine 和 Password，分别代表单行文本框、多行文本框和密码文本框，如图 4-9 所示。

图 4-9　TextMode 属性示例

（3）MaxLengt：文本框中最大输入字符数。

（4）Columns：多行文本框的列数，即每行最大字符数，若输入超过列数，则换行显示。如果设置了 Width 属性，该属性无效。

（5）Rows：多行文本框的行数，输入超过行数，则显示滚动条。如果设置了 Height 属性，该属性无效。

（6）AutoPostBack：文本框在按回车键后是否自动提交；对于多行文本框，按回车键表示换行，在多行文本框失去输入焦点后，表示是否自动提交数据。

4.1.5　HiddenField 控件

1．HiddenField 控件的作用

相当于 HTML 中的 input 标记中 type 属性为 hidden 的隐藏文本框，该控件不会显示在浏览器窗体中。

2．服务器端标记

    <asp:HiddenField ID="ID 值" runat="server" />

3．主要属性

Value：隐藏文本框中的值，当网页提交时，该文本框的值将和其他控件的值一起提交到目标页。

> 提示　文本框的值是 Value 属性而不是 Text 属性。

4．使用建议

如果并不需要动态改变控件的值，建议使用 HTML 标记代替 Web 服务器控件的使用。

4.2　按钮类控件

4.2.1　Button 控件

例 4-4　在当前页面，记录并显示按钮被点击的次数。

相关知识与技能：

1. Button 控件的作用

默认为"提交"按钮，主要用于确认用户的输入或选择，提交表单（form 标记体）内的控件数据到 PostBackUrl 属性指定的服务器页，如果没有设置 PostBackUrl 属性，则产生回发过程。

2. 服务器端标记

```
<asp:Button ID="ID 值" runat="server" Text="Button" 其他属性… />
```

3. 主要属性

（1）Text：按钮文本

（2）PostBackUrl：当点击按钮时，提交数据的目标页。

4. 主要事件

（1）Click：点击按钮时发生的事件。

（2）OnClientClick：在 Click 事件之前触发该事件，用于在数据提交之前，执行客户端代码。

5. Button 控件的使用

由于 Button 控件默认为"提交"按钮，每单击一次，将向服务器提交本页面所有信息，如果没有指定处理数据的目标页，服务器执行结果回发到本身页面所在的浏览器窗口。这个从浏览器到服务器，再回到浏览器显示的过程称为"回发过程（PostBack）"，执行结果就象本页面被刷新了一次，所有定义的变量在提交之后将被清除。因此，不能定义全局变量保存当前页面的任何中间结果。不同的是，各个控件的状态（视图状态）将得到保持，即控件的属性值如果没有动态修改，则保持；如果被修改，则为修改后的值。在本例可以将记数的结果保存到隐藏控件中，逐次累加，以便在回发后保持中间计数结果。

此外，所有需要与用户交互的控件必须放在\<form\>与\</form\>之间，如 TextBox、Button 等。否则，将会出现运行错误。当添加控件到设计视图时，默认在标记内。每个页面都仅有一个 Form 标记，而且 Form 必须带 Runat=server 属性。这与以前的 asp 页面可以有多个 form 不一样。

操作步骤：

1. 界面布局

界面布局如图 4-10 所示。添加 HiddenField 控件时，将其 Value 属性设置为 0，用于每次单击按钮时记录次数。

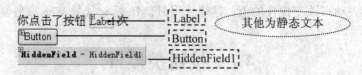

图 4-10　界面布局

2. 程序代码

为 Button1 控件添加 Click 事件代码，粗体字为输入的内容。

```
1    Protected Sub Button1_Click(ByVal sender As Object， ByVal e As System.EventArgs) Handles
     Button1.Click
2         HiddenField1.Value = HiddenField1.Value + 1
```

```
3        Label1.Text = HiddenField1.Value
4    End Sub
```

3．代码说明

行 2：将 HiddenField1 的值进行类加。

行 3：将 HiddenField1 的值显示在 Label1 控件上。

4．运行结果

程序运行结果如图 4-11 所示。

你点击了按钮 3 次

Button

图 4-11　例 4-4 的运行结果

案例拓展：

建立登录页面 Login.aspx，接受用户在文本框中输入的账号和密码。单击"提交"按钮时，在 Check.aspx 页面中判断账号和密码是否正确。假定账号和密码都为 123。

操作步骤如下：

1．界面布局

添加 Button1 按钮时，设置其 PostBackUrl 属性为 Check.aspx，Check.aspx 文件与 Login.aspx 文件在同一位置，因此不需要指定路径；添加 TextBox2 时，设置其 TextMode 值为 Password。如图 4-12 所示。

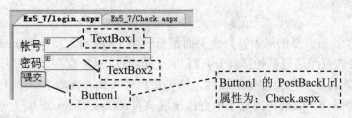

图 4-12　login.aspx 界面布局

2．获取提交数据

在 Check.aspx 页面中，检测并取得上一页（login.aspx）提交过来的控件值。

方法 1：获取上一页面提交的控件数据，可以与 asp 页处理方式一样，通过内置对象 Request 读出，然后通过 Response 对象输出，代码如下：

```
1    Protected Sub Page_Load(ByVal sender As Object,   ByVal e As System.EventArgs) Handles Me.Load
2        Dim T1 As String = Request("TextBox1")
3        Dim T2 As String = Request("TextBox2")
4        If T1 = "123" And T2 = "123" Then
5            Response.Write("密码正确")
6        Else
7            Response.Write("密码错误")
8        End If
9    End Sub
```

代码说明：

行 2：定义字符串变量 T1 ，读出上一页传递过来参数名为"TextBox1"的值（这里是表单控件值）。

提示　　这里根据上一页表单中控件的 ID 作为 Request 对象的参数，Request 对象的参数也可以是网址参数（又称查询字符串）。

行 3：同行 2。

行 5、行 6：输出提示信息到页面。

方法 2：ASP.NET 中提供了另外一种方法，检测并获取提交的数据。代码如下：

```
1    Protected Sub Page_Load(ByVal sender As Object,    ByVal e As System.EventArgs) Handles Me.Load
2        If Page.PreviousPage IsNot Nothing Then
3            Dim T1 = Page.PreviousPage.FindControl("TextBox1")
4            Dim T2 = Page.PreviousPage.FindControl("TextBox2")
5
6            If T1 IsNot Nothing And T2 IsNot Nothing Then
7                If CType(T1, TextBox).Text = "123" And CType(T2, TextBox).Text = "123" Then
8                    Response.Write("密码正确")
9                Else
10                   Response.Write("密码错误")
11               End If
12           End If
13       Else
14           Response.Redirect("login.aspx")
15       End If
16   End Sub
```

代码说明：

行 2：Page 代表当前页的对象，每个页面都有一个 Page 对象；PreviousPage 是当前页上一页的对象，如果该页面通过其他页打开，则 PreviousPage 对象存在，从而可以操作上一页的其他对象（控件），获取上一页控件的属性，这里是执行查找并读取上一页（login.aspx）中存在的文本框控件等操作；如果在浏览器中直接读取该页（Check.aspx），则上一页 PreviousPage 对象不存在，其值为 Nothing，直接转向登录页（行 14），让用户重新登录，这样可以防止未经授权的用户直接进入该页面。

行 3、4：查找并读取上一页（login.aspx）中存在的文本框控件，保存到 T1、T2 变量中。

行 5：判断是否存在 TextBox1 和 TextBox2 控件，如果不存在，则 T1、T2 的值为 Nothing。

行 6：如果 T1、T2 对象存在，将其类型转换为 TextBox 类型，以便读取其 Text 属性。

行 7：CType(T1, TextBox).Text 是将 T1 的类型通过函数 Ctype 转换为 TextBox 类型，转换结果为 TextBox 类型，可以将转换结果保存到 TextBox 类型的变量中，也可以直接定义 T1 和 T2 为 TextBox 类型，这里是直接从转换结果中读出其 Text 属性。

3．运行结果

程序运行结果如图 4-12 和图 4-13 所示。

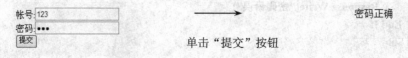

图 4-13　login.aspx 运行结果　　　　　　　　　　　　　　图 4-14　Check.aspx 输出结果

4.2.2　ImageButton 控件

例 4-5　新建两个 Web 窗体，分别命名为 Ex5_7 和 Ex5_7_shoes。在 Ex5_7 的设计视图中添加 ImageButton 控件,设置其图片为 images 文件夹下的 Logo.JPG 文件,替换文本为"波鞋大卖场",单击该控件时,在客户端确认是否真的转向 Ex5_7_shoe 页面,是则转向,否则不转向。

相关知识与技能:

1. ImageButton 控件的作用

与 Button 控件相同,在 Button 控件的基础上添加了可以显示图片的 ImageUrl 属性。

2. 服务器端标记

```
<asp:ImageButton ID="ID 值" runat="server"   其他属性 />
```

3. 主要属性

（1）AlternateText:替换文本。当指定的图片不存在时,显示在控件的文本。

（2）ImageUrl:控件显示的图片文件及位置。

（3）PostBackUrl:单击图片按钮时,提交数据的目标页。

4. 主要事件

（1）Click:单击控件时触发的事件。

（2）OnClientClick:在 Click 事件之前触发该事件,用于在数据提交前执行客户端代码。

如果在触发按钮的 Click 事件之前要进行验证等操作,可以编写客户端代码,并在 OnClientClick 事件中调用。在客户端执行比在服务端运行速度快。脚本代码可以使用 JavaScript 或 VBScript。实际上,ASP.NET 对 JavaScript 脚本语言支持比较充分,本书将采用 JavaScript 为客户端脚本语言。

操作步骤:

1. Ex5_7 设计视图

界面布局如图 4-15 所示。

图 4-15　界面布局

源视图控件标记

```
<asp:ImageButton ID="ImageButton1" runat="server" AlternateText="波鞋大卖场"
    ImageUrl="~/images/Logo.JPG" OnClientClick="return Check();" />
```

说明:OnClientClick 属性直接使用了 JavaScript 的 return 语句,返回 Check()函数的结果。

> 这里可以是 JavaScript 定义的函数,也可以是一条语句;如果是函数,必须带()号,如果函数有返回值,无论返回值是 True 还是 False,都将使 PostBackUrl 属性无效。

2. 客户端代码定义

```
1    <head runat="server">
2        <title>无标题页</title>
3        <script language=JavaScript >
4        function Check()
```

```
5        {
6            return confirm("你确实要转向其他页面吗");
7        }
8    </script>
9  </head>
```

代码说明：

在源视图的任意位置都可以插入 script 标记，如果该标记不带 runat=server 属性，则代表在客户端运行的代码。

行 3：插入脚本代码，language=javascript 指明使用何种脚本代码语言。

行 4～7：JavaScript 语法的函数定义，定义了 Check 函数。

> **提示**　在 JavaScript 中区分大小写。调用时，OnClientClick 属性中，如果将 Check()写成 check()，或少了函数括号，将不会执行自定义函数。

3．按钮代码

在 Ex5_7 的代码视图中（Ex5_7.aspx.vb），为图片按钮添加 Click 事件代码：

```
Protected Sub ImageButton1_Click(ByVal sender As Object,   ByVal e As
    System.Web.UI.ImageClickEventArgs) Handles ImageButton1.Click
    Server.Transfer("Ex5_7_shoes.aspx")
End Sub
```

代码说明：转向其他页面时，可以使用 Server 对象的 Transfer 或 Response 对象的 Redirect 方法，不同的是，Transfer 方法可以将页面控件数据提交到目标页，而 Redirect 方法不会自动提交控件内容。以下语句在本例中实现同样的效果：

```
Response.Redirect("Ex5_7_shoes.aspx")
```

4．运行结果

程序运行结果如图 4-16 所示。

图 4-16　例 4-5 运行结果

在图 4-16 中，如果单击"确定"按钮，将转向 Ex5_7_shoes 页面；如果单击"取消"按钮，页面将无任何动作，不会产生一次页面的回发过程。

4.2.3　RadioButton 控件

例 4-6　添加两个单选按钮，分别代表性别：男、女，每次选择时，立即在 Label 控件中显示选择结果。

相关知识与技能：

1．RadioButton 控件的作用

提供单一选择，在多个选项中，只能选择其中一个。又称单选按钮。

单选按钮很少单独使用，一般分组使用，以提供一组互斥的选项。在一个组内，每次只能选择一个单选按钮。

创建分组单选按钮的方法：

先向页中添加单个 RadioButton Web 服务器控件，然后设置为同一组名；具有相同组名的所有单选按钮视为单个组的组成部分。

2．服务器端标记

　　<asp:RadioButton ID="ID 值" runat="server" 其他属性… />

3．主要属性

（1）Text：控件显示文本．

（2）GroupName：组名，组名相同的单选按钮才可以在其中选择一个。

（3）AutoPostBack：选择单击时是否立即发送页面，True 为立即发送，False 为不立即发送。

（4）Checked：判断单选按钮是否被选择。

4．主要事件

CheckedChanged：点击单选按钮时触发该事件（默认不立即向服务器发送页面），要使该事件立即生效，需要设置 AutoPostBack 属性为 True。

操作步骤：

1．界面布局和属性设置

添加两个 RadioButton 控件到设计视图，设置控件的 ID 分别为 rd1 和 rd2。要实现两个 RadioButton 控件中只能选择其中一个，必须设置 GroupName 属性为相同名称，这里设置为 sex；要使单击 RadioButton 控件时立即响应 CheckedChanged 事件，必须设置 AutoPostBack 属性为 True。界面布局如图 4-17 所示。

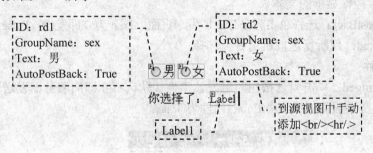

图 4-17　界面布局

2．源视图标记

按图 4-17 添加控件并设置属性后，切换到源视图，可以看到<form>和</form>之间标记。其中，第 3 行为手动添加的 HTML 换行和显示水平线标记。代码如下：

```
1    <asp:RadioButton ID="rd1" runat="server" GroupName="sex" Text="男" AutoPostBack="True" />
2    <asp:RadioButton ID="rd2" runat="server" GroupName="sex" Text="女" AutoPostBack="True" />
3    <br /> <hr />
4    你选择了：<asp:Label ID="Label1" runat="server" Text="Label"></asp:Label>
```

3．事件代码

切换到代码视图，为 rd1 和 rd2 添加响应 CheckedChanged 事件的代码：

```
1    Protected Sub Rd1_CheckedChanged(ByVal sender As Object，ByVal e As System.EventArgs)
        Handles rd1.CheckedChanged
2        Label1.Text = rd1.Text
3    End Sub
4
5    Protected Sub Rd2_CheckedChanged(ByVal sender As Object，ByVal e As System.EventArgs)
        Handles rd2.CheckedChanged
6        Label1.Text = rd2. Text
7    End Sub
```

代码说明：

行 2、行 6：取得 rd1 和 rd2 的文本显示在 Label1 控件中。

4．运行结果

程序运行结果如图 4-18 所示。

○男 ◉女

你选择了：女

图 4-18　例 4-6 运行结果

4.2.4　CheckBox 控件

例 4-7　实现图 4-19 所示功能。

相关知识与技能：

1．CheckBox 控件的作用

提供多个选项，可以在其中选择 0 个以上的项，又称复选按钮。

2．服务器端标记

　　<asp:CheckBox ID="ID 值" runat="server" 其他属性… />

3．主要属性

（1）Text：控件显示的文本。

（2）AutoPostBack：选择单击时是否立即发送页面，True 为立即发送，False 为不立即发送。

（3）Checked：判断复选按钮是否被选择。

4．主要事件

CheckedChanged：单击复选按钮时触发该事件（默认不立即向服务器发送页面），要使该事件立即生效，需要设置 AutoPostBack 属性为 True。

图 4-19　提交页面后，检测选择并显示结果

操作步骤：

1．界面布局

例 4-6 的运行结果显示在当前页，本例子要求提交到目标页显示。

提示　　在本例将学习将数据传递到不同页时的另一种代码书写方式。

新建 Web 窗体，保存为 Ex5_9.aspx，在设计视图中按图 4-20 所示添加控件。

图 4-20　界面布局，其中虚线框为控件说明

2．源视图标记

按图 4-20 设置控件属性后，在源视图的<form>和</form>标记之间可以看到如下标记：

```
你喜欢的体育运动是: <br />
<asp:CheckBox ID="Chk1" runat="server" Text="足球" />
<asp:CheckBox ID="Chk2" runat="server" Text="篮球" />
<asp:CheckBox ID="Chk3" runat="server" Text="游泳" /><br />
<asp:Button ID="Button1" runat="server" Text="提交选择" /></div>
```

新建 Web 窗体，保存为 Ex5_9_result.aspx，作为 Ex5_9 窗体中单击"提交"按钮时的目标页，在该页面显示上一页的选择，本页不添加任何控件。

3．按钮事件代码

单击按钮，可以由几种方法提交页面到指定的目标页。设置按钮的 PostBackUrl 属性，指定目标页或在 Click 事件使用 Server.Transfer()方法，然后在目标页检测控件属性值（参见例 4-5、例 4-6）；本例中，在 Click 事件中采用 Response.Redirect()方法，通过网址参数传递控件属性。代码如下：

```
1       Protected Sub Button1_Click(ByVal sender As Object，ByVal e As System.EventArgs) Handles
        Button1.Click
2           Dim args As String = ""
3           If Chk1.Checked = True Then
4               args &= Chk1.Text & ","
5           End If
6
7           If Chk2.Checked = True Then
8               args &= Chk2.Text & ","
9           End If
10
11          If Chk3.Checked = True Then
12              args &= Chk3.Text & ","
13          End If
14
15          If args.Length > 0 Then
```

```
16              args = args.Substring(0, args.Length - 1)
17          End If
18
19          Response.Redirect("Ex5_9_result.aspx?args=" & args)
20      End Sub
```

代码说明：

行 2：定义 args 字符串变量，用于保存在复选按钮的文本。

行 3：判断 Chk1 是否被选中了，如果选择了，Checked 属性为 True，将其文本保存到 args 字符串中，并连接逗号，以便在与下一个被选择的复选按钮文本连接起来，作为文本之间的分隔符。

行 15：只要有一个复选按钮被选中，args 最后至少有一个逗号分隔符号，行 16 取字符串的子串，将最后一个分隔符号去掉。

行 19：转向指定页面 Ex5_9_result.aspx，并且带网址参数。第一个 args 为网址参数名（可以取其他名称），第二个 args 为参数值得，是本处定义的变量。此外，也可以使用以下语句实现同样效果：

```
Server.Transfer("Ex5_9_result.aspx?args=" & args)
```

 如果使用不带网址参数的 Redirect 或 Transfer 方法，必须在目标页使用 Page 对象检测控件的值（实际上，使用 Transfer 方法时可以不带参数，页面控件值自动提交到目标页）。

3．目标页检测网址参数

在目标页 Ex5_9_result.aspx 中，可以在源视图任意位置插入 ASP.NET 代码，所有插入的代码必须放置在<%%>标记之内，该代码在服务器执行。代码如下：

```
1    <body>
2    <%
3        Dim s As String = "<B>你选择的是：</B>"
4        s &= Request("args")
5        Response.Write(s)
6    %>
7    <form id="form1" runat="server">
8    <div></div>
9    </form>
10   </body>
```

代码说明：

行 3～6：在 Body 标记内插入代码，代码必须写在<%%>标记内。行 4 为读取网址参数的方法，使用 Request 对象，括号内为网址参数名。注意与上一页传递过来的网址参数名一致，并且带双引号。行 5 为在页面输出字符串。

其他：HTML 标记。

4．运行结果

将 Ex5_9.aspx 设置为起始页，按 F5 键运行，程序运行结果如图 4-19 所示。

4.3 图像类控件

4.3.1 Image 控件

例 4-8 实现图 4-21 中的图片切换效果。

相关知识与技能：

1. Image 控件的作用

在页面中动态显示图片。如果不需要动态显示，建议使用
HTML 中的 img 标记显示图片。

2. 服务器端标记

现在显示的是第2张，
~/images/A2.jpg

  <asp:Image ID="ID 值" runat="server" 其他属性… />

3. 主要属性

图 4-21 动态显示图片

与 ImageButton 属性相似，但 Image 没有 PostBackUrl 属性。

（1）AlternateText：替换文本。当指定的图片不存在时，显示在控件的文本。

（2）ImageUrl：控件显示的图片文件及位置。

4. 动态显示图片的实现

  要实现图片"上一张"、"下一张"查看效果，可以定义一个数组保存需要显示的图片文件名，将每次显示数组的下标保存起来，可以使用隐藏文本框控件（4.2.1 节已有例子）；还可以使用一种特殊的变量，称为视图状态变量，其使用格式为 ViewState("变量名")，每次页面回发，视图变量都将保存上一次的值。

操作步骤：

1. 界面布局

在设计视图中添加一个 Image 控件和三个按钮控件，属性设置如图 4-22 所示。

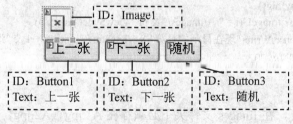

图 4-22 界面布局

2. 源视图标记

切换到源视图，在<form>与</form>之间可以看到如下标记：

```
<asp:Image ID="Image1" runat="server"  /><br />
<asp:Button ID="Button1" runat="server" Text="上一张" />
<asp:Button ID="Button2" runat="server" Text="下一张" />
<asp:Button ID="Button3" runat="server" Text="随机" />
```

3．事件代码

```
1      Dim pic() As String = {"A1.jpg", "A2.jpg", "A3.jpg", "A4.jpg"}
2      Protected Sub Page_Load(ByVal sender As Object，   ByVal e As System.EventArgs) Handles Me.Load
3          If ViewState("index") Is Nothing Then
4              ViewState("index") = 0
5          End If
6          DisplayImg()
7      End Sub
8
9      Protected Sub Button1_Click(ByVal sender As Object，   ByVal e As System.EventArgs) Handles
           Button1.Click
10         ViewState("index") = ViewState("index") - 1
11         If ViewState("index") < 0 Then ViewState("index") = 0
12
13         DisplayImg()
14     End Sub
15
16     Protected Sub Button2_Click(ByVal sender As Object，   ByVal e As System.EventArgs) Handles
           Button2.Click
17         ViewState("index") = ViewState("index") + 1
18         If Val(ViewState("index")) > 3 Then ViewState("index") = 3
19
20         DisplayImg()
21     End Sub
22
23     Protected Sub Button3_Click(ByVal sender As Object，   ByVal e As System.EventArgs) Handles
           Button3.Click
24         ViewState("index") = CInt(Rnd() * 3)
25         DisplayImg()
26     End Sub
27
28     Sub DisplayImg()
29         Image1.ImageUrl = "~/images/" & pic(ViewState("index"))
30         Response.Write("现在显示的是第" & ViewState("index") + 1 & "张，" & Image1.ImageUrl &
               "<br/>")
31     End Sub
```

4．代码说明

要使程序正常运行，在 Images 文件夹下必须存在 A1.jpg、A2.jpg、A3.jpg 和 A4.jpg 四张图片文件。

行 1：保存图片到 pic 数组，在每个回发过程中，都将重新定义 pic 并对其赋值。

行 2～行 7：每次页面装载准备显示时都执行该事件过程。

行 3：由于状态变量在网页首次访问时不存在，而每次回发过程可以保留上一次的赋值。因此，在这里首先判断视图状态变量是否存在，如果不存在，则初始化为整数类型值 0，准备显示数组 pic 中的第一张图片。

状态视图变量与一般变量使用的区别：必须将变量名用双引号作为定界符，存放在 ViewState()的括号中，使用时不能省略 ViewState()。

行 6：自定义过程 DisplayImg 用于设置控件图片来源。DisplayImg 过程在行 28～31 中定义。其中，行 29 是将～/images 字符串与图片文件名连接起来，组合成 ImageUrl 属性值；～/ 代表网站根目录。该语句的含义是显示网站根目录下 Images 文件夹中指定的图片。

行 10～11：将视图变量 ViewState("index")的值减 1，由于该变量在事件过程 Page_Load 中已经定义，Click 事件发生在 Load 事件之后，在这里可以直接使用。由于图片数组 pic 的下标是 0～3，需要判断 ViewState("index")的值是否越界。

行 17～20：与上一行分析相似。

行 24：Rnd()是系统内部随机数函数，CInt ()是四舍五入为整数，CInt(Rnd() * 3)产生 0～3 之间的整数随机数。

5．运行结果

在项目中将该页设置为起始页，按 F5 键运行，程序运行结果如图 4-21 所示。

4.3.2　ImageMap **控件**

例 4-9　实现如图 4-23 所示的图片投票功能。

请你投票，鲜花表示支持，鸡蛋表示反对
统计结果：
4票支持，5票反对

图 4-23　图片投票

相关知识与技能：

1．ImageMap 控件的作用

显示图像。可以将图片划分为几个区域，用户单击 ImageMap 控件中定义的某个作用区域时（又称"热点"区域），该控件回发到服务器或者定位到指定的 URL。

2．服务器端标记

　　<asp:ImageMap ID="ID 值" runat="server" 其他属性… >

3．主要属性

（1）ImageUrl：控件显示的图片文件及位置。

（2）AlternateText：替换文本。当指定的图片不存在时，显示在控件的文本。

（3）HotSpots：热点，热点属性是一个集合对象，可以通过向导建立，即： `HotSpots (Collection)`，单击右边按钮时，弹出"HotSpot 集合编辑器"对话框，如图 4-24 所示，可以选择建立圆形、距形或多边形。

对于区域中的外观属性（Left、Right、Top、Bottom），要知道各个属性的值，可以查看图片原始尺寸，可以在"画图"程序中查看，或查看图片文件的属性，以确定图片的长和宽；也可以按图 4-25 的方法估算。

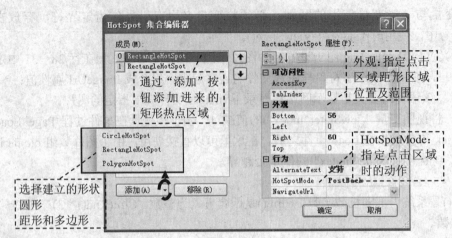

图 4-24　创建 HotSpots 属性

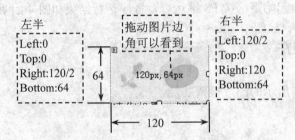

图 4-25　分成左右两半距形区域，估算外观属性值

（4）HotSpotMode 属性：指定每个区域可以单独设置单击时的操作方式，有四种选择：PostBack（发回到本页）；Navigate（导航到 NavigateUrl 属性指定的页面），Inactive（不具有任何行为）；NotSet（由于控件的 HotSpotMode 决定）。一般多数使用前两种方式。

（5）PostBackValue 属性：回发过程中单击区域的值；可以使用 PostBackValue 属性判断被单击的区域。

4．主要事件

Click：单击图像或区域时触发的事件。在该事件过程中，e 为 ImageMapEventArgs 类型，具有一个重要属性 PostBackValue，代表单击区域中返回的数值。

操作步骤：

1．界面布局

新建一个 Web 窗体，在设计视图添加 ImageMap 控件，设置其图片来源 ImageUrl 为 Images 文件夹中的 Vote.jpg（在实际练习中，可以使用其他图片）。

在属性窗口的 HotSpots 属性中，按图 4-25 说明的方法建立两个距形热点区域，并且设置每个区域的 PostBackValue 值，以判断哪个区域被单击；同时需要设置 HotSpotMode 属性为 PostBack，以便在该页显示投票结果，如图 4-26 所示。

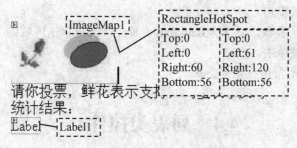

图 4-26 界面布局

2．源视图标记

添加 ImageMap 控件并设置属性后，切换到源视图中，可以看到在<form></form>标记之间添加了如下代码标记：

```
1   <asp:ImageMap ID="ImageMap1" runat="server"    ImageUrl="～/images/vote.JPG" >
2   <asp:RectangleHotSpot AlternateText="支持"   Right="60" Bottom="56" HotSpotMode=
        "PostBack" PostBackValue="0" />
3     <asp:RectangleHotSpot AlternateText="反对" Left="61" Right="120" Bottom="56"
        HotSpotMode=PostBack   PostBackValue="1"   />
4   </asp:ImageMap>
5   <br />请你投票，鲜花表示支持，鸡蛋表示反对<br />统计结果：<br />
6   <asp:Label ID="Label1" runat="server" Text="Label"></asp:Label>
```

3．Click 事件代码

为响应热点区域单击事件，添加如下事件代码：

```
1   Protected Sub Page_Load(ByVal sender As Object，    ByVal e As System.EventArgs) Handles Me.Load
2       If IsPostBack = False Then
3           ViewState("countY") = 0
4           ViewState("countN") = 0
5           Label1.Text = ViewState("countY") & "票支持，" & ViewState("countN") & "票反对"
6       End If
7   End Sub
8
9   Protected Sub ImageMap1_Click(ByVal sender As Object，    ByVal e As
        System.Web.UI.WebControls.ImageMapEventArgs) Handles ImageMap1.Click
10      If e.PostBackValue = 0 Then
11          ViewState("countY") = ViewState("countY") + 1
12      Else
13          ViewState("countN") = ViewState("countN") + 1
14      End If
15
16          Label1.Text = ViewState("countY") & "票支持，" & ViewState("countN") & "票反对"
17  End Sub
```

4．代码说明

行 2：IsPostBack 属性值指示该页是否正为响应客户端回发而加载，或者是否正被首次加载和访问。如果是响应客户端回发而加载，其值为 True，否则为 False。

行 3～4：首次打开该页面时，建立两个视图状态变量，代表左边区域（支持）被单击，还是右边区域（反对）被单击。

行 10：e 是事件过程参数，其 PostBackValue 属性代表被单击区域的 PostBackValue 值，通过该值判断哪个区域被单击。

行 11、13：对视图变量进行累加。

4.4　列表类控件

4.4.1　RadioButtonList **控件**

例 4-10　如图 4-27，使单选按钮列表显示字符串数组的数据，并判断当前被选择项的信息。

图 4-27　例 4-10 运行结果

相关知识与技能：

1．RadioButtonList 控件的作用

实质是单选按钮的容器。如果单选按钮的项目是动态变化的，若来自不同数据源（数组或数据库），单选按钮列表控件具有更大的灵活性，不需要设置组名属性进行分组。

2．服务器端标记

　　<asp:RadioButtonList ID="ID 值" runat="server" 其他属性…>列表项</asp: RadioButtonList >

3．主要属性

（1）CellPadding、CellSpacing：当 RepeatLayout 属性值为 table 时有效，将单选按钮以表格形式放置时，表示项目之间的空白和间隔，与表格属性中同名含义一致；当 RepeatLayout 属性值为 flow 时（每个项目以 label 方式放置）无效。

（2）RepeatDirection：重复的方向，有两个选择：Horizontal（水平方式）和 Vertical（垂直方式），如图 4-28 所示。

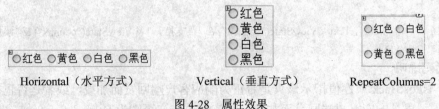

图 4-28　属性效果

（3）RepeatColumns：重复列数，即每行放置的项目数，如图 4-28 所示。

（4）数据项属性：在属性窗口中，数据项属性与数据库有关（参见第 6 章）。

（5）AppendDataBoundItems：是否以添加方式将数据添加到现有的单选按钮列表中；如果是，则绑定到数据源时，保留原来的项目；否则，以现有项目代替已存在项目。

（6）AutoPostBack：选择单选按钮时，是否立即回发。

（7）SelectedIndex：选中的单选按钮下标。

（8）SlectedValue：选中的单选按钮的值（即 Value 属性）。

（9）SelectedItem：选中的项，可以再通过 Text 属性取得选中的文本；通过 Value 属性取得选中项的值，同 SelectedValue 属性。

（10）Items：集合对象，可以以向导方式预先填充列表数据，并设置相关属性。包含几个重要的属性和方法，可以在代码中使用：

1）Add 方法：向当前单选按钮列表添加新项目。

2）Clear：清除当前所有项目。

3）Item：取得指定项目内容。

4．主要事件

SelectedIndexChanged：选择发生变化时触发的事件，即单击选项时发生的事件。要使该事件立即起作用，需要设置 AutoPostBack 属性为 True。

操作步骤：

如果显示的项目不需要动态改变，在 Items 属性中用向导直接添加。本例采用动态添加字符串数组的数据建立单选按钮列表组。

1．界面布局

添加一个 RadioButtonList 控件到界面，添加一个用于显示选择结果的 Label 控件，如图 4-29 所示。

图 4-29　界面布局

2．源代码视图

切换到源视图，在<form>与</form>之间可以看到如下标记：

```
<asp:RadioButtonList ID="RadioButtonList1" runat="server">
</asp:RadioButtonList> 你的选择是：<br />
<asp:Label ID="Label1" runat="server" Text="Label"></asp:Label>
```

3．事件代码

```
1    Dim Colors() = {"Black", "White", "Yellow", "Red"}
2    Protected Sub Page_Load(ByVal sender As Object, ByVal e As System.EventArgs) Handles Me.Load
3        If Page.IsPostBack = False Then
4            RadioButtonList1.DataSource = Colors
5            RadioButtonList1.DataBind()
6            RadioButtonList1.AppendDataBoundItems = True
7
8            RadioButtonList1.RepeatDirection = RepeatDirection.Horizontal
```

```
9              RadioButtonList1.AutoPostBack = True
10        End If
11    End Sub
12
13    Protected Sub RadioButtonList1_SelectedIndexChanged(ByVal sender As Object,    ByVal e As
           System.EventArgs) Handles RadioButtonList1.SelectedIndexChanged
14        Label1.Text = "选择的下标是:" & RadioButtonList1.SelectedIndex & _
15        "<br>" & _
16        "选中的值是:" & RadioButtonList1.SelectedValue
17    End Sub
```

4．代码说明

行 1：定义字符串数组 Colors。

行 3：只在初始显示页面时，才添加数据，否则每次回发都将添加数据。

行 4：设置数据来源，这里来源于数组。

行 5：调用 DateBind 方法，将数据源绑定到控件。

行 6：由于控件初始没有任何数据，这里设置 AppendDataBoundItems 为 True，以添加方式添加数据项，否则将无法检测选择项。

行 7：控件放置方式，这些属性也可以在属性窗口中设置。

行 8：单击选择时，触发 SelectedIndexChanged 事件并立即回发。

行 14～16：将选择的下标和值显示在 Label 上。

其中，行 4～6 也可以用以下代码动态添加数据。

```
For i As Integer = 0 To Colors.Length - 1
        RadioButtonList1.Items.Add(Colors(i))
Next
```

4.4.2　CheckBoxList 控件

例 4-11　补充例 4-10，预先建立列表项，并判断选择图 4-30 所示的运行结果。

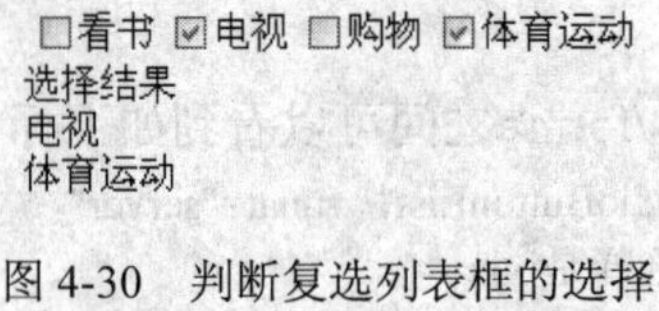

□看书 ☑电视 □购物 ☑体育运动
选择结果
电视
体育运动

图 4-30　判断复选列表框的选择

相关知识与技能：

1．CheckBoxList 控件的作用

实质是复选按钮的容器。如果复选按钮的项目是动态变化的，例如来自不同数据源（数组或数据库），复选按钮列表控件具有更大的灵活性。

2．服务器端标记

```
<asp:CheckBoxList ID="ID 值" runat="server" 其他属性… > 列表项</asp:CheckBoxList>
```

3．主要属性

参见 RadioButtonList 控件的主要属性（见 4.4.1 节）。

操作步骤：

1. 界面布局

新建 Web 窗体，在设计视图中添加一个 CheckBoxList 控件和一个 Label 控件，Label 控件用于显示选择结果，如图 4-30 所示。其中，CheckBoxList 控件中的列表项数据通过图 4-31 所示方法建立。

图 4-31　界面布局

2. 建立列表项的方法

选中 CheckBoxList 控件，其右上角出现小黑三角符号（见图 4-31），称为智能标记。单击该智能标记，弹出快捷菜单，如图 4-32 方法一中所示。选择"编辑项"，或者在属性窗口中找到 Items 项属性，单击右边的"…"按钮，弹出"ListItem 集合编辑器"对话框，如图 4-33 所示。

方法一　通过智能标记，选择编辑项　　　　方法二　通过属性窗口

图 4-32　建立列表项方法

在图 4-33 中，可以通过"添加"按钮添加各个列表项，然后设置每一个项目的属性。其中，Value 属性不一定要和 Text 属性项目相同，Seleted 属性可以设置项目初始状态是否被选中。

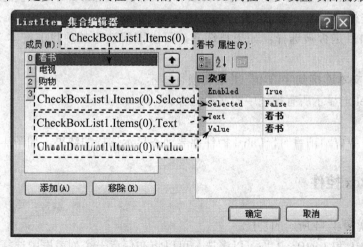

图 4-33　"ListItem 集合编辑器"对话框

3. 源代码视图

按以上步骤添加控件和设置属性后，切换到源视图，在标记<form>与</form>之间可以看

到以下代码。

```
1    <asp:CheckBoxList ID="CheckBoxList1" runat="server" AutoPostBack="True"
        RepeatDirection="Horizontal">
2        <asp:ListItem>看书</asp:ListItem>
3        <asp:ListItem>电视</asp:ListItem>
4        <asp:ListItem>购物</asp:ListItem>
5        <asp:ListItem>体育运动</asp:ListItem>
6    </asp:CheckBoxList>
7    选择结果<br />
8    <asp:Label ID="Label1" runat="server" Text="Label"></asp:Label>
```

4．事件代码

```
1    Protected Sub CheckBoxList1_SelectedIndexChanged(ByVal sender As Object，ByVal e As
        System.EventArgs) Handles CheckBoxList1.SelectedIndexChanged
2        Dim SelStr As String = ""
3        For i As Integer = 0 To CheckBoxList1.Items.Count - 1
4            If CheckBoxList1.Items(i).Selected Then
5                SelStr &= CheckBoxList1.Items(i).Text & "<br/>"
6            End If
7        Next
8        Label1.Text = SelStr
9    End Sub
```

5．代码说明

为了选择项目时立即触发 SelectedIndexChanged 事件，需要将 CheckBoxList1 控件的 AutoPostBack 属性设置为 True。

行 2：定义 SelStr 字符串变量暂存选择结果。

行 3：Items.Count 属性表示当前复选列表框中项目个数，判断项目是否被选择，需要依次取得每一个项目进行判断。

行 4：当前项目是否被选择；如果被选择，可以取得选中的项目的文本 Text 或 Value 属性值。

行 5：将取得文本连接到字符串，并准备换行显示。

行 8：在 Label 上显示所有被选中的文本内容。

6．运行结果

每次选择项目或取消项目时，Label 控件都会动态显示选择的结果，如图 4-30 所示。

4.4.3　ListBox 控件

例 4-12　实现图 4-34 所示的功能。

其中，ListBox1 和 ListBox2 均可以多选，可以将在任意一个列表框中选择的数据加入到另一个列表框，同时从列表框中移除被加入的项目。

相关知识与技能：

1．ListBox 控件的作用

从预定义的列表项目中选择一项或多项，可以一次显示多个项。如果只允许选择一项（单选），则相当于 RadioButtonList 控件作用；如果允许选择多项，则相当于 CheckBoxList 控件作用。

图 4-34　将在一个列表框选择的数据加入到另一个列表框

2．服务器端标记

```
<asp:ListBox ID="ID 值" runat="server"　其他属性… >列表项</asp:ListBox>
```

3．主要属性

（1）Rows：列表框显示的行数，如果项目内容超过该行数，则显示滚动条。

（2）SelectionMode：选择方式，可以是单选（属性值为 Single）或多选（属性值为 Multiple）。

（3）Items：集合对象，与 CheckBoxList 控件相同，建立项目的方法同图 4-32，含义也完全一样。

如果 SelectionMode 属性设置为 Single，判断被选择项目可以使用与例 4-10 方法一样，可以通过 SelectItem 或 SelectIndex、SelectValue 属性取得被选择的项目信息；如果 SelectionMode 属性设置为 Multiple，判断项目的方法与例 4-11 相同，必须逐个项目判断。

4．主要事件

SelectedIndexChanged：用户选择一个项目时，ListBox 控件将引发该事件。默认该事件不会导致将页发送到服务器，但可以通过将 AutoPostBack 属性设置为 True 使该控件强制立即回发。

操作步骤：

1．界面布局

为了使图 4-34 中的按钮可以放置在两个列表框之间，先插入一个一行三列的表格定位，如图 4-35 所示。同时，为了使按钮宽度一致，设置每个按钮的宽度值为 24px。本例采用动态添加项目的方法，由于列表框初始没有数据项目，设置显示行数为 10 行，以便外观统一。

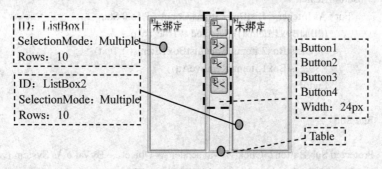

图 4-35　界面布局

2．源代码视图

按上述步骤添加控件和设置属性后，切换到源视图，在标记<form>与</form>之间可以看到如下代码：

```
<table>
    <tr>
        <td>
            <asp:ListBox ID="ListBox1" runat="server" SelectionMode="Multiple"
                Rows="10" Width="72px" />
        </td>
        <td style="width: 25px" valign="top">
            <asp:Button ID="Button1" runat="server" Text=">" Width="24px" />
            <asp:Button ID="Button2" runat="server" Text=">>" Width="24px" />
            <asp:Button ID="Button3" runat="server" Text="<" Width="24px" />
            <asp:Button ID="Button4" runat="server" Text="<<" Width="24px" />
        </td>
        <td>
            <asp:ListBox ID="ListBox2" runat="server" SelectionMode="Multiple"
                Rows="10" Width="72px" />
        </td>
    </tr>
</table>
```

3．事件过程

在页面首次打开时，初始化 ListBox1 的数据，数据来自已经定义好的字符串数组。代码如下：

```
1    Dim lists() As String = {"Adidas"，"Nake"，"Kent"，"LiLing"，"Bobola"}
2    Protected Sub Page_Load(ByVal sender As Object，ByVal e As System.EventArgs) Handles Me.Load
3        If Page.IsPostBack = False Then
4            For i As Integer = 0 To lists.Length - 1
5                ListBox1.Items.Add(lists(i))
6            Next
7        End If
8    End Sub
9
10   Protected Sub Button1_Click(ByVal sender As Object，ByVal e As System.EventArgs) Handles
         Button1.Click
11       For i As Integer = ListBox1.Items.Count - 1 To 0 Step -1
12           If ListBox1.Items(i).Selected = True Then
13               ListBox2.Items.Add(ListBox1.Items(i).Text)
14               ListBox1.Items.RemoveAt(i)
15           End If
16       Next
17   End Sub
18
19   Protected Sub Button2_Click(ByVal sender As Object，ByVal e As System.EventArgs) Handles
         Button2.Click
20       While ListBox1.Items.Count > 0
21           ListBox2.Items.Add(ListBox1.Items(0).Text)
22           ListBox1.Items.RemoveAt(0)
```

```
23        End While
24    End Sub
```

4．代码说明

行 3～7：如果是初次打开页面，不是页面回发，将数据加入到 ListBox1。

行 11：使用递减循环，目的是在行 14 中可以移走（删除）被选择项。如果是递增循环，下标将出现越界错误，原因在于 Count 的值作为循环终值时，循环终值保留的是第一次赋的 Count 值，而删除某一项后，实际的项目数已经发生了变化，因而会出现越界错误。

行 12：判断当前项是否被选择。

行 13：将 ListBox1 中被选择项的文本加入到 ListBox2，也可以是 Value 属性。当动态添加数据到列表框时，默认 Text 属性和 Value 属性相同。

行 14：RemoveAt 删除指定下标的项；如果文本是唯一的，也可以是 Remove 方法。

行 20～23：当全部数据项要移动到另一个列表框时，可以每次只移动第一个，然后删除第一个，通过 Count 属性判断是否已经没有数据，从而结束循环。

思考：从右边移动到左边列表框的实现思路完全一样，读者可以自己实践。

4.4.4 DropDownList 控件

例 4-13 在目标页显示下拉列表框的选择。

本例演示如何在目标页判断列表框类型控件选择的结果。

相关知识与技能：

1．DropDownList 控件的作用

使用户可以从单项选择下拉列表框中进行选择。DropDownList 控件与 ListBox 控件类似。不同之处是在框中显示选定项的同时还显示下拉按钮，单击该按钮将显示项的列表。

2．服务器端标记

```
<asp:DropDownList ID="ID 值" runat="server">列表项</asp:DropDownList>
```

3．主要属性、方法和事件

DropDownList 控件主要属性方法和事件，与单选模式的 ListBox 控件类似，不再重复。

操作步骤：

1．界面布局

新建 Web 窗体，命名为 Ex5_15，在设计视图中添加 DropDownList 控件，如图 4-36 所示，在属性 Items 项目中添加图 4-37 中的列表项目。其中，每一项的 Value 属性均设置为整数，数值 0～5，不一定与 Text 属性相同；新建 Web 窗体，命名为 Ex5_15_Result，作为在 Ex5_15 Web 窗体中单击"确定"按钮时提交的目标页。

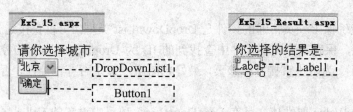

图 4-36　界面布局

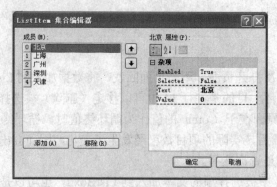

图 4-37　列表项属性设置

2．源代码视图

切换到 Ex5_15 的源视图，在标记<form>和</form>之间可以看到以下代码标记：

```
请你选择城市:<br />
<asp:DropDownList ID="DropDownList1" runat="server">
    <asp:ListItem Value="0">北京</asp:ListItem>
    <asp:ListItem Value="1">上海</asp:ListItem>
    <asp:ListItem Value="2">广州</asp:ListItem>
    <asp:ListItem Value="3">深圳</asp:ListItem>
    <asp:ListItem Value="4">天津</asp:ListItem>
</asp:DropDownList><br />
<asp:Button ID="Button1" runat="server" Text="确定" />
```

切换到 Ex5_15_Result 的源视图，在标记<form>和</form>之间可以看到以下代码标记：

```
你选择的结果是:<br />
<asp:Label ID="Label1" runat="server" Text="Label"></asp:Label></div>
```

3．事件过程代码

在 Ex5_15 的 Web 窗体中，为"确定"按钮编写 Click 事件代码，单击时提交数据到目标页 Ex5_15_Result.aspx。

```
Protected Sub Button1_Click(ByVal sender As Object，　ByVal e As System.EventArgs) Handles
    Button1.Click
    Server.Transfer("Ex5_15_Result.aspx")
End Sub
```

在 Ex5_15_Result 的 Web 窗体中，在 Page.Load 事件中检测上一页控件属性。

```
1    Protected Sub Page_Load(ByVal sender As Object，　ByVal e As System.EventArgs) Handles Me.Load
2        Dim DList As DropDownList = Page.PreviousPage.FindControl("DropDownList1")
3        Label1.Text = "你选择了第[" & DList. SelectedValue & "]个，内容是:" & DList.SelectedItem.Text
4    End Sub
```

4．代码说明

行 2：如果能确保上一页传递的控件是 DropDownList 类型，可以直接定义 DropDownList 类型的变量 DList，保存在上一页控件中查找到的 ID 为 DropDownList1 的控件中，这样可以不需要转换类型了。为防止直接打开该页，最好判断上一页是否存在控件，否则直接打开该页将出错。

行 3：SelectedValue 属性值，是在 DropDownList1 项目中设置的 Value 属性。

5．运行结果

程序运行结果如图 4-38 所示。

图 4-38　例 4-13 运行结果

4.4.5　BulletedList 控件

例 4-14　实现图 4-38 效果，当选择某一项目时，显示项目对应的值。这里每一个项目显示网站名称，对应的值为其实际 URL，即网址。

图 4-39　项目列表使用

相关知识与技能：

1．BulletedList 控件的作用

创建项目符号和编号列表，它们分别呈现为 HTML ul 或 HTML ol 元素。可以指定项、项目符号或编号的外观；静态定义列表项或通过将控件绑定到数据来定义列表项；可以在用户单击项时作出响应。

2．服务器端标记

<asp:BulletedList ID="ID 值" runat="server"　其他属性…>列表项</asp:BulletedList>

3．主要属性

（1）BulletStyle：列表符号或编号样式，如表 4-1 所示。

表 4-1　BulletStyle 属性值

项目符号样式	说明
NotSet	未设置
Numbered	数字
LowerAlpha	小写字母
UpperAlpha	大写字母
LowerRoman	小写罗马数字
UpperRoman	大写罗马数字

续表

项目符号样式	说明
Disc	实心圆
Circle	圆圈
Square	实心正方形
CustomImage	自定义图像

（2）BulletImageUrl：项目符号为指定的图像，在 BulletStyle 属性设置为"CustomImage"时有效。

（3）FirstBulletNumber：项目编号起始值，在 BulletStyle 属性设置为编号时有效。

（4）DisplayMode：列表项显示的样式，可以为 Text（仅显示为文本）、HyperLink（显示为超链接，需要设置项目的 Value 值，指定目标页的 URL）、LinkButton（显示为链接按钮，触发 Click 事件，产生回发过程）。

4．主要事件

Click：点击列表项时触发的事件。当 DisplayMode 属性为 Text 或 LinkButton 时有效，当设置为 HyperLink 时，转向 Value 属性设置的目标页。该事件过程格式为：

```
Protected Sub BulletedList1_Click(ByVal sender As Object, ByVal e As
    System.Web.UI.WebControls.BulletedListEventArgs) Handles BulletedList1.Click
    …
End Sub
```

其中，事件参数 e 具有 Index 属性，可以检索被单击的列表项下标，即索引，与其他列表类控件不同，没有 SelectedIndex 和 SelectedItem 属性用于判断点击项。

操作步骤：

1．界面布局

新建 Web 窗体，命名为 Ex5_16。在设计视图添加 BulletedList 控件和 Label 控件，设置 BulletedList 控件的 Items 属性（设置步骤参见图 4-40），其中各列表项属性值如表 4-2 所示。

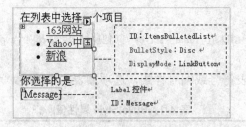

图 4-40　界面布局

表 4-2　Items 属性项

项目	Text 属性	Value 属性
163 网站	163 网站	http://www.163.com
Yahoo 中国	Yahoo 中国	http://cn.yahoo.com
新浪	新浪	http://www.sina.com

2．源视图代码

切换到 Ex5_16 的源视图，在标记\<form\>和\</form\>之间可以看到以下代码：

```
在列表中选择一个项目<br />
<asp:BulletedList id="ItemsBulletedList" runat="server" BulletStyle="Disc" DisplayMode="LinkButton" >
    <asp:ListItem Value="http://www.163.com">163 网站</asp:ListItem>
    <asp:ListItem Value="http://cn.yahoo.com">Yahoo 中国</asp:ListItem>
    <asp:ListItem Value="http://www.sina.com">新浪</asp:ListItem>
</asp:BulletedList>
<br />
你选择的是:<br />
<asp:Label id="Message" runat="server" />
```

3．事件过程代码

```
1    Protected Sub ItemsBulletedList_Click(ByVal sender As Object,    ByVal e As
        System.Web.UI.WebControls.BulletedListEventArgs) Handles ItemsBulletedList.Click
2         Message.Text = ItemsBulletedList.Items(e.Index).Value
3    End Sub
```

4．代码说明

行 2：e.Index 可以得到单击的项目索引（下标）。

如果需要单击时自动跳转到指定页面，只需要设置 BulletedList 控件的 DisplayMode 属性值为 HyperLink，不需要编写任何代码。

4.5　容器类控件

4.5.1　MultiView 和 View 控件

例 4-15　建立图中的注册向导。

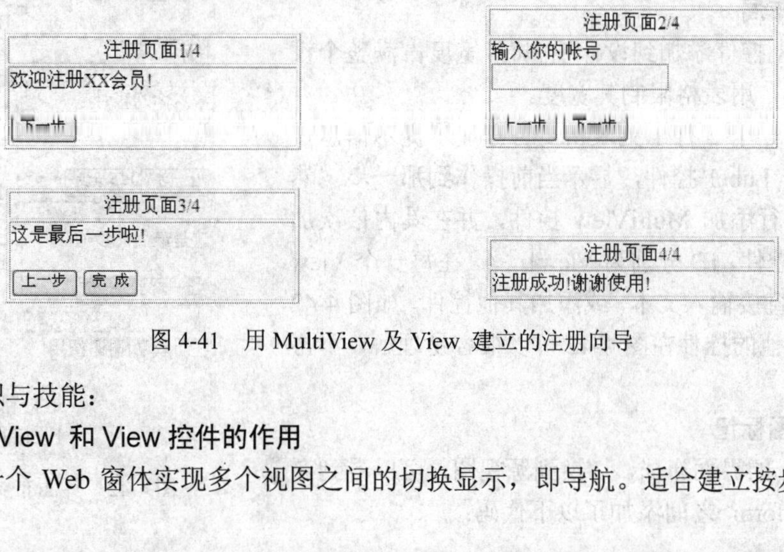

图 4-41　用 MultiView 及 View 建立的注册向导

相关知识与技能：

1．MultiView 和 View 控件的作用

提供在一个 Web 窗体实现多个视图之间的切换显示，即导航。适合建立按步骤执行可以

往返操作的向导界面。

MultiView 控件只能作为 View 控件的容器使用。MultiView 控件可以包含多个 View 控件，每次只能显示其中一个；View 控件只能放置在 MultiView 控件内使用。

2. 服务器端标记

以下是含有一个 View 控件的 MultiView 控件标记：

```
<asp:MultiView ID="MultiView1" runat="server">
    <asp:View ID="View1" runat="server">其他标记或控件</asp:View>
</asp:MultiView>
```

3. MultiView 控件的主要属性

（1）ActiveViewIndex：当前显示的 View 控件索引（下标），第一个放置的 View 索引为 0，依此类推，默认为-1，即不显示其中的任何 View 控件内容。

（2）MultiView：提供几个非常有用的共享属性，即通过 MultiView 类型名直接使用，如表 4-3 所示。

表 4-3 MultiView 控件共享属性

共享属性名	描述
MultiView.NextViewCommandName	显示下一个 View 视图的命令名，值为 NextView
MultiView.PreviousViewCommandName	显示上一个 View 视图的命令名，值为 PreviousView
MultiView.SwitchViewByIDCommandName	根据 View 的 ID 显示 View 视图的命令名，值为 SwitchViewByID
MultiView.SwitchViewByIndexCommandName	根据 View 索引显示 View 视图的命令名，值为 SwitchViewByIndex

本例将演示这些属性各种用法，以实现一个简单的注册向导。

4. 主要事件

ActiveViewChanged：当切换视图时触发的事件。

操作步骤：

1. 界面布局

MultiView 控件添加到设计视图时，宽度占满整个设计界面。因此，用表格限制其宽度。

首先添加一个 2 行 1 列表格，首行显示提示信息，并且添加一个 Label 控件，显示当前操作到那一步。然后在表格第二行添加 MultiView 控件，并在其内依次加入 4 个 View 控件，ID 分别为 View1~4，在每一个 View 控件中，可以直接输入文本，或添加其他控件，如图 4-42 所示。添加其他的控件在图 4-42 可以很容易理解，不再重复。

2. 源视图标记

按图 4-41 的界面布局，切换到源视图，可以看到在标记<form></form>之间添加了以下代码：

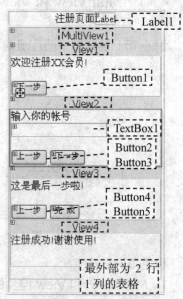

图 4-42 界面布局的示意

```
<table style="width: 256px" border="1">
<tr>
<td align="center">注册页面<asp:Label ID="Label1" runat="server" Text="Label"/></td>
</tr>
<tr>
<td>
<asp:MultiView ID="MultiView1" runat="server" ActiveViewIndex="0">
<asp:View ID="View1" runat="server">
欢迎注册 XX 会员!<br /><br />
<asp:Button ID="Button1" runat="server" Text="下一步" />
</asp:View>

<asp:View ID="View2" runat="server">
输入你的账号<asp:TextBox ID="TextBox1" runat="server"/><br /><br />
<asp:Button ID="Button2" runat="server" Text="上一步" />
<asp:Button ID="Button3" runat="server" Text="下一步" />
</asp:View>

<asp:View ID="View3" runat="server">
这是最后一步啦!<br /><br />
<asp:Button ID="Button4" runat="server" Text="上一步" />
<asp:Button ID="Button5" runat="server" Text="完 成" />
</asp:View>

<asp:View ID="View4" runat="server">
注册成功!谢谢使用!<br />
</asp:View>
</asp:MultiView>
</td>
</tr>
</table>
```

3．事件过程代码

```
1     Protected Sub Page_Load(ByVal sender As Object， ByVal e As System.EventArgs) Handles Me.Load
2         If Page.IsPostBack = False Then
3             Button1.CommandName = MultiView.NextViewCommandName
4             Button3.CommandName = "NextView" ' MultiView.NextViewCommandName
5
6             Button2.CommandName = MultiView.PreviousViewCommandName
7             Button4.CommandName = MultiView.SwitchViewByIndexCommandName
8             Button4.CommandArgument = 1
9
10            Button5.CommandName = MultiView.SwitchViewByIDCommandName
11            Button5.CommandArgument = "View4"
12
13            Label1.Text = "1/4"
14        End If
15    End Sub
```

```
16
17      Protected Sub MultiView1_ActiveViewChanged(ByVal sender As Object,    ByVal e As
        System.EventArgs) Handles MultiView1.ActiveViewChanged
18          Label1.Text = MultiView1.ActiveViewIndex + 1 & "/4"
        End Sub
```

4．代码说明

行 2～14：在页面初始打开时设置 5 个按钮的属性。

行 3：Button1 按钮被单击时，将产生 Command 事件，并检测 CommandName 是否指定要执行的命令。CommandName 可以是任意的命令字符串，默认值是 String.Empty，即空字符串（无命令需要执行）；这里设置为 MultiView.NextViewCommandName，其值为"NextView"，可以在按钮的属性窗口中直接设置 CommandName 的属性值为 NextView，也可以在代码中设置 MultiView.NextViewCommandName 的值为"NextView"。该命令通知父控件（View）执行命令；如果父控件无法执行，则传递到上一层父控件（MultiView）；如果仍然无法执行，则丢弃。这种层层向上传递事件方式又称"冒泡事件"。

行 6：显示前一个 View 视图。PreviousViewCommandName 对应的值是 PreviousView，也可以如上所述，将 Button2.CommandName 属性直接设置为 PreviousView。

行 7：如果使用 SwitchViewByIndexCommandName，其对应的值是 SwitchViewByIndex，表示显示指定索引（下标）的 View 视图，该命令必须设置命令参数，即索引值；命令参数的设置通过按钮的 CommandArgument 属性指定，如行 8 写法。

行 10：通过指定 View 控件 ID 显示 VIEW 视图，使用 SwitchViewByIDCommandName 命令名，其对应的值是 SwitchViewByID。该命令必须指定命令参数，即要显示的 View 控件的 ID。命令参数的设置通过按钮的 CommandArgument 属性指定，如行 11 写法。

以上是显示 MultiView 控件中的特定的 View 视图的几种方法，可以根据需要选择。注意的是，可以设置 CommandName 的控件，如 Button、ImageButton 和 LinkButton 等，必须在 View 控件内，否则无法执行指定的命令。如果控件不在 MultiView 控件内，仍然可以使用 MultiView1.ActiveViewIndex 属性指定要显示的视图。

行 18：视图切换时，显示当前视图的位置（索引加 1，以便从 1 开始显示）。

5．运行结果

程序运行结果如图 4-41，单击不同按钮可以显示。

4.5.2　Panel 控件

例 4-16　根据下拉列表框中提供的数量，动态产生 Label 控件并加入到 Panel 中，使用按钮控件控制 Panel 的显示和隐藏。

相关知识与技能：

本例涉及知识点：Panel 控件的使用；如何动态向容器控件添加其他控件；如何动态建立控件。

1．Panel 控件的作用

Panel 控件又称面板控件，用于其他控件或文本的容器。当需要同时动态显示或隐藏一组其他控件内容时，非常有用。

2．服务器端标记

　　`<asp:Panel ID="ID 值" runat="server" 其他属性...>其他控件或文本</asp:Panel>`

3．主要属性

　　（1）Direction：容器中的的项布局方向，有两种选择：LeftToRight（从左到右排列，滚动条将出现在左边）和 RightToLeft（从右到左排列，滚动条将出现在右边），如果 HorizontalAlign 属性值没有设置，则该属性起作用，否则 HorizontalAlign 属性起作用。

　　（2）HorizontalAlign：容器中的项的水平对齐方式选项，取值如下：

- NotSet：未设置水平对齐方式。
- Center：容器的内容居中。
- Justify：容器的内容均匀展开，与左右边距对齐。
- Left：容器的内容左对齐。
- Right：容器的内容右对齐。
- ScrollBars：滚动是否出现，以及出现样式，有以下取值。
- Auto：根据需要，可显示水平滚动条、垂直滚动条或这两种滚动条。要不然也可以不显示任何滚动条。
- Both：同时显示水平滚动条和垂直滚动条。
- Horizontal：只显示水平滚动条。
- None：不显示滚动条。
- Vertical：只显示垂直滚动条。

　　（3）BackImageUrl：控件的背景中显示的图像的 URL。

　　（4）GroupingText：Panel 控件中显示控件组的框架和标题，如图 4-43 所示。

图 4-43　Panel GroupingText 属性

操作步骤：

1．界面布局

　　新建 Web 窗体，命名为 Ex5_18。在设计视图添加一个 Panel 控件，调整到合适的尺寸；添加一个 DropDownList 控件，初始数据项 Value 的值为 1～5，为使选择项列表项时立即显示动态加入到 Panel 的控件，设置 AutoPostBack 属性值为 True；添加一个按钮控件，实现 Panel 控件显示或隐藏，如图 4-44 所示。

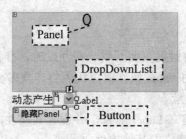

图 4-44　界面布局

2．源代码视图

```
<asp:Panel ID="Panel1" runat="server" Height="120px" Width="256px" BackColor="Gainsboro"/>
动态产生
<asp:DropDownList ID="DropDownList1" runat="server" AutoPostBack="True">
<asp:ListItem>1</asp:ListItem>
<asp:ListItem>2</asp:ListItem>
<asp:ListItem>3</asp:ListItem>
<asp:ListItem>4</asp:ListItem>
<asp:ListItem>5</asp:ListItem>
</asp:DropDownList>
Label<br />
<asp:Button ID="Button1" runat="server" Text="隐藏 Panel" />
```

3．事件过程代码

```
1    Protected Sub Page_Load(ByVal sender As Object，  ByVal e As System.EventArgs) Handles Me.Load
2        If Page.IsPostBack Then
3            Dim count As Integer = DropDownList1.SelectedValue
4            Dim lbl As Label
5            For i As Integer = 1 To count
6                lbl = New Label
7                lbl.Text = "Label" & i & "<br/>"
8                lbl.ID = "Label" & i
9                Panel1.Controls.Add(lbl)
10           Next
11       Else
12           Button1.Text = "显示 Panel"
13           Panel1.Visible = False
14       End If
15   End Sub
16
17   Protected Sub Button1_Click(ByVal sender As Object，  ByVal e As System.EventArgs) Handles
         Button1.Click
18       If Button1.Text = "隐藏 Panel" Then
19          Button1.Text = "显示 Panel"
20          Panel1.Visible = False
21       Else
22          Button1.Text = "隐藏 Panel"
23          Panel1.Visible = True
24       End If
25   End Sub
```

4．代码说明

行 2：在选择下拉列框时，将触发页面回发，在回发时，准备动态建立 Label 控件。

行 3：取得 DropDownList1 的 Value 属性值，代表将建立多少个 Label 控件。

行 4：定义 Label 类型控件变量。

行 5～10：在循环过程中，建立 Label 对象，并设置其属性，通过容器类控件的 Controls 对象的 Add 方法，向容器添加新建立的其他控件。

行 12～13：初始显示页面时，初始化 Button1 的文本，并作为判断显示还是隐藏 Panel1 的依据；初始化 Panel 为不可见（隐藏）。

行 18～24：依据 Button1 的 Text 属性，设置 Panel1 是隐藏还是显示。

5．运行结果

程序运行结果如图 4-45 和图 4-46 所示。

图 4-45　初始运行界面

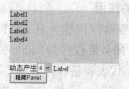

图 4-46　选择 4 项并单击按钮后

4.5.3　PlaceHolder 控件

例 4-17　向 PlaceHolder 控件添加 2 个按钮控件。

相关知识与技能：

1．PlaceHolder 控件的作用

PlaceHolder 控件又称占位符控件，可以在运行时动态添加其他控件到该容器控件内，其本身不产生任何可见的输出，仅用作网页上其他控件的容器。与 Literal 控件类似，该控件不产生任何的 HTML 标记，而 Literal 控件只是 HTML 标记容器，不能添加服务器控件。

2．服务器端标记

　　　　<asp:PlaceHolder ID="ID 值" runat="server" 其他属性>其他标记</asp:PlaceHolder>

操作步骤：

1．界面布局

新建 Web 窗体，添加一个 PlaceHolder 控件，ID 默认为 PlaceHolder1。

2．事件过程代码

在代码视图中，建立 Page_Load 事件过程，并添加如下代码：

```
Protected Sub Page_Load(ByVal sender As Object,    ByVal e As System.EventArgs) Handles Me.Load
    Dim Button1 As Button = New Button()
    Button1.Text = "Button 1"
    PlaceHolder1.Controls.Add(Button1)
    Dim Literal1 As New Literal()
    Literal1.Text = "<br>"
    PlaceHolder1.Controls.Add(Literal1)
    Dim Button2 As New Button()
    Button2.Text = "Button 2"
    PlaceHolder1.Controls.Add(Button2)
    PlaceHolder1.Controls.Add(Button2)
End Sub
```

代码比较简单，请读者自己分析。

3．运行结果

程序运行结果如图 4-47 所示。

图 4-47　例 4-17 运行结果

4.5.4　Table、TableRow 和 TableCell 控件

例 4-18　以建立一个 1 行 2 列的表格为例，认识动态建立表格的一般过程。

相关知识与技能：

1. 控件的作用

Table 服务器控件能够在 ASP.NET 页面上创建服务器可编程的表。TableRow 控件和 TableCell Web 服务器控件为 Table 控件提供一种显示实际内容的方法。

TableRow 代表表格行，TableCell 代表表格行中的单元格，两者作为 Table 的子控件，都不能单独使用；其中，表格中的文本或控件放置在 TableCell 控件中显示，而 TableRow 又作为 TableCell 的子控件，如图 4-48 所示。

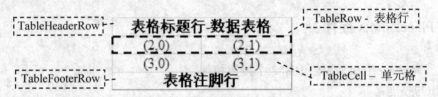

图 4-48　表格控件各部分对象

2. Tabel 控件的主要属性

（1）Caption：表格标题文字，该文字不属于表格内部行，独立于表格之上显示。

（2）CaptionAlign：表格标题文字的对齐方式。

（3）GridLines：表格线，有四种取值，即 None（不显示表格线）、Horizontal（仅显示水平表格线）、Vertical（仅显示垂直表格线）和 Both（显示水平和垂直表格线）。

（4）Rows：表格行集合对象，可以通过向导建立静态行。在表格控件的属性窗口找到该属性（Rows　(Collection)|　...），单击右边的[...]按钮，即可打开 TableRow 行集合编辑器，可以单击其中添加按钮，建立行。图 4-49 和图 4-50 是添加 Table 控件后，建立 1 行 2 列表格的过程，以及 TableRow 和 TableCell 的主要属性。

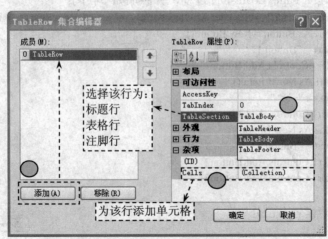

图 4-49　TableRow 集合编辑器及主要属性

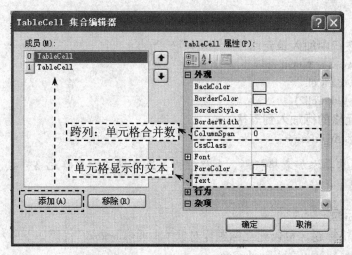

图 4-50 TableCell 集合编辑器及主要属性

通过以上步骤建立的表格类似图 4-51 所示。

这是表格标题

单元格1 单元格2

图 4-51 表格设计视图

3. 源代码视图

切换到源代码视图，可以看到以下代码标记：

```
<asp:Table ID="tb1" runat="server" CaptionAlign="Top" GridLines=Both Caption="这是表格标题">
    <asp:TableRow runat="server">
        <asp:TableCell runat="server">单元格 1</asp:TableCell>
        <asp:TableCell runat="server">单元格 2</asp:TableCell>
    </asp:TableRow>
</asp:Table>
```

表格可以在设计阶段建立，但 Table Web 服务器控件的强大功能通常在用动态内容以编程方式生成表时才会体现出来。

4. 注意事项

以编程方式对表行或单元格所做的任何添加或修改，不再向服务器的发送期间保持。原因是表格行和单元格本身就是控件，而不是 Table 控件的属性。要保持对表格所做的任何更改，必须在每次回送后重新构造行和单元格。实际上，如果需要进行实质性的修改，建议使用 DataList、DataGrid 或 GridView 控件，而不是 Table 控件。

操作步骤：

1. 定义单元格

```
Dim tCell1， tCell2 As New TableCell
tCell1.Text = "C1"
tCell1.ID = "C1"
```

```
tCell2.Text = "C2"
tCell2.ID = "C2"
```

2．定义行并在行中加入单元格

```
Dim tRow As New TableRow
tRow.Cells.Add(tCell1)
tRow.Cells.Add(tCell2)
```

3．将包含单元格的行加入到表格

```
Table1.Rows.Add(tRow)
```

> **提示** 如果需要添加表格标题、表格注脚，或者动态设置单元格样式，可以使用以下步骤 4~7。

4．添加表格标题

如果要添加表格标题，可以建立标题行对象 TableHeaderRow，代码如下所示：

```
Dim headrow As New TableHeaderRow
Dim hCell As New TableCell
hCell.Text = "表格标题"
hCell.ColumnSpan = 2
headrow.Cells.Add(hCell)
Table1.Rows.AddAt(0，headrow)
```

5．代码说明

标题行中单元格也是 TableCell 对象。一般表格标题都是进行单元格合并，即单元格的 ColumnSpan 属性。AddAt 方法是将行插入到指定位置。而 Add 方法是将行加到表格的当前行之后。

实际上，表格标题是表格的第 1 行；也可以建立一个普通行，加入一个进行了列合并的单元格，插入到表格的第 1 行之上即可。

6．添加表格注脚

如果要添加表格注脚，可以建立注脚行对象 TableFooterRow，代码如下所示：

```
Dim Footrow As New TableFooterRow
Dim fCell As New TableCell
hCell.Text = "表格注脚"
hCell.ColumnSpan = 2
Footrow.Cells.Add(fCell)
Table1.Rows.Add(Footrow)
```

同样，表格注脚即表格最后一行，可以建立普通行，加入一个进行了列合并的单元格，最后加入到表格即可。

7．设置单元格样式

如果要设置行或单元格样式，可以建立样式对象，该样式包含各种对行或单元格设置的样式属性。

（1）以下代码定义了样式对象，并设置水平居中、垂直居中对齐，字体红色：

```
Dim s As New TableItemStyle()
s.HorizontalAlign = HorizontalAlign.Center
s.VerticalAlign = VerticalAlign.Middle
```

　　　　s.ForeColor = Color.Red

（2）要使用 Color 对象，需要在代码视图最前面（第 1 行），声明其所在的命名空间：

　　　　Imports System.Drawing

（3）以下代码对所有行应用样式 s：

　　　　Dim r As TableRow

　　　　For Each r In Table2.Rows

　　　　　　r.ApplyStyle(s)

　　　　Next r

（4）以下代码对每一个单元格式使用样式 s：

　　　　Dim r As TableRow

　　　　For Each r In Table1.Rows

　　　　　　Dim c As TableCell

　　　　　　For Each c In r.Cells

　　　　　　　　c.ApplyStyle(s)

　　　　　　Next c

　　　　Next r

（5）如果不需要动态改变表格内容，建议使用 Html Tabel 控件，或在"布局"菜单中选择"插入表"选项建立静态表格。

4.6　其他类控件

4.6.1　AdRotator 控件

例 4-19　以主目录下 Images 文件夹中的 A1.jpg、A2.jpg 为 AdRotator 控件的图片来源，建立 XML 文件作为 AdRotator 控件的数据来源，实现在进入该页面上时轮流显示这两副图片，当单击图片时，分别打开这两个图片（当然，这里可以指定文件或网站的 URL）。

相关知识与技能：

1. 控件作用

AdRotator Web 服务器控件提供一种在 ASP.NET 网页上显示广告的简便方法。该控件可显示用户提供的图形图像，如 .gif 文件或类似图像。当用户单击广告时，系统将他们重定向到指定的目标 URL。该控件可从用户数据源（通常是 XML 文件或数据库表）提供的广告列表中自动读取广告信息，如图形文件名和目标 URL。

AdRotator 控件可以随机选择广告，每次刷新页面时都将更改显示的广告。广告可以加权以控制广告条的优先级别，从而使某些广告的显示频率比其他广告高。此外，也可以编写在广告间循环的自定义逻辑。

广告信息可来自各种数据源，例如：

XML 文件：可以将广告信息存储在 XML 文件中，其中包含对广告条及其关联属性的引用。

任何数据源控件（如 SqlDataSource 或 ObjectDataSource 控件）：例如，可以将广告信息存储在数据库中，接着使用 SqlDataSource 控件检索广告信息，然后将 AdRotator 控件绑定到数据源控件。

自定义逻辑：可以为 AdCreated 事件创建一个处理程序，并在该事件中选择一条广告。

2．使用说明

本例以 XML 数据源为例演示控件的用法。

（1）使用 XML 文件之前，先建立 XML 文件。

在开发环境中新建 XML 文件十分简单，操作方法为：在解决方案资源管理器中，用鼠标右击项目名称，在弹出的快捷菜单中选择"添加新项→XML 文件"选项，在弹出的对话框中输入文件名 Ex5_21.xml，单击"确定"按钮后，生成只有一行标记的文件。将以下 XML 标记添加到自动生成的标记后面并保存：

```
1    <?xml version="1.0" encoding="utf-8" ?>
2    <Advertisements xmlns="http://schemas.microsoft.com/AspNet/AdRotator-Schedule-File">
3      <Ad>
4        <ImageUrl>~/images/A1.jpg</ImageUrl>
5        <NavigateUrl>~/images/A1.jpg</NavigateUrl>
6        <AlternateText>A1 图的提示文字</AlternateText>
7      </Ad>
8
9      <Ad>
10       <ImageUrl>~/images/A2.jpg</ImageUrl>
11       <NavigateUrl>~/images/A2.jpg</NavigateUrl>
12       <AlternateText>A2 图的提示文字</AlternateText>
13     </Ad>
14   </Advertisements>
```

（2）XML 文件内容说明。

如果不太了解 XML，完全可以将上面的标记作为模板，其中，第 1、2 行和最后 1 行的内容不变。<Advertisements>与</Advertisements>标记之间是 AdRotator 控件可以感知的标记，每个标记都必须成对出现。其中，每一对 Ad 标记作为一个节点（注意大小写是相关的），Ad 节点每一个子节点对应 AdRotator 控件中一副图片的信息，Ad 子节点成对出现的标记和含义如表 4-4 所示，可以根据需要在<Ad>与</Ad>标记之间选择添加。

表 4-4　AdRotator 控件数据源中 XML 文件标记含义

标记名	含义
ImageUrl	要显示的图像的 URL
NavigateUrl	单击 AdRotator 控件时要转到的网页的 URL
AlternateText	图像不可用时显示的文本
Keyword	可用于筛选特定广告的广告类别
Impressions	一个指示广告的可能显示频率的数值（加权数值）。在 XML 文件中，所有 Impressions 值的总和不能超过 2048000000 − 1
Height	广告的高度（以像素为单位）。此值会重写 AdRotator 控件的默认高度设置
Width	广告的宽度（以像素为单位）。此值会重写 AdRotator 控件的默认宽度设置

操作步骤：

1．界面布局

添加 Web 窗体，命名为 Ex5_21。在设计界面添加一个 AdRotator 控件，命名为 AdRotator1。用鼠标右键单击其智能标记，在快捷菜单中选择"新建数据源…"，如图 4-52 所示。在弹出的"数据源配置向导"对话框中选择"XML 文件"，单击"确定"按钮，如图 4-53 所示。在"配置数据源"对话框（如图 4-54 所示）中单击"数据文件"文本框右边的"浏览"按钮，指定"数据文件"为新建立的 XML 文件。单击"确定"按钮，返回设计视图，设计界面如图 4-55 所示。可见，设计视图自动添加了一个 Web 服务器控件 XMLDataSource，该控件运行时不可见，用于连接和读取 XML 文件内容，作为 AdRotator 控件的数据来源。

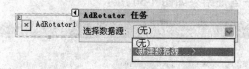

图 4-52 选择 AdRotator 的数据源

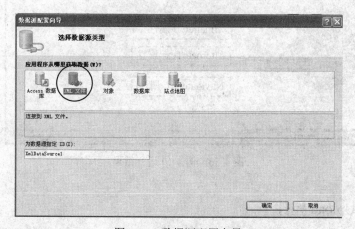

图 4-53 数据源配置向导

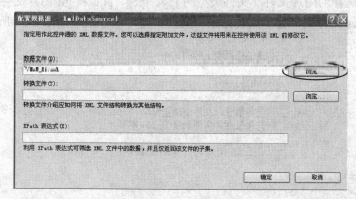

图 4-54 配置数据源

2．源视图代码

切换到源视图，在<form>与</form>之间可见添加了以下标记：

```
<asp:AdRotator ID="AdRotator1" runat="server" DataSourceID="XmlDataSource1" />
<asp:XmlDataSource ID="XmlDataSource1" runat="server" DataFile="~/Ex5_21.xml"/>
```

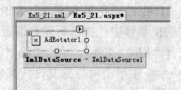

图 4-55　界面布局

3．运行结果

按 F5 键运行后，程序运行结果如图 4-56 所示。

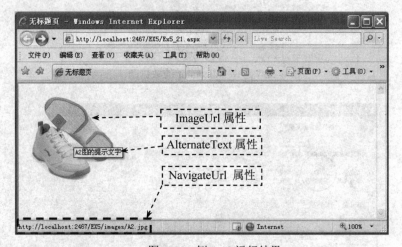

图 4-56　例 4-19 运行结果

4.6.2　FileUpload 控件

例 4-20　将选择的图片文件（文件类型为 jpg、jpeg、png 和 gif 图片文件）上传到服务器主目录中的 Images 文件夹，显示上传结果和文件长度，运行结果如图 4-57 所示。

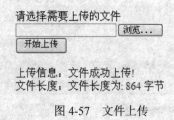

图 4-57　文件上传

相关知识与技能：

1．控件作用

将用户选择的文件（如图片、文本文件或其他文件）上传到服务器指定的位置。

FileUpload 控件显示一个文本框，用户可以在此输入希望上载到服务器的文件名称。该控件还显示一个"浏览"按钮，如图 4-58 所示。运行时单击该按钮将弹出选择文件对话框，显示的对话框样式取决于用户计算机的操作系统。

图 4-58 控件显示的"浏览"按钮

出于安全方面的考虑，无法将文件名预加载到 FileUpload 控件中。另外，FileUpload 控件可以使用户上载潜在有害的文件，这包含脚本文件和可执行文件。该控件无法预先限制用户可以上载的文件。如果希望限制用户可以上载的文件类型，必须在上载文件后检查文件特征（如文件扩展名和文件的 ContentType 属性值）。

2．服务器端标记

```
<asp:FileUpload ID="ID 值" runat="server" />
```

3．主要属性

（1）HasFile：是否存在上传文件。

（2）FileName：需要上传的文件名，如果没有选择文件，则为空字符串。

（3）PostedFile：选择的上传文件的具体信息对象，包含文件长度 ContentLength 属性和文件类型 ContentType 属性、可以读取文件字节内容的 InputStream 对象；还具有文件名 FileName 属性等。

4．主要方法

SaveAs：将文件保存到指定位置。

操作步骤：

1．界面布局

新建 Web 窗体，命名为 Ex5_22。在设计视图中按图 4-59 添加和布局控件。

图 4-59 界面布局

2．源视图标记

按图 4-59 添加控件后，切换到源视图，可以在<form>与</form>之间看到以下标记：

```
请选择需要上传的文件<br />
<asp:FileUpload ID="FileUpload1" runat="server" /><br />
<asp:Button ID="Button1" runat="server" Text="开始上传" /><br />
<br />
上传信息：<asp:Label ID="msgInfo" runat="server"/>
<br />
文件长度：<asp:Label ID="LengthLabel" runat="server"/>
```

3．事件过程代码

切换到代码视图，在 Page 的 Load 事件中添加以下代码：

```
1    Protected Sub Page_Load(ByVal sender As Object， ByVal e As System.EventArgs) Handles Me.Load
```

```
2        If IsPostBack Then
3            Dim SavePath As String = Server.MapPath("～/Images/")
4
5            If FileUpload1.HasFile Then
6                Dim sExt As String
7                sExt = Path.GetExtension(FileUpload1.FileName).ToLower()
8                Dim ExtString As String = ".jpg，.jpeg，.png，.gif"
9
10               If ExtString.IndexOf(sExt) >= 0 Then
11                   Try
12                       FileUpload1.SaveAs(SavePath & FileUpload1.FileName)
13
14                       msgInfo.Text = "文件成功上传!"
15                       LengthLabel.Text = "文件长度为: " & _
                         FileUpload1.PostedFile.ContentLength & " 字节"
16                   Catch ex As Exception
17                       msgInfo.Text = "无法上传文件"
18                   End Try
19               Else
20                   msgInfo.Text = "不能上传该类型文件."
21               End If
22           End If
23       End If
24   End Sub
```

4．代码说明

行 2：单击"开始上传"按钮后，触发页面回发。单击文件上传中的"浏览"按钮不会自动上传文件。

行 3：Server.MapPath 方法将相对路径转换为服务器的绝对路径，从而取得保存文件位置。

 服务器该文件夹必须设置为可以写入的权限，否则将出现没有操作权限的错误。

行 5：判断是否已选择本地要上传到服务器的上传文件，也可以直接输入本地文件位置。

行 7：通过 path 对象的 GetExtension 方法取得文件扩展名，以便判断是否容许上传的文件类型。

 使用 Path 对象必须声明其所在的名字空间，即在该代码视图的第一行加入以下代码：

Imports System.IO

也可以不声明，直接使用 System.IO.Path.GetExtension()形式。

行 8：定义包含容许上传的文件扩展名的字串。

行 10：判断 ExtString 字符串中是否包括上传文件扩展名，如果存在，则结果为大于等于 0 的数。IndexOf 是字符串的方法，查找参数中的字符串出现在当前字符串的位置，如果没找到，则返回-1。

行 11、行 16 和行 18：异常处理结构。如果 Try…End Try 之间的代码在执行过程没有异常发生，则执行 Try…Catch 之间的代码；否则，执行 Catch….End Try 之间的代码。

行 12：调用 SaveAs 方法，将 FileUpLoad1 选定的文件按原文件名（FileUpload1.FileName），保存到指定的服务器位置。这里也可以将文件改名后上传。

行 15：取得文件长度，单位为 Bytes（字节数）。检测该属性也可以限制文件上传的大小。

 默认文件上传大小上限是 4M。可以修改配置文件 Web.Config，在 httpRuntime 元素中设置 maxRequestLength 属性为需要大小，从而更改最大上传大小的限制）。

5．运行结果

选择允许上传的图片文件后，单击"开始上传"按钮，将看到图 4-57 的界面。

4.6.3　Calendar 控件

例 4-21　在页面提供一个日历控件，可同时供多个文本框控件选择日期。图 4-60 为初始运行界面，图 4-61 为单击第 1 个按钮时的运行界面，图 4-62 为单击第 2 个按钮时的运行界面。

图 4-60　初始运行界面

图 4-61　单击第 1 个按钮时的运行界面

图 4-62　单击第 2 个按钮时的运行界面

相关知识与技能：

1．控件作用

提供用户选择单个月份的日期或仅用于查看日期。

2．服务器端标记

　　<asp:Calendar ID="ID 值" runat="server" 其他属性…>日历各部分样式</asp:Calendar>

3．主要属性

为了便于说明日历控件属性，这里对日历控件各个部分进行说明，如图 4-63 所示。

（1）Caption：标题日历控件的各部分数据显示在一个表格中，因而某些属性与表格控件属性类似。

（2）CaptionAlign：标题文字对齐方式。

（3）DayNameFormat：日标头行显示样式，取值如表 4-5 所示。

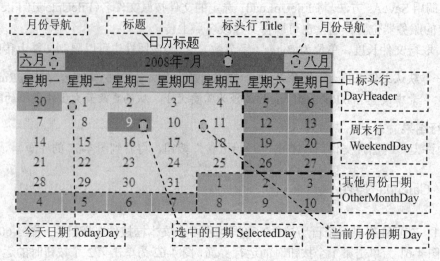

图 4-63　日历控件各个部分示意图

表 4-5　DayNameFormat 属性取值

属性值	说明
FirstLetter	星期数仅显示其首字母。例如，M 表示"周一"
FirstTwoLetters	星期数仅显示其前两个字母。例如，Mo 表示"周一"
Full	星期数以完整的格式显示。例如，Monday
Short	星期数以缩写格式显示。例如，Mon 表示"周一"
Shortest	以当前区域设置可能的最短缩写格式显示的星期数

（4）FirstDayOfWeek：设置每周的第一天为星期几，属性取值如表 4-6 所示。

表 4-6　FirstDayOfWeek 属性取值

属性值	常数	说明
Sunday	vbSunday	星期日（默认）
Monday	vbMonday	星期一
Tuesday	vbTuesday	星期二
Wednesday	vbWednesday	星期三
Thursday	vbThursday	星期四
Friday	vbFriday	星期五
Saturday	vbSaturday	星期六

（5）NextPrevFormat：表示 Calendar 内的上个月和下个月导航控件的显示格式，属性取值如表 4-7 所示。

（6）SelectionMode：确定日期、周、月是否可以选择，或只能选择哪部分，属性取值如表 4-8 所示。

表 4-7 DayNameFormat 属性取值

属性值	说明
CustomText	月份导航控件的自定义文本格式
FullMonth	月份导航控件的月份名称完整格式。例如"1 月"
ShortMonth	月份导航控件的月份名称缩写格式。例如"Jan"

表 4-8 SelectionMode 属性取值

属性值	说明
Day	可以在 Calendar 控件上选择单个日期
DayWeek	可以在 Calendar 控件上选择单日或整周
DayWeekMonth	可以在 Calendar 控件上选择单个日期、周或整月
None	在 Calendar 控件上不能选择任何日期。（由于有些浏览器仍允许用户选择日期，因此应尽量避免使用此值）

（7）SelectMonthText：在 SelectionMode 不为 None 时，选择月份列显示的文本。

（8）SelectWeekText：在 SelectionMode 不为 None 时，选择星期列显示的文本。

SelectMonthText 和 SelectWeekText 属性如图 4-64 所示。

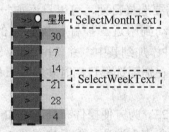

图 4-64 SelectMonthText 和 SelectWeekText 属性示意

（9）TitleFormat：标题行中日期格式，Month 为仅显示月份；MonthYear 为显示年和月份。

（10）ShowGridLines：是否显示表格线。

（11）ShowTitle：是否显示标题行。

（12）ShowDayHeader：是否显示日标头行。

（13）ShowNextPrevMonth：是否显示上一月下一月的导航链接。

（14）VisibleDate：当前日历中显示的可见日期，该日期指定要显示的月份。

（15）SelectedDate：当前选定的日期。

此外，还有对日历各个部分设置的属性，可以对字体、前、背景色、对齐方式等进行详细设置，如表 4-9 所示。

表 4-9 样式设置属性

属性名	说明
SelectedDayStyle	被选中的日期的样式设置，实质是显示选中的单元格格式设置
TodayDayStyle	当前日期显示样式设置，实质是显示选中的单元格格式设置
SelectorStyle	选择列样式设置

属性名	说明
DayStyle	除选中日期的，当月的其他日期样式设置
WeekendDayStyle	周末日期样式设置
OtherMonthDayStyle	显示在当前日历中的其他月份日期样式设置
NextPrevStyle	上一月、下一月导航链接样式设置
DayHeaderStyle	日标头行样式设置
TitleStyle	表题行样式设置。

4．主要事件

（1）SelectionChanged：选择日期时触发的事件，该事件中可以检测选中的日期。

（2）VisibleMonthChanged：选择月份改变时触发的事件。

（3）DayRender：为 Calendar 控件在控件层次结构中创建每一天时引发该事件，可以对日历样式进行修改。

操作步骤：

1．设计思路

如果一个页面有多个文本框需要选择日期，可以只添加一个日历控件。在需要选择日期的控件适当位置，将日历控件移动到附近。控件位置移动的思路：添加多个占位符控件（PlaceHolder），需要时将日历控件添加到其中，并使用 ViewState 变量记录当前所在的占位符控件。为不占用界面空间，可以在需要选择日期时才显示日历控件；选择完毕隐藏。

2．界面布局

新建 Web 窗体，命名为 Ex5_23。为方便控件布局，添加一个 HTML 表格。方法：在设计视图的"布局"菜单中选择"插入表"选项。然后依据图 4-65 添加其他控件。

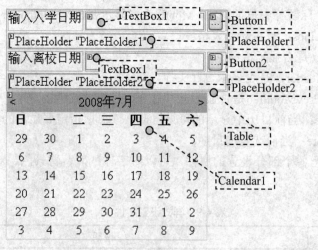

图 4-65　界面布局

3．源视图标记

添加相应控件后，切换到源视图，可以在<form>与</form>之间看到自动生成以下标记：

```
<table>
<!--第 1 行-->
    <tr>
        <td valign="top">输入入学日期</td>
        <td valign="top">
            <asp:TextBox ID="TextBox1" runat="server"></asp:TextBox>
        </td>
        <td valign="top" style="width: 23px">
            <asp:Button ID="Button1" runat="server" Text="..." />
        </td>
    </tr>
<!--第 2 行-->
    <tr>
        <td colspan="3" valign="top">
            <asp:PlaceHolder ID="PlaceHolder1" runat="server"/>
        </td>
    </tr>
<!--第 3 行-->
    <tr>
        <td valign="top">输入离校日期</td>
        <td valign="top">
            <asp:TextBox ID="TextBox2" runat="server"></asp:TextBox>
        </td>
        <td valign="top" style="width: 23px">
            <asp:Button ID="Button2" runat="server" Text="..." />
        </td>
    </tr>
<!--第 4 行-->
    <tr>
        <td colspan="3" valign="top">
            <asp:PlaceHolder ID="PlaceHolder2" runat="server"/>
        </td>
    </tr>
</table>
<asp:Calendar ID="Calendar1" runat="server" Width="264px"></asp:Calendar>
```

4. 事件过程代码

```
1    Protected Sub Page_Load(ByVal sender As Object，  ByVal e As System.EventArgs) Handles Me.Load
2        If IsPostBack = False Then
3            PlaceHolder1.Controls.Add(Calendar1)
4            Calendar1.Visible = False
5            ViewState("pos") = 1
6        End If
7    End Sub
8
9    Protected Sub Button1_Click(ByVal sender As Object，  ByVal e As System.EventArgs) Handles
     Button1.Click
```

```
10        PlaceHolder1.Controls.Add(Calendar1)
11        ViewState("pos") = 1
12        Calendar1.Visible = True
13    End Sub
14
15    Protected Sub Button2_Click(ByVal sender As Object，  ByVal e As System.EventArgs) Handles
          Button2.Click
16        PlaceHolder2.Controls.Add(Calendar1)
17        Calendar1.Visible = True
18        ViewState("pos") = 2
19    End Sub
20
21    Protected Sub Calendar1_SelectionChanged(ByVal sender As Object，  ByVal e As
          System.EventArgs) Handles Calendar1.SelectionChanged
22        If ViewState("pos") = 1 Then
23            TextBox1.Text = Calendar1.SelectedDate
24        Else
25            TextBox2.Text = Calendar1.SelectedDate
26        End If
27        Calendar1.Visible = False
28        Calendar1.SelectedDate = Nothing
29    End Sub
```

5．代码说明

行 3～5：页面初始显示时，定义了 ViewState("pos")变量，用于保存 Calendar1 控件所在的位置，初始化 ViewState("pos")的值为 1，默认将 Calendar1 首先加到 PlaceHolder1 控件中，但此时不显示 Calendar1 控件。

行 10～12：单击 Button1 按钮时，将 Calendar1 加入 PlaceHolder1 中并显示，记录当前 Calendar1 所在位置。

行 16～18：单击 Button2 按钮时，将 Calendar1 加入 PlaceHolder2 中并显示，记录当前 Calendar1 所在位置。

行 22～28：选择日期时，根据控件所在位置（ViewState("pos")的值），将选择的日期显示在相应的文本框中，然后隐藏该控件，同时清除日期的选择（原因：如果下次选择的是同一日期，不会触发 Calendar1 的 SelectionChanged 事件）。

4.7　本章小结

本章通过大量实例对 ASP.NET 中绝大部分中的 Web 服务器控件进行了详细的介绍。在给出实例代码的同时，介绍了相关的编程技巧，以及 Web 开发过程中可能使用到的相关技术，如参数传递和读取的几种方法、ViewState 状态变量使用等。

对于每个实例，需要认真领悟和上机实践，以便在 Web 应用程序设计过程中能做到熟练的应用。

习题四

一、简答题

1．标签类控件在使用上有何区别？
2．按钮类的控件的属性 PostBackUrl 代表什么含义？
3．什么是回发过程？如何判断页面的显示是否是个回发过程？
4．如何在页面中实现数据的提交和读取？读取表单控件数据方法有哪些？
5．什么是状态视图变量？举例说明如何使用？
6．列表类控件在判断选择项时，有哪些共同的属性？
7．Table Web 服务器控件与 HTML table 标记各使用在什么场合？

二、上机操作题

1．设计如图 4-66 所示，单击"确定"按钮时，将输入到文本框的内容显示在页面下方。试比较控件显示与 Response 的 Write 方法输出的区别。

图 4-66　设计题 1 的页面

2．设计一个留言页面 default.aspx，使用合适的控件布局界面，内容包含留言内容、留言标题和留言者信息，当用户单击提交按钮时，在 default_result.aspx 页面中用两种方法检测并显示用户提交的内容。

3．使用 FileUpload 控件，设计一个可以同时上传多个文件的页面。

4．设计一个用户调查表页面，其中包含用户姓名、性别、年龄、学历（大学、中学和小学）、兴趣爱好（多选）等，提交后在本页显示用户选择的内容。

5．完善例 4-14 的功能。

6．参考例 4-15，编写一个完整的用户注册页面（内容自定），并将用户注册结果显示在目标页。

第5章 内置对象与数据验证控件

本章导读

在 ASP 动态网页设计中，有 6 个非常重要的对象：Response、Request、Server、cookie Session 和 Application，在 ASP.NET 中，作为 Page 对象的属性，仍然可以像在 ASP 中一样直接使用。

本章以案例方式介绍这几个对象在 ASP.NET 网页中的常用方法或属性，其中，Response 对象在前面章节已经多次使用，这里将不再重复。

通过使用验证控件，可以向 ASP.NET 网页中添加输入验证。验证控件为所有常用的标准验证类型（例如，测试某范围内的有效日期或值）提供了一种易于使用的机制，以及自定义编写验证的方法。此外，验证控件还允许自定义向用户显示错误信息的方法。本章将逐一介绍验证控件使用方法。

ASP.NET 验证控件及说明如表 5-1 所示。

表 5-1 验证控件类型

验证类型	控件名称	说明
必需项	RequiredFieldValidator	确保用户不会跳过某一项
与某值的比较	CompareValidator	将用户输入与一个常数值或者另一个控件或特定数据类型的值进行比较（使用小于、等于或大于等比较运算符）
范围检查	RangeValidator	检查用户的输入是否在指定的上下限内。可以检查数字对、字母对和日期对限定的范围
模式匹配	RegularExpressionValidator	检查项与正则表达式定义的模式是否匹配。此类验证使您能够检查可预知的字符序列，如电子邮件地址、电话号码、邮政编码等内容中的字符序列
用户定义	CustomValidator	使用您自己编写的验证逻辑检查用户输入。此类验证使您能够检查在运行时派生的值

对于一个输入控件，您可以附加多个验证控件。例如，您可以指定某个控件是必需的，并且该控件还包含特定范围的值。相关控件，即 ValidationSummary 控件不执行验证，但经常与其他验证控件一起用于显示来自页上所有验证控件的错误信息。

5.1　Server 对象

5.1.1　页面转向

例 5-1　使用 Server.Transfer 方法提交表单数据。其中，提交的表单内容如图 5-1 所示，提交目标页结果如图 5-2 所示。

图 5-1　表单页面 L5_1.aspx

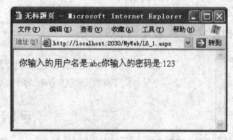

图 5-2　目标页面 L5_1_Result.aspx

操作步骤：

实现页面转向的方法很多，如果由用户通过静态链接转向某个页面，可以简单的使用<A>标记；如果在动态页面中实现数据提交并转向目标页，可以设置按钮的 PostBackUrl 属性，或使用 Response.Redierct 方法。

1. 事件过程代码

1）为图 5-1 中的"提交"按钮 Button1 编写以下代码：

```
1    Protected Sub Button1_Click(ByVal sender As Object, ByVal e As System.EventArgs) Handles
         Button1.Click
2        Server.Transfer("L5_1_result.aspx", True)
3    End Sub
```

代码说明：

行 2：利用 Server.Transfer 方法终止本页的执行，同时转向 Transfer 方法中参数一指定的页面；Transfer 方法中的参数二为 True，表示保持当前页面窗体控件的数据，并传递到目标页；如果参数二的值为 False，则清除本页面控件的值，转向目标页，目标页将无法检测到该表单控件内容。

2）在 L5_1_Result.aspx 页面中，可以使用 Request 对象提供的相应方法获取传递过来的控件值或网址参数值，并显示在页面的 Label1 控件上。

在 L5_1_Result.aspx 页面中编写以下代码：

```
1    Protected Sub Page_Load(ByVal sender As Object, ByVal e As System.EventArgs) Handles Me.Load
2        Dim UserName, UserPwd As String
3        UserName = Request.Form("TextBox1")
4        UserPwd = Request.Form("TextBox2")
5
6        Label1.Text = "你输入的用户名是:" & UserName
```

```
7          Label1.Text &= "你输入的密码是:" & UserPwd
8      End Sub
```

代码说明:

行 3、4:Request.Form("控件名")属性是取得页面控件值;如果要取得网址参数值,可以使用 Request.QueryString("参数名")属性;这两个属性都可以简写为 Request("控件名或参数名")。

 注意 如果 L5_1.aspx 页面使用了母版页,则无法用 Request 对象获取控件的值,必须使用第 4 章介绍的使用 page 对象中 FindControl 的方法,在目标页中取得上一页面传递的控件值。

2. 运行结果

程序运行结果如图 5-3 所示。

地址(D) http://localhost:2030/MyWeb/L5_1_result.aspx?User=123&pwd=abc

你输入的用户名是:123你输入的密码是:abc

图 5-3　目标页面

从图 5-3 的地址栏可见,使用 Response.Redirect 方法传递参数和转向目标页时,数据将在地址栏上显示。使用 Transfer 方法时,数据的保密性将更好。

知识拓展:

1. PostBackUrl 属性的设置

在 L5_1.aspx 页面中可以不编写代码,直接设置控件 Button1 的 PostBackUrl 属性为 L5_1_result.aspx,可以实现同样的效果;但是,Server.Transfer 实现页面转向时,地址栏不会发生变化。

思考:比较图 5-1 与图 5-2 中地址栏的变化;设置按钮的 PostBackUrl 属性后,地址栏将显示目标页的 URL,如图 5-4 所示。

地址(D) http://localhost:2030/MyWeb/L5_1_result.aspx

你输入的用户名是:abc你输入的密码是:123

图 5-4　设置 PostBackUrl 属性后的地址栏变化

2. Response.Redirect 方法转向目标页

可以用 Response.Redirect 方法转向目标页;Response.Redirect 方法只是简单转向目标页,不会自动提交表单数据。因此,要实现本例同样的效果,可以使用网址参数方法。

将 L5_1.aspx 页面中的 Button1 按钮代码修改如下:

```
1    Protected Sub Button1_Click(ByVal sender As Object, ByVal e As System.EventArgs) Handles
     Button1.Click
2    Dim s As String
3    s = "User=" & TextBox1.Text & "&pwd=" & TextBox2.Text
4    Response.Redirect("L5_1_result.aspx?" & s, True)
5    End Sub
```

代码说明:

行 3:将表单的控件值组合成网址参数形式。

行4：带网址参数转向到目标页，参数 True 表示终止本页面的继续执行。

相应将 L5_1_Result.aspx 页面的代码变为：

```
Protected Sub Page_Load(ByVal sender As Object, ByVal e As System.EventArgs) Handles Me.Load
    Dim UserName, UserPwd As String
    UserName = Request("user")
    UserPwd = Request("pwd")
    Label1.Text = "你输入的用户名是:" & UserName
    Label1.Text &= "你输入的密码是:" & UserPwd
End Sub
```

代码说明：

读取网址参数或页面控件值，可以直接使用 Request("参数名或控件 ID")的形式。

3．Response.Redirect 方法、PostBackUrl 属性和 Transfer 方法的区别

Response.Redirect 方法可以转向任意的 URL，可以是本网站，也可以是不同网站之间转向；而 PostBackUrl 属性和 Transfer 方法中的目标页面的 URL，只能使用虚拟路径。

例如，以下是错误的用法：

```
Server.Transfer("http://www/163.com")
```

5.1.2 取得绝对路径

对服务器端文件的读写操作，一般需要指明文件的绝对路径，例如上传文件的保存位置、读写数据库时的数据库文件等。Server 对象提供 MapPath 方法，可以将虚拟路径转换为服务器端的绝对路径。

例如，网站根目录的绝对位置：Server.MapPath("~/")

具体的例子参见第 4 章中文件上传控件介绍的例 4-3 和第 6 章中使用 DataReader 访问数据库的介绍。

5.1.3 HTMLEncode

如果要在浏览器中按原样输出 HTML 标记，必须对输出的字符串进行编码，如图 5-5 所示。

图 5-5 在浏览器输出 HTML 标记

Server 对象提供的 HTMLEncode 方法可以实现该目的，代码如下：

```
Protected Sub Page_Load(ByVal sender As Object, ByVal e As System.EventArgs) Handles Me.Load
    Dim s As String
    s = "<a href=http://www.163.com>转向 163</a>"
    Response.Write(Server.HtmlEncode(s))
End Sub
```

在 ASP.NET 中，为了显示原始编码字符串，也可以用 Literal 控件实现同样功能，只要修改以上代码的最后一行即可。

```
Literal1.Mode = LiteralMode.Encode '
Literal1.Text = s
```

5.2   Request 对象

5.2.1   取得网址参数值或表单控件值

例 5-2   编写 L5_5.aspx 页面，通过"提交"按钮分别向目标页 L5_5_Result.aspx 传递表单控件值和参数值，如图 5-6 所示。

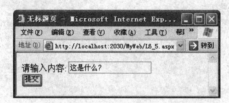

图 5-6   L5_5.aspx 运行界面

操作步骤：

1）为"提交"按钮 Button1 添加代码：

```
Protected Sub Button1_Click(ByVal sender As Object, ByVal e As System.EventArgs) Handles
    Button1.Click
    Server.Transfer("L5_5_Result.aspx?para=123")
End Sub
```

代码说明：

使用 Server.Transfer 方法，将表单控件值提交到指定页，同时传递网址参数 para。

运行界面如图 5-7 所示。

图 5-7   L5_5_Result.aspx 运行界面

2）在目标页 L5_5_Result.aspx 中添加 Label 控件，准备显示检测值.，代码如下：

```
1   Protected Sub Page_Load(ByVal sender As Object, ByVal e As System.EventArgs) Handles Me.Load
2       Dim s As String
3       s = "文本框内容是:" & Request.Form("TextBox1") & "<br>"
4       s &= "网址参数值是:" & Request.QueryString("para")
5       Label1.Text = s
```

```
6     End Sub
```
代码说明：

一般，行 3 特指取得表单中的控件值，行 4 特指取得网址参数值，行 3～4 可以简写为：
```
s = "文本框内容是:" & Request("TextBox1") & "<br>"
s &= "网址参数值是:" & Request("para")
```

5.2.2 读写 Cookies 值

例 5-3 根据用户选择，使用 cookie 值保存或取消用户登录账户信息；如果用户选择了"记住账号"复选框，下次重新进入该页面时不需要再次输入账号信息；如果没有选择"记住账号"复选框，则取消已经保存本地的账号信息。运行界面如图 5-8 所示。

图 5-8 例 5-3 运行界面

相关知识与技能：

Cookie 提供了一种在 Web 应用程序中存储用户特定信息的方法。例如，当用户访问站点时，可以用 Cookie 存储用户首选项或其他信息。该用户再次访问这个网站时，应用程序可以检索以前存储的信息。

大多数浏览器支持最大 4096 字节的 Cookie 值，这限制了 Cookie 值的大小。因此，最好用 Cookie 存储少量数据，或者存储用户 ID 之类的标识符，使用户 ID 可用于标识用户，以及从数据库或其他数据源中读取用户信息。浏览器还限制站点可以在用户计算机上存储的 Cookie 数量。大多数浏览器只允许每个站点存储 20 个 Cookie 值；如果试图存储更多 Cookie 值，最旧的 Cookie 值将被丢弃。有些浏览器对它们将接受的来自所有站点的 Cookie 值总数作出绝对限制，通常为 300 个。

1. 将数据保存到客户端 cookie

创建 Cookie 时，需要指定 Name 和 Value。每个 Cookie 必须有一个唯一的名称，以便从浏览器读取 Cookie 时可以识别。由于 Cookie 按名称存储，用相同的名称命名两个 Cookie 将会导致其中一个 Cookie 被覆盖。

可以设置 Cookie 的到期日期和时间。用户访问编写 Cookie 的站点时，浏览器将删除过期的 Cookie。只要应用程序认为 Cookie 值有效，就应将 Cookie 的有效期设置为这一段时间。对于永不过期的 Cookie，可将到期日期设置为从现在起 50 年。

如果没有设置 Cookie 的有效期，仍然可以创建 Cookie，但不会将其存储在用户的硬盘上，而是将 Cookie 作为用户会话信息的一部分进行维护。当用户关闭浏览器时，Cookie 被丢弃。这种非永久性的 Cookie，适合用来保存只需短时间存储的信息，或者保存由于安全原因不应该写入客户端计算机磁盘的信息。例如，如果用户在使用一台公用计算机，不希望将 Cookie 写入该计算机的磁盘中，可以使用非永久性 Cookie。

2. 多值 Cookie

可以在 Cookie 中存储一个值，如用户名和上次访问时间；也可以在一个 Cookie 中存储多个名称/值对。名称/值对称为子键（子键布局类似于 URL 中的查询字符串）。例如，不要创建两个名为 userName 和 lastVisit 的单独 Cookie，而是创建一个名为 userInfo 的 Cookie，其中包含两个子键 userName 和 lastVisit。

用户可能出于不同的原因使用不同的子键。首先，将相关或类似的信息放在一个 Cookie 中很方便。此外，由于所有信息都在一个 Cookie 中，诸如有效期之类的 Cookie 属性适用于所有信息。反之，如果要为不同类型的信息指定不同的到期日期，应该把信息存储在单独的 Cookie 中。

带有子键的 Cookie 还可帮助用户限制 Cookie 文件的大小。使用带子键的单个 Cookie，所用的 Cookie 数不会超过分配给站点的 20 个的限制。此外，一个 Cookie 占用大约 50 个字符的系统开销（用于保存有效期信息等），加上其中存储的值的长度，总和接近 4096 字节。如果存储五个子键而不是五个单独的 Cookie，便可节省单独 Cookie 的系统开销，大约节省 200 字节。

若要创建带子键的 Cookie，可以使用编写单个 Cookie 的各种语法。以下示例演示用于编写同一 Cookie 的两种方法，其中的每个 Cookie 都带有两个子键。

```
Response.Cookies("userInfo")("userName") = "patrick"
Response.Cookies("userInfo")("lastVisit") = DateTime.Now.ToString()
Response.Cookies("userInfo").Expires = DateTime.Now.AddDays(1)
```

3. 读取 cookie

尝试获取 Cookie 值前，应确保该 Cookie 存在；如果该 Cookie 不存在，将会收到 NullReferenceException 异常。此外，在页面中显示 Cookie 的内容前，先调用 HtmlEncode 方法对 Cookie 的内容进行编码。这样可以确保恶意用户没有向 Cookie 中添加可执行脚本。

代码如下：

```
If Not Request.Cookies("userName") Is Nothing Then
    Label1.Text = Server.HtmlEncode(Request.Cookies("userName").Value)
End If
If Not Request.Cookies("userName") Is Nothing Then
    Dim aCookie As HttpCookie = Request.Cookies("userName")
    Label1.Text = Server.HtmlEncode(aCookie.Value)
End If
```

读取 Cookie 中子键值的方法与设置该值的方法类似。以下代码是获取子键值的一种方法：

```
If Not Request.Cookies("userInfo") Is Nothing Then
    Label1.Text = Server.HtmlEncode(Request.Cookies("userInfo")("userName"))
    Label2.Text = Server.HtmlEncode(Request.Cookies("userInfo")("lastVisit"))
End If
```

以上代码读取子键 lastVisit 的值，该值先前被设置为字符串表示形式的 DateTime 值。Cookie 将值存储为字符串，因此，如果要将 lastVisit 值作为日期使用，必须将其转换为适当的类型。

4．修改和删除 Cookie

不能直接修改 Cookie 的值。更改 Cookie 值的过程涉及创建一个具有新值的新 Cookie，然后将其发送到浏览器覆盖客户端上的旧版本 Cookie。

以下代码更改存储用户对站点访问次数的 Cookie 的值：

```
Dim counter As Integer
If Request.Cookies("counter") Is Nothing Then
    counter = 0
Else
    counter = Int32.Parse(Request.Cookies("counter").Value)
End If
counter += 1
Response.Cookies("counter").Value = counter.ToString
Response.Cookies("counter").Expires = DateTime.Now.AddDays(1)
```

5．删除 Cookie

删除 Cookie（即从用户的硬盘中物理移除 Cookie）是修改 Cookie 的一种形式。由于 Cookie 在用户的计算机中，因而无法将其直接移除。但是，可以让浏览器删除 Cookie。方法是创建一个与要删除的 Cookie 同名的新 Cookie，并将该 Cookie 的到期日期设置为早于当前日期的某个日期。当浏览器检查 Cookie 的到期日期时，便会丢弃这个已过期的 Cookie。

以下代码是删除应用程序中所有可用 Cookie 的一种方法：

```
Dim aCookie As HttpCookie
Dim i As Integer
Dim cookieName As String
Dim limit As Integer = Request.Cookies.Count - 1
For i = 0 To limit
    cookieName = Request.Cookies(i).Name
    aCookie = New HttpCookie(cookieName)
    aCookie.Expires = DateTime.Now.AddDays(-1)
    Response.Cookies.Add(aCookie)
Next
```

程序代码如下：

```
1    Partial Class L5_7
2        Inherits System.Web.UI.Page
3
4    Protected Sub Page_Load(ByVal sender As Object, ByVal e As System.EventArgs) Handles Me.Load
5        If Page.IsPostBack = False Then
6            If Not Request.Cookies("User") Is Nothing Then
7                TextBox1.Text = Request.Cookies("User")("Uname")
8                TextBox2.Text = Request.Cookies("User")("Upwd")
9            End If
10       End If
11   End Sub
12
```

```
13    Protected Sub Button1_Click(ByVal sender As Object, ByVal e As System.EventArgs) Handles
         Button1.Click
14       If TextBox1.Text <> "" And TextBox2.Text <> "" Then
15          If CheckBox1.Checked = True Then
16             Response.Cookies("User")("Uname") = TextBox1.Text
17             Response.Cookies("User")("Upwd") = TextBox2.Text
18             Response.Cookies("User").Expires = DateTime.Now.AddDays(1)
19          Else
20             Response.Cookies("User").Expires = DateTime.Now.AddDays(-1)
21          End If
22       End If
23    End Sub
24
25    End Class
```

5.3 Session 对象与 Application 对象

5.3.1 Session 对象

例 5-4 某网站有多个需要登录验证后才能进入的页面，如 A.aspx、B.aspx、C.aspx 等，如果不经过验证直接进入该页面，则让用户重新回到登录页面验证。

假定用户名和密码均为 123，登录页面为 Login.aspx；实际网站开发时，账号信息来自数据库中并进行相应验证。

相关知识与技能：

如果用户浏览网站的任何页面时都要暂时保存用户的当前信息，例如，用户的购物信息（如购物车）、验证信息等，经常会用到 Session 变量。与 Cookie 变量不同的是，Session 变量保存在服务器端，其存在有时间限制。Session 变量默认存在时间为 20 分钟。

使用 Seesion 变量不需要定义，直接赋值即可完成创建：

Session("变量名")=值

如果要清除所有的 Session 变量，例如退出登录的页面时，清除保存在 session 中的账号等信息，可以使用以下语句：

Session.Abandon()

如果要修改 Session 默认存在的时间，可以使用以下的语句：

Session.Timeout = 值 (注：值的单位为分钟)

操作步骤：

1．流程图

本例执行流程如图 5-9 所示。

2．Login.aspx 的运行界面

Login.aspx 页面的运行界面如图 5-10 所示。

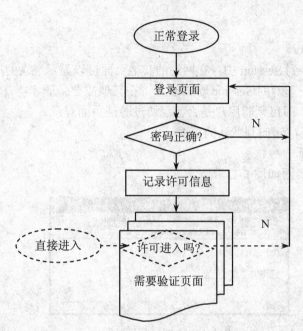

图 5-9　例 5-4 的执行流程

图 5-10　例 5-4 的运行界面

3. Login.aspx 页面的代码

```
1    Partial Class session_ex_login
2        Inherits System.Web.UI.Page
3        Protected Sub Button1_Click(ByVal sender As Object, ByVal e As System.EventArgs)
            Handles Button1.Click
4            If TextBox1.Text = "123" And TextBox2.Text = "123" Then
5                Session("user") = "123"
6                Session("Login") = "Y"
7                Response.Redirect("A.aspx")
8            End If
9        End Sub
10   End Class
```

代码说明：

行 4：验证账号信息。

行 5：将用户名保存到 Session 中，在网站的其他页面可以显示登录的用户。

行 6：设置已经验证正确的 Session 标志变量，在其他需要验证才能查看的页面中，只需要判断该变量是否存在，即可判断用户是否已经通过验证页面登录。

行 7：如果通过验证，转向到默认的页面。

4．A.aspx 运行界面

A.aspx 页面的运行界面如图 5-11 所示。

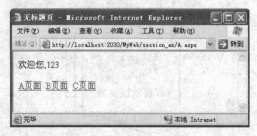

图 5-11   A.asp 运行界面

5．A.aspx 页面的代码

```
1      Partial Class session_ex_A
2          Inherits System.Web.UI.Page
3          Protected Sub Page_Load(ByVal sender As Object, ByVal e As System.EventArgs) Handles
               Me.Load
4              If Session("Login") IsNot Nothing Then
5                  Response.Write("欢迎您," & Session("user"))
6              Else
7                  Response.Redirect("login.aspx")
8              End If
9          End Sub
10     End Class
```

代码说明：

行 4～9：判断 Session("Login")变量是否存在，如果存在，则显示用户信息及本页面内容；否则，转向登录页面重新登录才可以查看本页面内容。

本例中，B.aspx 和 C.aspx 与 A.aspx 代码完全一样，这里不再列出。

5.3.2　Application 对象

例 5-5　制作网站计数器，运行界面如图 5-12 所示。

相关知识与技能：

Application 对象与 Session 对象的使用方法类似，不同的是，Application 定义的变量是网站所有用户共享的变量，而 Session 定义的变量是为每个登录网站用户各自使用的变量。Application 最适合做网站计数器。

图 5-12 计数器网页

Application 定义的变量开始于初次赋值,结束于网站服务器关闭。如果要统计网站访问量,可以在 Web 服务器启动时对 Application 定义的变量赋初始值,在 Web 服务器关闭时将访问量保存到文件或数据库。Web 服务器启动和停止服务时,在 ASP.NET 中将触发特定事件,为检测该事件,需要添加一个特定类型的文件:Global.asax,添加方法如图 5-13 所示。其中,Global.asax 文件内容如下:

```
<%@ Application Language="VB" %>
<script runat="server">
    Sub Application_Start(ByVal sender As Object, ByVal e As EventArgs)
        ' 在应用程序启动时运行的代码
    End Sub
    Sub Application_End(ByVal sender As Object, ByVal e As EventArgs)
        ' 在应用程序关闭时运行的代码
    End Sub
    Sub Application_Error(ByVal sender As Object, ByVal e As EventArgs)
        ' 在出现未处理的错误时运行的代码
    End Sub
    Sub Session_Start(ByVal sender As Object, ByVal e As EventArgs)
        ' 在新会话启动时运行的代码
    End Sub
    Sub Session_End(ByVal sender As Object, ByVal e As EventArgs)
        ' 在会话结束时运行的代码。
        ' 注意: 只有在 Web.config 文件中的 sessionstate 模式设置为
        ' InProc 时,才会引发 Session_End 事件。如果会话模式设置为 StateServer
        ' 或 SQLServer,则不会引发该事件。
    End Sub
</script>
```

操作步骤:

1. Global.asax 文件

在网站中添加 Global.asax 文件,并在 Global.asax 代码中的 Application_Start 事件添加如下代码:

```
Sub Application_Start(ByVal sender As Object, ByVal e As EventArgs)
    ' 在应用程序启动时运行的代码
    Application("count") = 0
End Sub
```

该事件在 Web 服务器启动时触发。

图 5-13　添加 Global.asax 文件

其中，Application("count") = 0 对 Application("count") 变量赋初始值，该初始值也可能是从文件中读取。

2．App.apsx 文件

建立网站的主页文件，每次有用户登录主页时，使 Application("count")变量加 1。本例中计数网页为 app.apsx 文件，在页面上添加 Label 控件，以便显示当前已经登录的用户数。

App.aspx 页面代码如下：

```
1    Partial Class App_app
2        Inherits System.Web.UI.Page
3        Protected Sub Page_Load(ByVal sender As Object, ByVal e As System.EventArgs) Handles Me.Load
4            Application.Lock()
5            Application("count") += 1
6            Application.UnLock()
7            Label1.Text = "你是第[" & Application("count") & "]访问本网站的人"
8        End Sub
9    End Class
```

代码说明：

行 4：在 Application("count")累加前，暂时锁定变量。目的是避免多个用户同时登录页面时，Application("count")变量只加一次。

 提示　当 Application("count")变量加 1 后，要及时解除锁定，如行 6 所示。

行 5：对 Application("count")变量加 1。

行 6：解除 Application("count")变量的锁定。

行 7：读取并显示 Application("count")变量的值。

实际的计数器中，在 Web 服务器关闭时，或需要重启 Web 服务器前，需要保存当前 Application("count")的值到文件或数据库中，否则，每次重启动后，Application("count")的值将被初始化。这需要在 Application_End 事件中添加保存到文件的相应代码。

5.4　数据验证控件

5.4.1　RequiredFieldValidator 控件

例 5-6　编程限制必须输入账号和密码，运行结果如图 5-14 所示。

图 5-14　没有输入任何内容，按"确定"按钮后的提示信息

相关知识与技能：

1．控件作用

验证与其相关联控件是否有输入或被选择，在页面提交到服务器时，如果没有输入或选择，则在该控件位置显示设定的提示信息。

2．服务器端标记

```
<asp:RequiredFieldValidator ID="ID 值" runat="server" ControlToValidate="被验证控件"
ErrorMessage="无效时提示信息" />
```

3．主要属性

（1）ControlToValidate：选择需要验证的控件，必须通过该属性首先设置需要被验证的控件。

（2）Text：当验证无效时，显示在验证控件位置的提示信息（即内联方式）；如果为空，则当验证无效时，以 ErrorMessage 属性的值显示在控件的位置。

（3）ErrorMessage：当验证无效时显示的文本信息，如果页面上放置了 ValidationSummary 验证控件，则该属性的值显示在 ValidationSummary 控件上（即摘要方式显示提示信息）。

（4）Display：错误信息显示方式，有三种取值，描述如下。

（5）None：验证无效时，不在验证控件显示错误信息。

（6）Dynamic：验证失败时，动态添加到页面中的验证程序内容。

（7）Static：作为页面布局物理组成部分的验证程序内容。

其中，取值为 None 时，一般将错误信息集中显示在 ValidationSummary 验证控件中；默认值为 Static。当使用服务器端验证、取值为 Dynamic 与 Static 时，区别主要在于，Dynamic 属性值在运行时控件不占用页面空间，而 Static 属性值将使控件始终占用页面空间，如图 5-15 和图 5-16 所示。

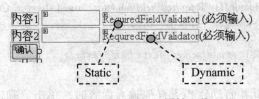

图 5-15　Display 属性取值

图 5-16　不同 Display 属性运行时区别

（8）InitialValue：如果设置了验证控件初始值 InitialValue 属性，当被验证控件选择或输入与 InitialValue 值相同时，认为验证无效。

操作步骤：

1. 界面布局

很多注册或登录页面均要求必须输入账户和密码，本例实现用户必须输入项的验证，实现验证过程不需要编写任何代码。

新建 Web 窗体，保存为 5_1.aspx。在 Web 窗体中添加两个文本框 TextBox1 和 TextBox2，以及一个按钮 Button1，在两个文本框后面添加工具箱"验证"选项卡中的两个 RequiredFieldValidator 验证控件。界面布局和属性设置如图 5-17 所示意。

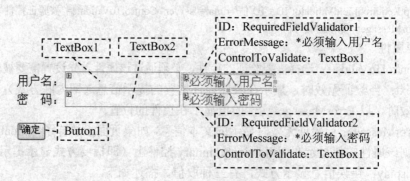

图 5-17　例 5-6 界面布局和属性

2. 源视图代码

转到源视图，在<form>和</form>之间可以看到以下标记代码：

```
用户名：<asp:TextBox ID="TextBox1" runat="server"></asp:TextBox>
<asp:RequiredFieldValidator ID="RequiredFieldValidator1" runat="server" ControlToValidate=
    "TextBox1" ErrorMessage="*必须输入用户名" />
<br />
密码：<asp:TextBox ID="TextBox2" runat="server"></asp:TextBox>
<asp:RequiredFieldValidator ID="RequiredFieldValidator2" runat="server" ControlToValidate=
    "TextBox2" ErrorMessage="*必须输入密码" />
<br />
<asp:Button ID="Button1" runat="server" Text="确定" /><br />
```

3. 运行结果

设置 5_1.aspx 为启动页并启动，当无任何输入内容时，单击"确定"按钮，运行结果如

图 5-14 所示。

案例拓展：验证控件是否有选择，如果没有作出选择，以摘要和内联方式显示提示信息。页面运行结果如图 5-18 所示。

性别：请选择性别 *
你对生活栏目的评价是：
○优 ○良 ○中 ○差
*
提交

- 请选择性别
- 请作出评价

图 5-18　以内联和摘要方式，显示提示信息

分析：内联方式显示验证信息（Display 属性为 Dynamic 或 Static），是指当验证无效时，在验证控件位置显示验证控件 Text 属性的内容；摘要方式（Display 属性为 None、Dynamic 或 Static）是将所有控件验证无效时显示的信息集中显示在 ValidationSummary 验证控件中。ValidationSummary 控件可以不需指定任何属性；当 Display 属性为 None 时，验证无效时，Text 属性也无效，即仅仅为摘要方式。

操作步骤如下：

1．界面布局

新建 Web 窗体，保存为 5_2.aspx。在 Web 窗体添加 DropDownList 控件，添加三个项目：请选择性别、男、女；添加 RadioButtonList 控件，添加四个项目：优、良、中、差；添加一个验证 DropDownList 的 RequiredFieldValidator 验证控件；添加一个验证 RadioButtonList1 的 RequiredFieldValidator 验证控件，属性设置如图 5-19 所示；添加一个 ValidationSummary1 验证控件，不需要设置任何属性。

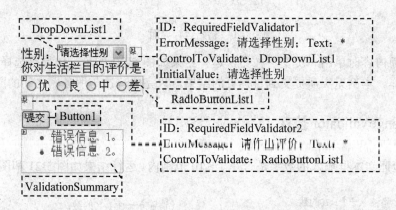

图 5-19　界面布局和属性设置

2．源视图代码

转到源视图，在<form>和</form>之间可以看到以下标记代码：

```
性别：<asp:DropDownList ID="DropDownList1" runat="server">
    <asp:ListItem>请选择性别</asp:ListItem>
    <asp:ListItem>男</asp:ListItem>
```

```
        <asp:ListItem>女</asp:ListItem>
   </asp:DropDownList>
   <asp:RequiredFieldValidator ID="RequiredFieldValidator1" runat="server" ErrorMessage="请选择性别"
        ControlToValidate="DropDownList1" InitialValue="请选择性别">*</asp:RequiredFieldValidator><br />

   你对生活栏目的评价是：<asp:RadioButtonList ID="RadioButtonList1" runat="server" RepeatDirection
        ="Horizontal">
        <asp:ListItem>优</asp:ListItem>
        <asp:ListItem>良</asp:ListItem>
        <asp:ListItem>中</asp:ListItem>
        <asp:ListItem>差</asp:ListItem>
   </asp:RadioButtonList><asp:RequiredFieldValidator ID="RequiredFieldValidator2" runat="server"
        ErrorMessage="请作出评价" ControlToValidate="RadioButtonList1">
        *</asp:RequiredFieldValidator>
   <asp:Button ID="Button1" runat="server" Text="提交" />
   <br />
   <asp:ValidationSummary ID="ValidationSummary1" runat="server" />
```

> **提示**　RequiredFieldValidator1 控件的 InitialValue 属性设置为"请选择性别"，如果用户在 DropDownList1 选择的也是该值，则引发验证无效提示。

3. 运行结果

设置 5_2.aspx 为启动页并启动，初始运行界面如图 5-20 所示。

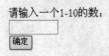

性别：请选择性别

你对生活栏目的评价是：

○优 ○良 ○中 ○差

提交

图 5-20　初始运行界面

无选择任何内容时单击"提交"按钮，运行结果如图 5-20 所示；如果有选择内容，则执行实际提交动作。本例无实质提交到目标页的结果，只完成一次与服务器之间的回发过程。

5.4.2　RangeValidator 控件

例 5-7　验证文本框输入的数字是否在 1~10 范围内。运行结果如图 5-21 和图 5-22 所示。

请输入一个 1-10 的数：

[　　　　]

确定

图 5-21　例 5-7 初始运行界面

请输入一个 1-10 的数：

[15　　] 请输入（1~10）之间的数值

确定

图 5-22　例 5-7 执行结果

相关知识与技能：

1. 控件作用

计算输入控件的值，以确定该值是否在指定的上限与下限之间，可用于检查数字、字母和日期的限定范围值。

2．服务器端标记

<asp:RangeValidator ID="ID 值" runat="server" ControlToValidate="被验证控件" ErrorMessage="无效时提示值" MaximumValue="最大值" MinimumValue="最小值" Type="验证数据类型" />

3．主要属性

（1）MaximumValue：需要验证的控件值的最大值。

（2）MinimumValue：需要验证的控件值的最小值。

（3）Type：需要验证的控件值的类型，有 String(字符串)、Integer(整型)、Double(实型)、Date(日期)和 Currency(货币)数据类型。

（4）ControlToValidate、ErrorMessage、Text、Display 属性含义与 RequiredFieldValidator 控件中描述的属性相同。

操作步骤：

1．界面布局

新建 Web 窗体，保存为 5_3.aspx。在 Web 窗体添加一个文本框，一个按钮和一个对文本框输入值进行验证的 RangeValidator 验证控件，如图 5-23 所示。

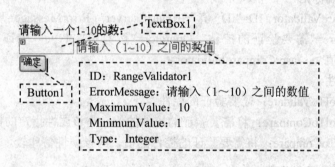

图 5-23　例 5-7 界面布局

2．源视图代码

转到源视图，在<form>和</form>之间，可以看到以下标记代码：

请输入一个 1-10 的数：
<asp:TextBox ID="TextBox1" runat="server" Width="72px"></asp:TextBox>
<asp:RangeValidator ID="RangeValidator1" runat="server" ControlToValidate="TextBox1"
　　ErrorMessage="请输入（1~10）之间的数值" MaximumValue="10" MinimumValue="1"
　　　　Type="Currency">
</asp:RangeValidator>
<asp:Button ID="Button1" runat="server" Text="确定" />

3．运行结果

设置 5_3.aspx 为启动页并启动，运行初始界面如图 5-21 所示；无任何输入内容时单击"确定"按钮，运行结果如图 5-22 所示。

 没有任何输入时也可以通过验证。

5.4.3　CompareValidator 控件

例 5-8　输入两个数到文本框，根据选择的比较运算表达式和比较的数据类型，得到验证结果，如图 5-24 所示。

图 5-24　CompareValidator 控件的使用

相关知识与技能：

1．控件作用

将用户输入到输入控件（例如 TextBox 控件）的值与输入到其他输入控件的值或设定的常数值进行比较。

2．服务器端标记

<asp:CompareValidator ID="ID 值" runat="server" ErrorMessage="无效时提示信息" ControlToCompare="需要验证的控件" Operator="运算符" Type="验证数据类型" ValueTo-Compare="比较值"> </asp:CompareValidator>

3．主要属性

（1）ControlToValidate：需要验证的控件。

（2）ControlToCompare：将需要验证的控件的值，与该属性指定的控件值比较。

（3）ValueToCompare：将需要验证的控件的值，与该属性值比较。

 请勿同时设置 ControlToCompare 和 ValueToCompare 属性。既可以将输入控件的值与另一个输入控件的值进行比较，也可以将其与常数值进行比较。如果同时设置了这两个属性，则 ControlToCompare 属性优先。

（4）Type：需要验证的控件值的类型，有 String（字符串）、Integer（整型）、Double（实型）、Date（日期）和 Currency（货币）数据类型。

（5）Operator：比较运算符号。可以用 Operator 属性指定要执行的比较操作。表 5-2 列出了可能的比较操作。

表 5-2　比较运算

操作	说明
Equal	所验证的输入控件的值与其他控件的值或常数值之间的相等比较
NotEqual	所验证的输入控件的值与其他控件的值或常数值之间的不等比较
GreaterThan	所验证的输入控件的值与其他控件的值或常数值之间的大于比较
GreaterThanEqual	所验证的输入控件的值与其他控件的值或常数值之间的大于或等于比较
LessThan	所验证的输入控件的值与其他控件的值或常数值之间的小于比较

续表

操作	说明
LessThanEqual	所验证的输入控件的值与其他控件的值或常数值之间的小于或等于比较
DataTypeCheck	输入到所验证的输入控件的值与 Type 属性指定的数据类型之间的数据类型比较。如果无法将该值转换为指定的数据类型，则验证失败

 使用 DataTypeCheck 运算符时，将忽略 ControlToCompare 和 ValueToCompare 属性。

（6）ControlToValidate、ErrorMessage、Text、Display 属性含义与 RequiredFieldValidator 控件中描述的属性相同。

操作步骤：

1．界面布局

新建 Web 窗体，保存为 5_4.aspx。按照图 5-25 添加相应控件。为了使界面布局合理，添加一个 HTML 表格定位各个控件或文本的位置。

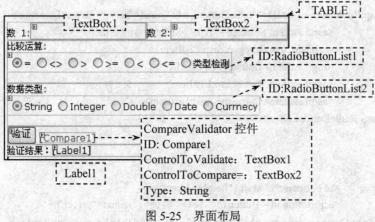

图 5-25　界面布局

其中：

（1）RadioButtonList1 控件包含 7 个列表项，Value 值分别对应 CompareValidator 控件 Operator 属性按顺序的取值：Equal、NotEqual、GreaterThan、GreaterThanEqual、LessThan、LessThanEqual 和 DataTypeCheck，默认第一个位置的比较运算被选中。

（2）RadioButtonList2 控件包含 5 个列表项，Value 值分别对应 CompareValidator 控件 Type 属性按顺序的取值：String、Integer、Double、Date、Currency，默认第一个位置的比较运算被选中。

2．源视图代码

```
1    <table style="font-size: 12px; font-family: Verdana, Sans-Serif" cellpadding="0" cellspacing="0" >
2        <tr>
3            <td>数 1:<asp:TextBox id="TextBox1" runat="server"/></td>
4            <td>数 2:<asp:TextBox id="TextBox2" runat="server"/></td>
5        </tr>
6
7        <tr>
```

```
8                <td colspan="2" >
9                      比较运算:
10  <asp:RadioButtonList ID="RadioButtonList1" runat="server" RepeatDirection="Horizontal">
11              <asp:ListItem Selected=True Value="Equal">=</asp:ListItem>
12              <asp:ListItem Value="NotEqual">&lt;&gt;</asp:ListItem>
13              <asp:ListItem Value="GreaterThan">&gt;</asp:ListItem>
14              <asp:ListItem Value="GreaterThanEqual">&gt;=</asp:ListItem>
15              <asp:ListItem Value="LessThan">&lt;</asp:ListItem>
16              <asp:ListItem Value="LessThanEqual">&lt;=</asp:ListItem>
17              <asp:ListItem Value="DataTypeCheck">类型检测</asp:ListItem>
18  </asp:RadioButtonList>
19          </td>
20      </tr>
21
22      <tr>
23          <td colspan="2">
24                  数据类型:
25  <asp:RadioButtonList ID="RadioButtonList2" runat="server" RepeatDirection="Horizontal">
26          <asp:ListItem Selected="True">String</asp:ListItem>
27          <asp:ListItem>Integer</asp:ListItem>
28          <asp:ListItem>Double</asp:ListItem>
29          <asp:ListItem>Date</asp:ListItem>
30          <asp:ListItem>Currnecy</asp:ListItem>
31  </asp:RadioButtonList></td>
32      </tr>
33
34      <tr>
35          <td colspan="2" style="height: 24px">
36          <asp:Button id="Button1"  Text="验证"    runat="server"/>
37      <asp:CompareValidator id="Compare1"     ControlToValidate="TextBox1"
            ControlToCompare="TextBox2" Type="String"    runat="server" />
38
39          </td>
40      </tr>
41
42      <tr>
43          <td colspan="2" >验证结果：<asp:Label id="Label1"    runat="server"/></td>
44      </tr>
45  </table>
```

标记说明:

行 2~5: 表格第 1 行, 分别放置两个文本框 TextBox1 和 TextBox2。

行 7~20: 表格第 2 行, 放置单选列表组控件 RadioButtonList1, 作为比较运算符的选择。

行 22~32: 表格第 3 行, 放置单选列表组控件 RadioButtonList2, 作为比较数据类型的选择。

行 34~40: 表格第 4 行, 放置按钮和验证控件 CompareValidator, 其中行 37 指明了需要验证的控件 ControlToValidate="TextBox1"和验证比较对象 ControlToCompare="TextBox2"及初

始比较类型 Type="String"。

 这里没有设置 ErrorMessage 和 Text 属性，即无效时信息不显示在控件位置，而是在单击按钮时将验证信息显示在 Label1 控件上。

行 42～44：表格最后一行，放置了 Label 控件，显示验证结果。

3．事件过程代码

```
1    Protected Sub Button_Click(ByVal sender As Object, ByVal e As System.EventArgs) Handles
         Button1.Click
2        Label1.Text = IIf(Page.IsValid, "有效!", "无效")
3    End Sub
4
5    Protected Sub RadioButtonList1_SelectedIndexChanged(ByVal sender As Object, ByVal e As
         System.EventArgs) Handles RadioButtonList1.SelectedIndexChanged
6        Compare1.Operator = CType(RadioButtonList1.SelectedIndex, ValidationCompareOperator)
7        Compare1.Validate()
8    End Sub
9
10   Protected Sub RadioButtonList2_SelectedIndexChanged(ByVal sender As Object, ByVal e As
         System.EventArgs) Handles RadioButtonList2.SelectedIndexChanged
11       Compare1.Type = CType(RadioButtonList2.SelectedIndex, ValidationDataType)
12       Compare1.Validate()
13   End Sub
```

代码说明：

行 1～3：点击按钮触发的事件；行 2 使用 IIF 结构，判断当前页面所有验证是否有效。其中，Page 对象的 IsValid 属性，可以检测当前页面所有的验证控件是否均通过验证，如果是，则为 True，只要有一个验证件没通过验证，则为 False。

行 5～8：选择比较运算符时触发的事件。其中，Operator 属性值是 ValidationCompareOperator 枚举类型值，整数值；RadioButtonList 控件的 SelectedIndex 也是整数值。因此，这里如果不使用 Ctype 函数转换类型，而直接使用 Compare1.Operator = RadioButtonList1.SelectedIndex 语句，也是正确的。行 10～13 含义亦如此。

5.4.4 RegularExpressionValidator 控件

例 5-9　（1）分析下面网址验证表达式含义：http(s)?://([\w-]+\.)+[\w-]+(/[\w- ./?%&=]*)?
（2）试写出符号 IP 验证的表达式。

相关知识与技能：

1．控件作用

计算输入控件的值，以确定该值是否与某个正则表达式所定义的模式相匹配。常用于电子邮件格式、邮政编码格式、身份证号码格式等验证。

2．服务器端标记

```
<asp:RegularExpressionValidator ID="ID 值" runat="server" ErrorMessage="无效时提示信息"
    ValidationExpression="验证表达式" />
```

3．主要属性

（1）ControlToValidate：需要验证的控件。

（2）ValidationExpression：验证表达式；可以使用验证表达式编辑器编改属性，验证表达式编辑器提供了几种常用的验证表达式，如电子邮件、网址、邮政编码和电话号码的格式验证，如果不能满足您的要求，你可以使用自定义验证表达式。

验证表达式编辑器的使用：选择 Regular-ExpressionValidator 控件，在"属性"窗口中，单击 ValidationExpression 属性的省略号按钮 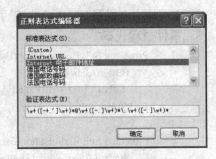，弹出图 5-26 所示的对话框。

（3）ControlToValidate、ErrorMessage、Text、Display 属性含义与 RequiredFieldValidator 控件中描述的属性相同。

图 5-26 验证表达式编辑器

4．正则表达式

正则表达式格式符号说明如表 5-3 所示。

表 5-3 正则表达式符号说明

符号	含义	示例
[]	定义表达式中可以接受的字符	[a-z0-9A-Z]表示表达式可以接受所有数字字符和大小写字符母都满足
{}	定义表达式中必须输入的字符数	[a-f]{3}表示必须输入 a 到 f 中的 3 个字符；[0-9]{3,}表示必须输入至少 3 个数字；[A-C]{1,3}表示必须输入 1 个大写字母 A 或 B 或 C，最多输入 3 个
|	"或"的含义，表示表达式内可选部分	[a-c]{1}|[1-3]{1}表示输入 a 到 c 中的 1 个；或者 1 到 3 中的 1 个
()	可选符号，同时起到分组作用	([0-9]){1}表示必须输入一个数字
\	转义字符	如果要输入这里的 5 种符号，必须使用转义字符格式，如：\（[0-9]\）{3}表示必须输入扩号，括号内为 3 个 0 到 9 的数字

其他常用限定符有：

* 指定零个或更多个匹配；例如 \w* 或 (abc)*。等效于 {0,}

\+ 指定一个或多个匹配；例如 \w+ 或 (abc)+。等效于 {1,}

? 指定零个或一个匹配；例如 \w? 或 (abc)?。等效于 {0,1}

其他常用字符匹配语法：

\w：与任何字符匹配。相当于[a-z0-9A-Z]

\W：与任何非单词字符匹配。相当于[^a-z0-9A-Z]

\d：与任何十进制数字匹配。相当于[0-9]

\D：与任何非数字匹配。相当于[^0-9]

操作步骤：

（1）分析：

http 部分：普通字符，表示必须按原样输入 http。

?部分：表示前面的 s 可以有，且只能有一个 s 或没有（0 个）；s 前后的括号表示 s 为一组，可以省略，这时 http(s)?等同于 https?。

://部分：普通字符，必须原样输入。

([\w-]+\.)+部分：\w 与[a-z0-9A-Z]含义一样，即必须输入大小写 0 到 9 中的字符；-号表示普通符号，表示也可以输入-号（也在接受范围内）；+号表示至少要输入前面的一个字符以上；\.转义字符"点"号，必须输入；本部分最后一个+号，表示([\w-]+\.)这部分至少要输入一次以上。

[\w-]+部分：与上面描述含义相同，即必须输入字母或数字，或-号，[\w-]这部分必须输入一次以上。

(/[\w- ./?%&=]*)?部分：/符号；大小写字母，0 到 9，空格、-号；/、? 、%、&、=均为普通符号；*号为其前面[]内容的任意多个；最后一个? 号，表示前面(/[\w- ./?%&=]*)部分，要么有，要么没有。

根据上分析，可以有下面几种输入形式：

　　http://www.yahoo.com
　　https://www.yahoo.com
　　http://www.yahoo.com.cn/news?id=12&d=aaa

（2）分析：

IP 地址的格式最多由 3 位数字组成一组，以点符"．"分隔，共 4 组，可能的形式可能如下：

　　192.168.0.1
　　255.255.255.12
　　27.245.199.99

取其中一组数字分析，可以有下面几种情形：

3 位情形：第一位必须为 1 或 2，如果是 0 或 1，则其后两位可以是 0-9；如果是 2，则其后两位均小于等于 5。

2 位情形：如果只有两位，则两位均为 0-9 的值。

1 位情形：如果 IP 地址组中只有一位，则可以为 0-9 的数字。

按以上分析，可以将 IP 地址验证表达式写为：

　　((2[0-4]\d|25[0-5]|[01]?\d\d?)\.){3}(2[0-4]\d|25[0-5]|[01]?\d\d?)

 RegularExpressionValidator 控件的其他方面的使用与其他验证控件使用类似。

5.4.5　CustomValidator 控件

例 5-10　在服务器端验证：输入到文本框的内容长度是否为 15 位或 18 位。

相关知识与技能：

CustomValidator 控件为自定义验证控件，当上述验证控件均不满足验证要求，或用户更喜欢按照自己定义的验证规则进行验证，可以使用 CustomValidator 控件。

1．控件作用

使用自定义验证方法，对需要验证控件的控件值进行验证。

2．服务器端标记

```
<asp:CustomValidator ID="ID 值" runat="server" ClientValidationFunction="客户端自定义验证方法"
ControlToValidate="需要验证控件" ErrorMessage="无效时提示信息" />
```

3．主要属性

（1）ClientValidationFunction：在客户端验证时，指定自定义过程的名称，过程语法格式为：

```
Sub  过程名(ByVal sender As Object, ByVal e As ServerValidateEventArgs)
        e.IsValid = 验证结果（True / False）
End Sub
```

（2）如果是在服务器端验证，则在 ServerValidate 事件中编写验证代码。

（3）ControlToValidate、ErrorMessage、Text、Display 属性含义与 RequiredFieldValidator 控件中描述的属性相同。

操作步骤：

1．界面布局

新建 Web 窗体，保存为 5_5.aspx。按照图 5-27 添加相应控件。

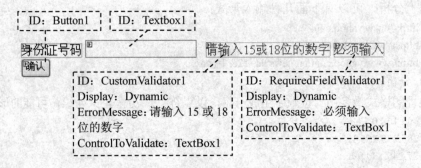

图 5-27　例 5-10 界面布局

2．程序代码

在代码视图中找到 CustomValidator1 的事件 ServerValidate，添加以下面代码中的第 5 行代码。

```
1    Partial Class _5_5
2         Inherits System.Web.UI.Page
3
4         Protected Sub CustomValidator1_ServerValidate(ByVal source As Object, ByVal args As
          System.Web.UI.WebControls.ServerValidateEventArgs) Handles CustomValidator1.ServerValidate
5              args.IsValid = (args.Value.Length = 15 Or args.Value.Length = 18)
6         End Sub
7    End Class
```

代码说明：

手工添加的代码仅有第 5 行。事件参数 args 代表被验证对象，其属性 IsValid 如果为 False，则表示验证失败；否则为验证成功；args.Value 为被验证对象的值。

3．运行结果

程序运行结果如图 5-28 所示。

图 5-28 运行初始界面

5.5 本章小结

本章通过实例介绍 ASP.NET 中内部对象的常用场合和使用方法，这些对象包括 Server 对象、Request 对象、Session 对象、Application 对象。每个例子的完整代码可以到本书参考文献说明的网址下载。

本章还介绍了了常用数据验证控件的使用方法，通过本章的学习，应熟练掌握 ASP.NET 提供的验证控件，利用其强大的排错方式，以及提供的显示错误信息功能，可以在创建 ASP.NET 网页时检查用户录入信息是否有效，减少代码编写量，提高 Web 应用程序开发效率。

习题五

一、简答题

1. 页面转向的方法有哪些？有何异同？
2. 如何读写 Cookie？Cookie 与 Session 有何区别？Session 与 Application 有何区别？各适合在哪些场合？

二、上机操作题

1. 使用读写 Cookie 的方法，实现每次登录页面时，显示当前用户对该页面的总访问数。
2. 设计一个简单购物网站，至少包含用户登录页面，商品清单页面，当前购物车信息页面和结算页面等，实现记录用户每次购买物品的信息，并在用户选择结算时，显示用户所有购买的商品信息，本题请使用 Session 保存用户及购物车信息。
3. 编写如图 5-29 所示的图形网站访问量计数器，数字图片请自己制作。
4. 编写验证用户是否输入以 136 开头的手机号码的正确性，并在页面给出验证结果。

总访问量：10697145

5. 对第 4 章上机操作题 4，添加数据验证功能。

图 5-29 网站访问量

6. 使用正则表达式，试设计 15 位身份证号码验证规则。

第6章 ASP.NET 数据库操作

本章导读

本章内容包括数据库基础知识、创建 Access 数据库一般过程、SQL 语句的使用及调试，以及数据控件的使用。重点介绍在 ASP.NET 中如何使用 AccessDataSource 控件连接数据库，以及使用如 GridView、DataList 和 Repeater 等数据显示控件显示数据库内容，帮助读者快速掌握在 ASP.NET 动态网页设计中实现数据库操作。

在学习数据库初步操作的基础上，还学习在 ASP.NET 中使用 ADO.NET 对象，以编程的方法访问数据库的一般步骤和方法，实现更灵活的数据库操作和数据显示。

6.1 数据库基础

6.1.1 数据库和数据库管理系统的概念

1. 数据库

数据库是存储在计算机系统内的一个通用化的、综合性的、有结构的、可共享的数据集合，具有较小的数据冗余和较高的数据独立性、安全性和完整性。数据库的创建、运行和维护是在数据库系统的控制下实现的，并可以为各种用户共享。

数据库是一个应用的数据存储和处理的系统，存储一个应用领域有关数据的集合，它独立于开发平台，处于应用系统的后台，能共享提供给各种应用或用户使用，并能提供数据完整性控制、安全性控制和并发控制功能。数据库通常由专门的系统进行管理，管理数据库的系统称为数据库管理系统。

数据库用户通常可以分为两类：一类是批处理用户，又称应用程序用户，这类用户使用程序设计语言编写应用程序，对数据进行检索、插入、删除和修改等操作，并产生数据输出；另一类是联机用户，或称为终端用户。终端用户使用终端命令或查询语言直接对数据库进行操作。

2. 数据库管理系统

数据库管理系统是一个数据库管理软件，简称 DBMS（DataBase Management System）。数据库管理系统是数据库系统的核心。DBMS 为用户提供方便的用户接口，帮助和控制每个用户对数据库进行的各种操作，并提供数据库的定义和管理功能。整个数据库的创建、运行和维护，都是在数据库管理系统的控制下实现的。

3．数据库应用系统的概念

数据库应用系统是在数据库管理系统支持下运行的一类计算机应用（软件）系统，简称 DBAS（DataBase Application System）。一个数据库应用系统通常由三部分组成，即数据库、应用程序和数据库管理系统。一般的数据库应用系统中，使用通用的数据库管理系统，而数据库和应用程序需要由用户（开发人员）开发。

在批处理用户使用的数据库应用系统中，应用程序处于最终用户端（前端），用户直接操纵和使用的是应用程序；而数据库和数据库管理系统则处于系统的后端，它对用户是透明的。因此，这一类数据库应用系统的用户是通过应用程序操作、管理和维护数据库的。

4．数据库系统的模型

在数据库中的数据是高度结构化的，数据系统的模型是描述数据库中的数据的结构形式的。主要有三种数据库系统模型，即层次模型、网状模型和关系模型。目前最常用的数据库都是关系型的。

（1）层次型。层次型数据库是以记录为结点构成的树，它把客观事物抽象为一个严格的、自上而下的层次关系。在层次关系中，只存在一对多的实体关系，每一个结点表示一个记录类型，结点之间的连线表示记录之间的联系（只能是父子关系）。

层次模型的特点：有且仅有一个根结点无双亲；其他结点有且仅有一个双亲。

（2）网状模型。网状数据模型是以记录为数据的存储单元，允许多个结点没有双亲结点，允许结点有多个双亲结点。如图 6-1 所示是一个典型的网状数据模型。

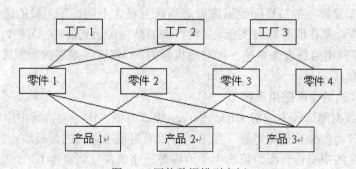

图 6-1　网状数据模型实例

（3）关系模型。关系数据模型以集合论中的关系（Relation）概念为基础发展起来，是用二维表格结构表示的数据模型。

5．关系型数据库

在关系数据模型中，字段称为属性（Attribute），字段的值即属性值，由属性的集合描述记录，记录称为元组（Tuple），元组的集合称为关系（Relation）或实例（Instance）。从二维表格直观地看，表格的行为元组，表格的列为属性。

不同的数据通过不同的二维表格存储，各表之间通过关键字段相关联，构成一定的关系。关系模型既能反映属性之间的一对一关系，也能反映属性之间的一对多和多对多关系，如图 6-2 所示是一个典型的关系模型。

供应厂表 S

厂编号	厂名	地址
S01	A 厂	广州市
S02	B 厂	长春市
S03	C 厂	上海市

零件表 P

零件号	零件名	规格	存放位置
P01	螺丝钉	Φ30	广州
P02	螺帽	Φ22	长春
P03	螺帽	Φ40	上海
P04	螺帽	Φ60	长春

仓库表 SP

厂编号	零件号	仓储量
S01	P01	200
S01	P02	200
S02	P03	300
S02	P01	100
S02	P02	200
S03	P02	400

图 6-2　关系模型实例

6.1.2　数据库程序设计基础

1．客户/服务器（Client/Server）数据库应用系统

客户/服务器（Client/Server）是一种分布式数据库管理系统，应用于网络环境。在这种结构的应用系统中，"前端"是应用程序的操作界面，位于用户端（客户端），往往是比较直观和友好的操作界面；"后端"是存放应用系统数据的数据库，位于服务器端。

分布式数据库管理系统与桌面数据库管理系统有很大不同，最主要的区别是所有由前端应用程序发出的查询都在服务器端执行，只将查询的结果传送到前端；而在传统的共享式桌面系统中，应用程序发出的查询命令是在客户端执行的，即将服务器端的数据库文件在客户端打开，然后进行查询。

2．Web 模式的数据库应用系统

Web 模式的数据库访问方式与 Client/Server 模式有很大的不同，其中中间件实际是 Web 应用程序，前端（用户端）是浏览器，后端是存放应用系统数据的数据库，应用程序升级时，只需要将服务器端的中间件升级即可。由于前端是通用软件（浏览器），一般不需要升级，大量用户的应用系统升级非常方便。

3．关系数据库和表

目前使用的大部分数据库都是关系型数据库。一个关系型数据库通过若干个表（Table）存储数据，并且通过关系将这些表联系在一起。

表以二维表格形式表示。表是由行和列组成的数据集合，表中一行为一个记录（Record），一列为记录中的一个字段（Field）。例如，如表 6-1 所示的学籍表中，学号、姓名、性别、出生年月等都是字段，每个学生的字段数据构成了该学生的一条记录。

表 6-1　学籍表

学号	姓名	性别	出生年月
D001	王涛	男	1982/5/4
D002	李冰	女	1982/1/3

续表

学号	姓名	性别	出生年月
D003	张红	女	1980/9/17
D004	郑洁	女	1980/10/15
D005	袁明	男	1981/2/10
D006	张萍	女	1980/11/2
D007	张骏	男	1980/12/23
D008	罗娟	女	1981/5/24

可以将表看成是一种用户自定义类型，表中的每一条记录是这种用户自定义类型的一个变量，字段是这种用户自定义类型的各个分量。例如，若将表 6-1 称为"学籍表"，该表可以看作是以下用户自定义类型：

```
Structure  学籍表
        Dim  学号  As String
        Dim  姓名  As String
        Dim  性别  As String
        Dim  出生年月  As Date
End Structure
```

其中，"学号"、"姓名"、"性别"和"出生年月"是组成用户自定义类型"学籍表"的四个变量，正好与表中的四个字段对应。表中的所有记录相当于一组被声明为用户自定义类型"学籍表"的变量。

2．记录和字段

在二维表格中，每一行数据构成一条记录，记录是数据库管理中操作的基本数据。每一列数据构成了一个字段，每个字段都有相应的字段名、数据类型和数据宽度等结构描述信息。

3．查询、视图和存储过程

由数据库中按照关系组合而成的具有实际使用意义的表，称为查询（Query）。查询不是数据库中存储的表，而是按照各种规则和要求"查"出来的表。

查询可通过 SQL（Structured Query Language，结构化查询语言）创建。SQL 是一种标准的查询语言，几乎所有的关系数据库系统都支持这种语言。各种关系型数据库中的 SQL 语言有所不同，但最基本的语句和使用方法是一样的。

存储在数据库中的查询，称为视图（View）。存储在客户/服务器数据库中的、用 SQL 语句编写的程序段，称为存储过程（Stored Procedure）。

4．SQL 语言

SQL 语言的主要功能由八个动词来表达，用户只需要写出做什么，即可得到查询的结果。

（1）数据查询功能。查询是 SQL 语言的核心，SQL 的查询操作可以从一个或多个表中找出满足条件的元组。SQL 中用动词 Select 实现查询，用 Select 可以实现数据库的选择、投影和连接等操作。

例如，用以下 Select 语句即可从数据库中列出满足查询条件的指定字段值：

```
Select <字段列表> From <表列表> Where <查询条件>
```

该语句可从<表列表>所指定的表中取出"字段列表"所指定的字段，并通过"查询条件"

进行筛选，只有满足条件的记录才可被选出，从而创建了一个查询。

（2）数据定义功能。SQL 的数据定义功能包括定义数据库、定义基本表、定义视图和定义索引等。SQL 的数据定义可用相应的动词实现，如 Create 等。

（3）数据更新功能。SQL 中用动词 Insert、Delete 和 Update 实现数据更新。

（4）数据控制功能。SQL 中用动词 Grant、Revote 实现数据控制。

由于不同的数据库管理系统在实现 SQL 语言时各有差别，并且一般都做了某种的扩充。因此，用户在使用时应参阅系统提供的有关手册。

5．记录集

记录集即记录的集合，是数据库中一个表或查询（或多个表连接）的一个子集，可以是整个表，也可以是表的一部分。可见，在数据库的表述中，记录集是表或查询的视图。

6.2　创建 Access 2003 数据库

本节以建立一个简单的订单管理数据库 db1.mdb 为例，介绍在 Microsoft Office Access 2003 中创建数据库的过程。该数据库将作为 6.3 节中案例使用的数据库。

6.2.1　规划表结构

建立数据库前，对需要保存的信息进行分析，然后对表结构进行规划。本案例需要进行订单管理，根据一般订单需要保存的数据。规划表结构如表 6-2 至表 6-4 所示。

表 6-2　订单表

字段名	订单编号	产品编号	客户编号	数量	单价	下单日期	送货日期	经手人
类型（长度）	文本（20）	文本（20）	文本（20）	整数	数值 （2位小数）	日期	日期	文本（20）

表 6-3　产品表

字段名	产品编号	产品名称	单位	规格
类型（长度）	文本（20）	文本（50）	文本（10）	文本（20）

表 6-4　客户信息表

字段名	客户编号	姓名	性别	生日	联系电话	公司地址
类型（长度）	文本（20）	文本（50）	是/否	日期	文本（20）	文本（100）

6.2.2　在 Access 2003 中建立表结构

在 Access 中创建表结构的基本步骤如下：

（1）启动 Access 2003　Microsoft Office Access 2003 。

（2）在菜单栏上选择"文件"→"新建"选项，在弹出"新建"窗格中选择新建"空数据库…"选项，如图 6-3 所示。

（3）选择保存数据库的位置，本例为 C:\db1.mdb，如图 6-4 所示。

图 6-3 "新建文件"窗格　　　　　　　图 6-4 "文件新建数据库"对话框

（4）打开表设计器，用表设计器创建"订单表"，如图 6-5 所示。

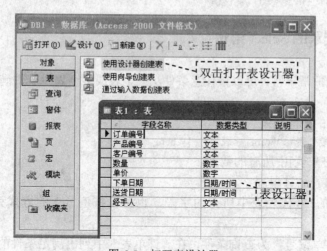

图 6-5 打开表设计器

（5）保存为"订单表"，如图 6-6 所示。

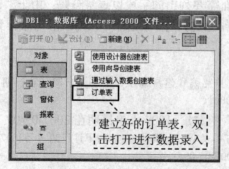

图 6-6 保存"订单表"

（6）按以上步骤依次建立"产品表"和"客户信息表"，如图 6-7 和图 6-8 所示，完成数据库的创建。

图 6-7　产品表

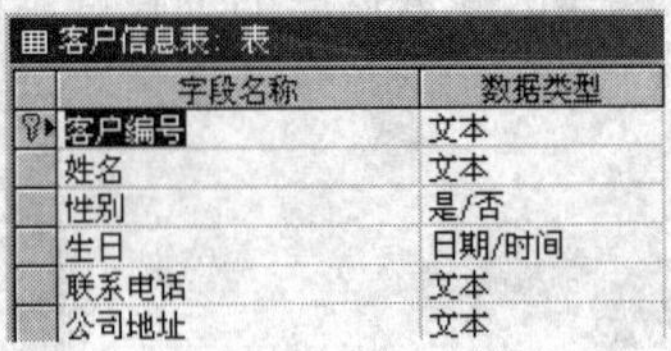

图 6-8　客户信息表

6.3　SQL 语言初步

数据库查询语言（SQL）是关系数据库的标准语言，被很多类型的数据库所支持。本节通过实例介绍最常用的操作数据库的 SQL 语句，如数据查询、删除、添加和更新的实现等。其中，四个最常用的 SQL 语句是本章使用 ASP.NET 数据控件的基础，即 Select、Insert、delete 和 Update。更多的细节请参考有关书籍。

6.3.1　查询记录的 Select 语句

Select 语句功能非常丰富，可以按任意条件从一个表或多个表中查询满足条件的数据，其语法也比较复杂。

1．Select 语句的一般格式

　　Select　<字段列表>　Form　<表名>　[Where 条件]

例 6-1　查询[订单表]中所有的数据。

命令：Select * From 订单表

说明：语句中的*号代表表中所有的字段，也可以按例 6-2 的方式列出每一个选择的字段。

例 6-2　以"订单编号"为查询条件，在"订单表"中列出满足条件的记录。

　　命令：Select 订单编号，产品编号，客户编号，数量，下单日期，送货日期 From 订单表 Where
　　　　　订单编号="A1000"

说明：Select 关键字后面需要列出的字段以逗号分隔；由于"订单编号"字段为字符串类型，具体的值需要用双引号作为定界符。如果将该 SQL 语句保存到字符串变量中，需要将双引号改为单引号，如下所示：

　　Dim sql As String
　　sql = "Select 订单编号,产品编号,客户编号,数量,下单日期,送货日期 From 订单表 Where
　　　　　订单编号='A1000'"

例 6-3　查询"订单表"中数量>10 或下单日期在 2007-05-09 与 2007-09-09 之间的订单。

　　命令：Select * From 订单表 Where 数量>10 OR (下订日期 <=#2007-09-09# And
　　　　　下订日期>=#2007-05-09#)

说明：条件 Where 关键字后面，如果字段类型为数字，则值不需要加任何定界符，如果

是日期类型，其值必须带 # 定界符。使用逻辑运算符（And、Or 和 Not）连接多个条件。

提示　以上三个例子分别是以文本类型、数值类型和日期类型字段作为条件，使用 SQL 命令查询数据所用的语法。

2. 在 Access 中验证 SQL 语句的方法

在 Access 中，可以对以上 SQL 语句的正确性进行验证，检查 SQL 语句是否正确，以及能否按照条件得到所需要的结果，方法如下：

（1）在 Access 中打开 6.2 节中建立的数据库，选择"查询"对象，如图 6-9 所示。

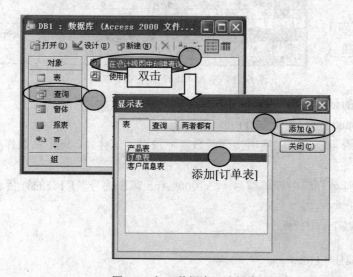

图 6-9　打开数据库，选择查询对象

（2）进入 SQL 命令的查询设计模式，如图 6-10 所示。

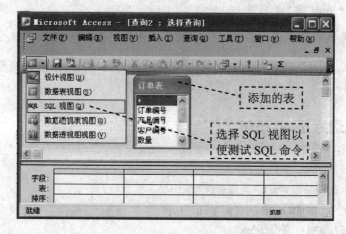

图 6-10　进入 SQL 命令查询设计模式

（3）输入 SQL 命令及执行命令，如图 6-11 所示。

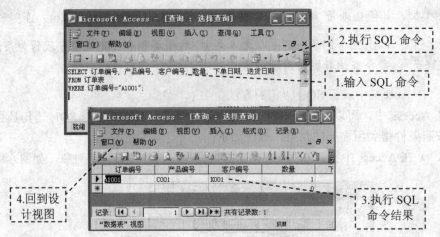

图 6-11　输入并执行 SQL 命令

例 6-4　统计表的记录数。

命令：Select Count(*) as 记录数 From 订单表

说明：在 SQL 语句中，可以使用内部函数对记录进行统计。Count 函数作用是得到表中的记录总数。

例 6-5　统计"订单表"中订单编号= "A1000" And 客户编号="K1" 的订货总数量。

命令：

    Select Sum(数量) as 订货量

    From 订单表

    Where 订单编号="A1000" and 客户编号="K1"

> **提示**　可以使用 Count()和 Sum()函数，以及其他函数，如 Max()、Min()等。

例 6-6　在"客户信息表"中查询姓"张"的客户信息（姓名以张开头）。

    命令：Select * From 客户信息表 where 姓名　Like　"李*"

> **提示**　Like 关键字用于模糊匹配，"*"代替任意多个字符；"？"代表任意一个字符。

Select 还有更多、更灵活的使用方式，可以满足几乎任何对表数据的查询要求，读者可参考其他相关资料。

6.3.2　添加记录的 Insert 语句

一般格式：

    Insert　Into　表名(字段列表)　Values(值列表)

功能：向表中添加一条新记录。

例 6-7　向订单表添加一条新记录。

命令：

    Insert Into　订单表(订单编号, 客户编号, 产品编号, 数量, 单价, 下订日期, 送货日期)

    Values("A2000","K1","C100",12,12.89,#2007-09-07#,#2007-12-30#)

值列表的位置和个数类型应与字段列表一一对应。文本字段类型和日期字段类型对应的常数值需要使用定界符。

6.3.3 **删除记录的** Delete **语句**

一般格式：

　　Delete * From <表名>　[Where　条件]

例 6-8　删除"订单表"中订单编号为 A2000 的记录。

命令：Delete * From　订单表　Where　订单编号="A2000"

 如果没有 Where 子句，则删除整个[订单表]数据。

6.3.4 **更新记录的** Update **语句**

一般格式：

　　Update　<表名>　Set <字段名=新字段值[,字段名=新字段值]>　[Where　条件]

例 6-9　修改"订单表"，将订单编号为"A1000"的"数量"改为 20。

命令：Update 订单表 Set 数量=20　 Where 订单编号=″A1000″

 如果没有 Where 子句，则所有记录的"数量"字段值都将修改为 20。

6.4　数据库的初步操作

　　网页设计中，常常需要将数据库中的数据通过数据表格形式显示出来。ASP.NET 提供了一组无须编写代码即可连接数据库、读出数据并将数据显示出来的数据控件。

　　ASP.NET 数据控件分为两大类：一类是实现数据库连接并读取指定数据表数据的数据源控件，这类控件没有数据显示功能；第二类是结合数据源控件显示数据的控件。图 6-12 是数据库、数据源控件和数据显示控件三者的关系示意图。

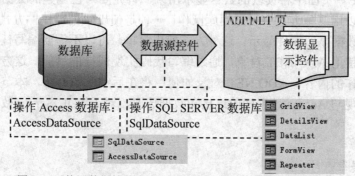

图 6-12　使用数据控件在 ASP.NET 页面上显示数据库中的数据

在 ASP.NET 页面中显示数据的基本步骤：

1．数据库的连接

连接数据库，通过配置 SQL 查询语句选择数据库中某个表数据。该步骤可以用数据源控件实现。

2．数据的呈现

通过数据显示控件，将数据呈现出来。

本节通过案例介绍有关数据库的操作。

例 6-10 使用 GridView 表格视图控件，在页面上显示 Access 数据库 db1.mdb 中“成绩”表的数据，如图 6-13 所示。

成绩表

学号	姓名	语文	数学	英语
2008001	张山	89	120	90
2008002	李东	88	100	100
2008003	孙军	67	98	89

图 6-13 用 DridView 显示“成绩”表数据

假设已创建 Access 数据库并保存为 C:\Db1.mdb，数据库 Db1.mdb 包含“成绩”表结构（如图 6-14 所示）以及初始录入的表数据（如图 6-15 所示）。

成绩 : 表

字段名称	数据类型
学号	文本
姓名	文本
语文	数字
数学	数字
英语	数字

图 6-14 “成绩”表结构

学号	姓名	语文	数学	英语
2008001	张山	89	120	90
2008002	李东	88	100	100
2008003	孙军	67	98	89

图 6-15 “成绩”表录入的数据

要实现本例的功能，需要进行一系列的数据库操作。

6.4.1 连接数据库，选取数据

要实现例 6-10 的功能，首先需要进行连接数据库，选取数据。

相关知识与技能：

要在 ASP.NET 页面中将读取的数据显示出来，首先要与已创建的数据库建立连接。在 ASP.NET 中，可以用两种方式实现数据库操作，一种是使用数据源控件方式连接数据库、读取数据，然后用数据显示控件显示，这种方式使用简单，可以不需要编写任何代码，开发效率较高；一种是使用 ADO.NET 对象，通过编写代码实现同样的目的，这方式高度灵活，属于数据库高级操作的内容。ADO.NET 对象的使用将在后续章节介绍，本节主要介绍如何使用数据源控件实现与 Access 数据库的连接和数据选取，对于 SQL Server 数据库操作，实现的思路类似。

操作步骤：

1．添加数据库

新建 Web 窗体，保存为 EX6-1.aspx。在项目资源管理器中，右击 App_Data 文件夹，在快捷菜单中选择“添加现有项”，在弹出的对话框中选择 C:\Db1.mdb 文件，将数据库添加到项目中，如图 6-16 和图 6-17 所示。

图 6-16 添加 C:\Db1.mdb 数据库

图 6-17 添加数据库后

 Access 数据库通常保存在 App_Data 文件夹中。ASP.NET 出于安全考虑，该文件夹的所有文件即使知道了文件路径，也无法在客户端通过输入网址下载，避免了非法用户通过输入网址方式下载整个数据库。

2. 使用数据源控件

添加数据库后，可以使用数据源控件连接数据库。将 AccessDataSource 数据源控件
AccessDataSource 从"工具箱"的"数据"选项卡拖到 Web 窗体，初始界面如图 6-18 所示。

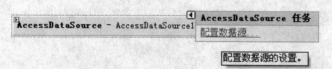

图 6-18 添加 AccessDataSource 数据源控件初始界面

单击"配置数据源选"，依次按照图 6-19 至图 6-23 完成连接 Access 数据库和选取数据的操作。

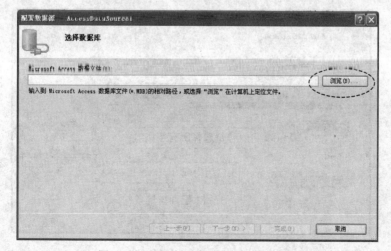

图 6-19 配置数据源－准备选择数据库

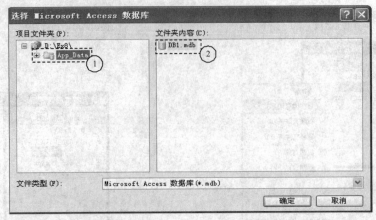

图 6-20　配置数据源—选择数据库

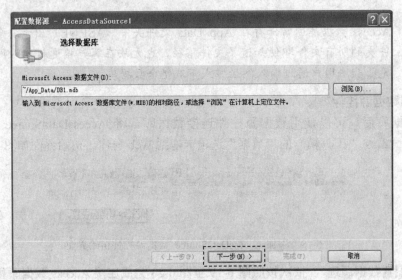

图 6-21　配置数据源—完成数据库选择

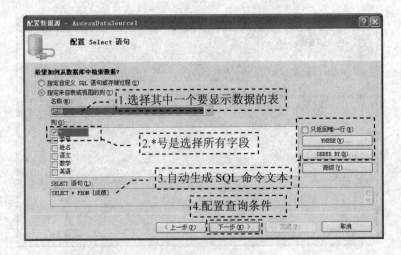

图 6-22　配置数据源—配置 SQL 查询

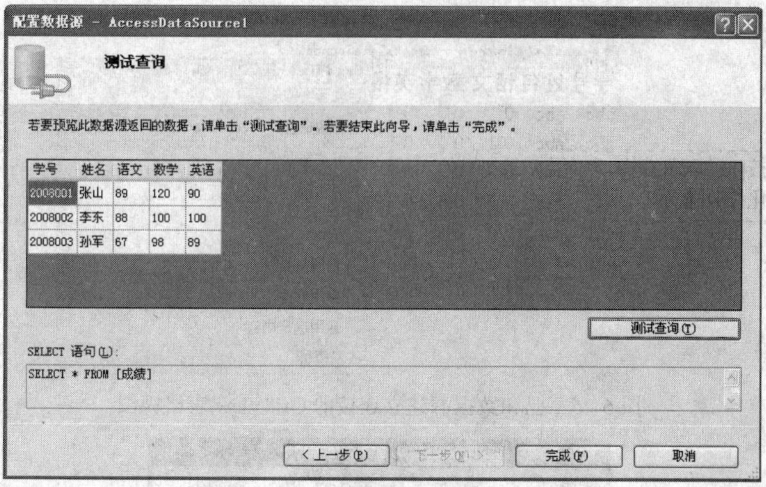

图 6-23 配置数据源－测试 SQL 查询

6.4.2 使用 GridView 显示数据

要实现例 6-10 的功能，需要显示数据库中的数据。

相关知识与技能：

AccessDataSource 数据源控件只负责与数据库建立连接，并按向导配置的 SQL 查询选择数据，不负责数据的显示。若要显示数据，必须使用数据显示控件。不同的数据显示控件，使用不同数据视图显示形式。本节主要介绍使用 GridView 表格显示表格数据。

GridView 控件提供了显示数据库中指定数据表数据的功能。在显示数据之前，必须使用数据源控件建立与数据库的连接，然后配置 SQL 查询语句，实现对数据的查询。GridView 控件与数据源控件建立连接，实现将查询结果显示出来。整个过程不需要编写代码。

操作步骤：

将"工具箱"的"数据"选项卡中的 GridView 控件 GridView 双击或拖放在 Web 窗体。在如图 6-24 所示任务向导里出现的"选择数据源"下拉列表中，选择刚刚建立的"AccessDataSource1"数据源控件。GridView 控件右上角的 为智能标记，单击即可显示/隐藏任务向导。如图 6-25 所示为已和数据源建立连接的 GridView 表格视图。按 F5 键运行，运行结果如图 6-26 所示。

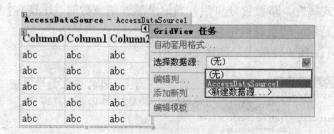

图 6-24 添加和配置 GridView

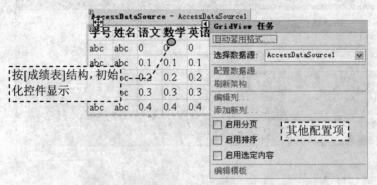

图 6-25　已和数据源建立连接的 GridView 表格视图

图 6-26　运行结果

知识拓展：

1. GridView 分页功能

如果表格数据太多（如几百条、上千条记录），在客户端一次性下载和显示将造成浏览器页面显示的呆滞停顿。如果记录数超过 20 行，可以考虑分页显示。GridView 控件通过设置分页属性，可以实现自动分页功能，而无需编写代码。

以下是与数据分页显示相关的几个属性。

（1）AllowPaging 属性：是否允许分页；如果要实现数据分页显示，必须先设置该属性为 True；否则，其他分页相关属性也将无效。

（2）PageSize 属性：每一页显示的记录数。设置 AllowPaging 属性后，PageSize 属性才能起作用。该属性值默认为 10。如果表中的记录数超过 10，将出现下一页和上一页或页数的链接。

（3）PagerSettings 属性：对数据页导航方式和样式的设置，包含许多子属性。其中，Mode 子属性为页导航样式属性，即设置分页后，当记录超过记录数时，出现在控件下方（可以设置在上方或上下方都显示）的页导航链接。

Mode 的选择可以有 4 种形式，如图 6-27 所示。

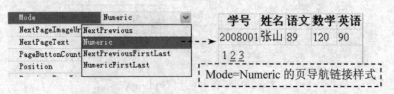

图 6-27　PagerSettings 子属性的 Mode 的可选值

其他页导航链接样式如图 6-28 所示。

1 2 3 4 5 6 7 8 9 10 ... >>   < >   << < > >>

Mode 为 NumericFirstLast   Mode 为 NextPrevious   Mode 为 NextPreviousFirstLast

第一页 上一页 下一页 最后一页

如果 Mode 为 NextPrevious 或 NextPreviousFirstLast，可以通过设置 PagerSettings 以下 4 个属性，采用中文信息提供导航接文字。

FirstPageText="第一页"
LastPageText="最后一页"
NextPageText="下一页"
PreviousPageText="上一页"

图 6-28　页导航链接样式及设置

如果 Mode 为 NextPrevious 或 NextPreviousFirstLast，还可以通过设置 PagerSettings 以下 4 个属性，显示图片导航链接。采用图片导航样式时，上面列出的文字链接属性将无效。

FirstPageImageUrl="第一页的图片"
NextPageImageUrl="下一页的图片"
LastPageImageUrl="第一页的图片"
PreviousPageImageUrl="第一页的图片"

 这里的图片必须先建立，并在解决方案资源管理中用快捷菜单或"网站"菜单中的"添加现有项…"选项将图片添加到项目中，然后在 GridView 属性窗口中进行选择。

2. GridView 排序的实现

GridView 控件默认按 SQL 查询结果排序。若设置 AllowSorting 属性为 True，单击 GridView 表格控件的列名时，可以对显示的数据进行动态排序。这样，在 ASP.NET 程序运行后，单击每一列的列表题即可实现动态排序，如图 6-29 所示。

学号	姓名	语文	数学	英语
2008004	黄山	55	45	67
2008006	蒋东	56	89	54
2008005	严大林	65	56	67
2008007	里维	66	78	89
2008009	黄翠	67	45	89
20080010	孙军	67	98	89
20080011	孙军	67	98	89
20080012	孙军	67	98	89
2008008	李小兰	87	55	90
2008002	李东	88	100	100
2008003	陈兵	88	98	89
2008001	张山	89	120	90

图 6-29　按"语文"列排序的结果

如果不想全部列都设置为排序，可以打开 GridView 的 Columns 集合属性，将不希望单击列名执行排序功能的列的排序属性 SortExpression 设置为空，如图 6-30 所示。

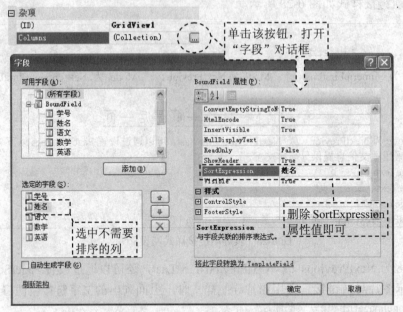

图 6-30　取消"姓名"列排序功能

如果要单击某一列实现同时按多列排序，可在图 6-30 中设置排序表达式属性 SortExpression，例如：如果单击姓名列实现按姓名排序；如果有同名按语文分数排序；可以设置姓名的排序表达式 SortExpression 的值为"姓名,语文"，即"姓名"为第一排序关键字，"语文"为第二排序关键字，依此类推，增加得排序字段以","号分隔，如图 6-31 所示。

SortExpression	**姓名,语文**

学号	姓名	语文	数学	英语
2008003	陈兵	88	98	89
2008009	黄翠	67	45	89
2008004	黄山	55	45	67
2008006	蒋东	56	89	54
2008002	李东	88	100	100
2008008	李小兰	87	55	90
20080011	孙军	56	98	89
20080012	孙军	67	98	89
20080010	孙军	90	98	89
2008007	王维	66	78	89
2008005	严大林	65	56	67
2008001	张山	89	120	90

图 6-31　设置"姓名,语文"为排序关键字排序的结果

3．GridView 的编辑功能

GridView 控件具有更新数据、删除数据的一般编辑功能，不具有添加新记录的功能。如果要添加记录，可以使用后面介绍的其他数据控件。GridView 的编辑功能一般用于后台数据管理中，实现数据修改或删除功能；或者是客户订单的自我管理中。例如，客户订购了某件商品，可以在确认前修改订购数量或取消某一项商品的订购。

要为 GridView 控件添加编辑功能，可以使用下列步骤设置相关属性，不需要编写代码。

　　（1）选中 GridView 控件，单击 Columns 属性右边的"..."按钮，弹出"字段"对话框，如图 6-32 所示。在"可用字段"中找到并展开"CommandField"，将"CommandField"下面列出的"编辑、更新、取消"和"删除"栏，单击"添加"按钮添加到"选定的字段"中。

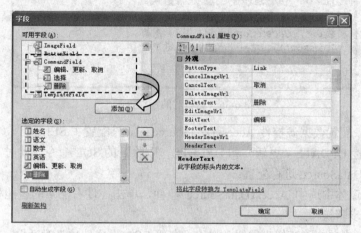

图 6-32　"字段"对话框

　　添加了"编辑"和"删除"功能的 GridView 控件如图 6-33 所示。

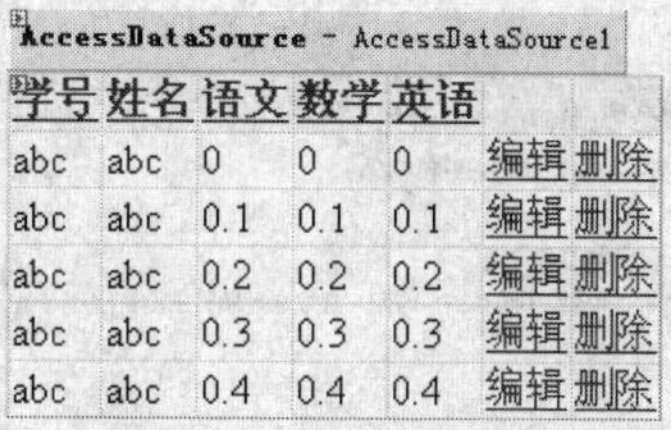

图 6-33　添加"编辑"和"删除"功能的 GridView

　　（2）按 F5 键运行后，单击"编辑"链接按钮，将看到如图 6-34 所示编辑界面。输入修改后的数据后，单击"更新"链接按钮，将把修改后的数据保存到数据库；单击"取消"链接按钮，则不修改当前记录内容。

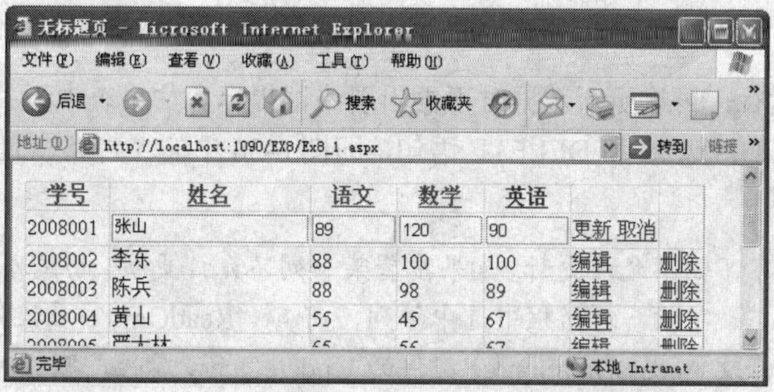

图 6-34　编辑界面

　　（3）单击"更新"链接按钮，可能弹出错误提示，如图 6-35 所示。

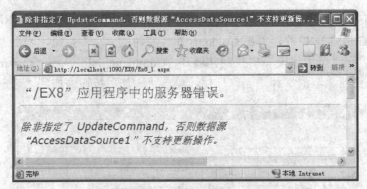

图 6-35　更新时的错误提示

错误的原因：配置数据源控件 AccessDataSource 时，只配置了 SELECT（选择数据）SQL 命令，未相应配置 UPDATE（更新）和 DELETE（删除）的 SQL 命令。此时，可以再次对数据源控件 AccessDataSource 进行配置：

1）在 Web 窗体中选中 AccessDataSource 控件，单击控件右上角的智能标记，依次按图 6-18～图 6-22 的步骤操作。

2）在图 6-22 中单击"高级"按钮，弹出"高级 SQL 生成选项"对话框，如图 6-36 所示。

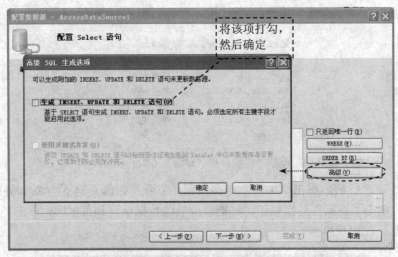

图 6-36　配置 UPDATE 和 DELETE 的 SQL 命令

3）按 F5 键运行，再次更新数据时不再出现错误提示。如果表中无关键字，将无法设置自动配置 INSERT、UPDATE 和 DELETE 语句，即图 6-36 中的"高级 SQL 生成项"对话框无法操作。

 关键字字段不允许更新；如果希望某一列不允许更新，而该列又不是关键字字段，可以在"字段"对话框中选中该列，将其"ReadOnly"属性设置为 True，同时，必须修改 AccessDataSource 控件的 UpdateQuery 属性，删除对该列的更新！

在 Web 窗体中选中 AccessDataSource 控件，在属性窗口中可以看到配置的 SQL 的 SELECT、UPDATE 和 DELETE 文本，如图 6-37 所示。

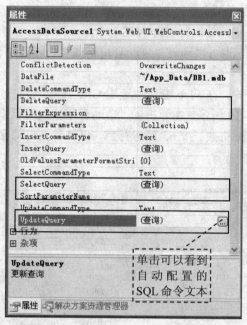

图 6-37 AccessDataSource 控件的属性

在"命令和参数编辑器"（如图 6-38 所示）中，可以通过"查询生成器"向导新建更新查询或修改当前更新查询；其中，问号"？"表示需要传递的参数，这里的参数值是 GridView 控件运行时编辑状态中对应的文本框输入的数据，GridView 控件将实现智能关联。

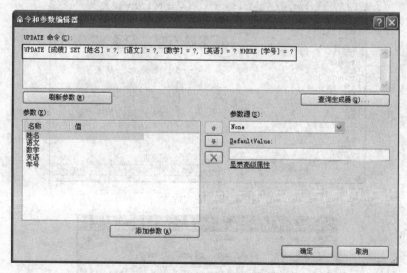

图 6-38 "UPDATE 属性"编辑向导

如果某一列不希望修改（即该列已设置为只读），在图 6-38 所示对话框中必须删除该字段和对应参数。例如，将"姓名"列设置为只读，则命令改为：
UPDATE [成绩] SET [语文] = ?, [数学] = ?, [英语] = ? WHERE [学号] = ?
否则，"姓名"字段在执行更新时将被更新为空

4．自定义 GridView 的外观

如果觉得原始 GridView 控件运行时外观过于平淡、简单，可以使用自定义外观样式属性对 GridView 控件进行设置，也可以通过"自动套用格式"功能自动套用 ASP.NET 内部提供的 17 种样式。

（1）使用自动套用格式。在 Web 窗体中选中 GridView1 控件，单击智能标记，选择"自动套用格式"选项，如图 6-39 所示。在弹出的"自动套用格式对话框"中选择样式，如图 6-40 所示。这里选择"传统"类型格式。按 F5 键运行后，可以看到自动套用格式的结果，如图 3-41 所示。

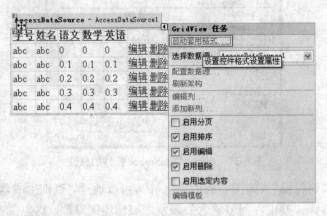

图 6-39　自动套用格式

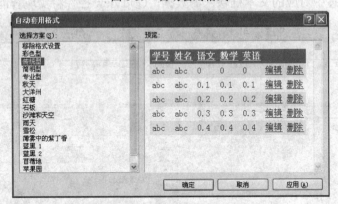

图 6-40　格式选择

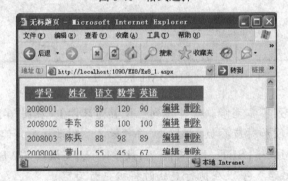

图 6-41　"传统"格式效果

（2）自定义格式使用

GridView 控件的样式主要用于设置前景色、背景色、字体样式以及颜色、单元格内对齐方式、边框样式等。

GridView 控件的各个区域如图 6-42 所示。

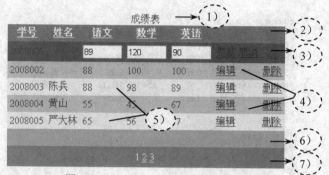

图 6-42　GridView 控件各个区域示意

1）Caption：表格标题，直接输入文本。

2）HeaderStyle 样式区域：表格行头标题。

3）EditRowStyle 样式区域：编辑状态时的行样式。

4）AlternatingRowStyle 样式区域：交替出现的行样式。

5）RowStyle 样式区域：正常状态下行的样式。

6）FooterStyle 样式区域：表格底部行样式。

7）PagerStyle 样式区域：页导航行样式。

这些样式属性均包含子样式，其设置方法相似；了解了这些样式代表的含义后，将很容易定义自己需要的表格外观，读者可以自己上机试试。

6.4.3　用主表/明细表方式显示数据

在数据库中有多个相关联表的场合，需要用主表/明细表方式显示数据。

相关知识与技能：

主表/明细表方式显示数据　般用于两个或多个相关联表的场合。在主表中列出所有记录，选择其中某条记录时，在页面其他位置显示该条记录的其他相关信息。数据显示控件中的DetailsView(细节视图)控件，可以方便实现主表/明细表方式显示数据。如图 6-43 所示是该方式的一个实例。

DetailsView 控件也可以设置分页显示数据和实现数据编辑功能，与 GridView 控件不同的是，DetailsView 控件每页只显示一条记录，不但可以具有 GridView 控件的实现更新、删除的编辑功能，还可以实现新增记录功能，这是 GirdView 控件不具有的。因此 DetailsView 控件样式属性中，还多了 InsertRowStyle 属性设置插入状态的样式。

实现以"学生信息"表为主表，"成绩"表为明细表的页面数据显示，现时效果如图 4-43所示，操作步骤如下：

1．添加"学生信息"表

添加一个"学生信息"表，实现学生信息表和成绩表关联的关键字(主键)是"学号"，这是学生信息表的主键。一般在表设计时应该定义能唯一确定一条记录的主键。学生信息表结构如图 6-44 所示。

学生信息表(主表)：

	学号	姓名	班级	性别	联系电话	邮政编码	地址
选择	2008001	范无忌	高1(1)班	☑	61208812	510725	广州市黄埔区
选择	2008002	孙权	高1(1)班	☑	61209899	510987	广州市越秀区
选择	2008003	陈兵	高1(2)班	☑	32089078	512022	广州市黄埔区
选择	2008004	黄山	高1(2)班	☑	32098908	511111	广州市黄埔区
选择	2008005	严大林	高1(3)班	☑		562999	广州市黄埔区

1 2

成绩表 (明细表)：

学号	2008002
姓名	孙权
语文	88
数学	100
英语	100

图 6-43　主表/明细表方式显示数据

字段名称	数据类型
⚷▶学号	文本
姓名	文本
班级	文本
性别	是/否
联系电话	文本
邮政编码	文本
地址	文本

图 6-44　"学生信息"表结构

2．建立表间关系

在 Access 2003 应用程序工作环境中，通过工具栏的 ⬚ 按钮，将学生信息表和成绩表添加到关系视图，并且将学生信息表中的"学生"拖动到成绩表的"学号"中，建立两个表的关系。建立好关系如图 6-45 所示。

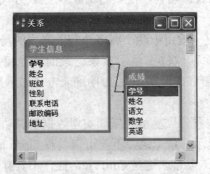

图 6-45　"学生信息"与"成绩"表建立的关系

3．添加主表（学生信息表）显示

（1）新建 Web 窗体，保存为 Ex6-2.aspx。将数据源控件 AccessDataSource 添加到 Web 窗体，并建立与数据库 Db1.mdb 中"学生信息"表的连接和数据选取。

（2）添加 GridView 控件以显示数据。也可以采用更加快捷方法，自动产生 Access-DataSource 和 GridView 布局，如图 6-46 所示，如果在开发环境中看不到该界面，在菜单栏上选择"视图"→"服务器资源管理器"选项。

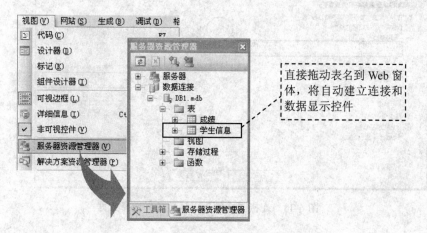

图 6-46 自动建立 AccessDataSource 和 GridView

（3）完成主表添加的界面如图 6-47 所示。为了使表格行可以单击选中，通过智能标记设置"启动选定内容"选项和分页选项。

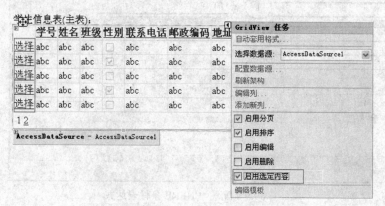

图 6-47 主表添加后 Web 窗体布局

4. 添加明细表显示

明细表的显示通过细节视图控件 DetailsView 实现。原理是取得主表中选定行的主关键字，并以主表主关键字作为选取数据的条件，选择数据显示。

（1）添加数据连接控件。每个数据源控件只连接并打开一个表，为了使细节视图控件显示另一个表数据，必须再添加一个数据源控件。这里添加的数据源控件 ID 默认为 AccessDataSource2，连接数据库的操作步骤和 6.4.1 节相同；区别是在图 6-48 中必须添加 WHERE 条件。

单击"WHERE"按钮，弹出"添加 WHERE 子句"对话框，配置 SQL 命令中的条件，按图 6-49 中的标识顺序操作即可。

1）选择字段，这里的条件是选择"学号"满足条件的数据，因而在"列"栏中选择"学号"。

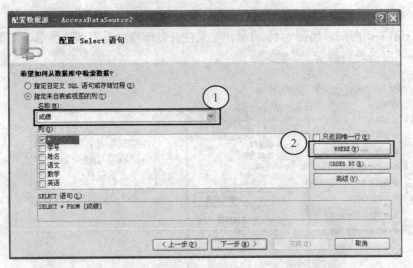

图 6-48 连接"成绩"表，按条件选择数据

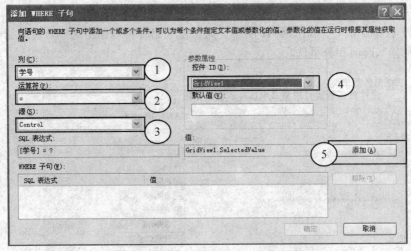

图 6-49 配置 WHERE 条件表达式

2）选择运算符是"="号，含义是选择"成绩"表中"学号"字段等于指定参数的数据显示。

3）指定条件表达式中"学号"列的参数值来源，由于选择的数据是参照主表中 GridView 选中的列的数据，这里选择"Control"。

4）指定参数值来自哪个控件，这里是 GridView。

5）将选择内容自动产生条件表达式，并且在"WHERE 子句（W）"位置下方面显示出来，如图 6-50 所示。

单击"添加"按钮和"确定"按钮后，执行"下一步"直到完成，从而完成明细表数据来源的配置。需要注意的是，GridView 中的 SelectedValue 属性值是指其在 DataKeyNames 属性中指定的"学生信息"表中的关键字。如果表中有多个关键字，则为第一个关键字。这里是 `DataKeyNames` `学号`。因此，用主表/明细表方式显示数据时，表中必须设置关键字（也就是主键）。

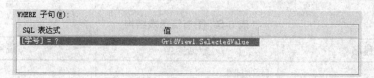

图 6-50 配置好的条件表达式

（2）添加 DetailsView 控件。将"工具箱"中的 DetailsView 控件拖到 Web 窗体，设置其数据源为 AccessDataSource2，如图 6-51 所示。

图 6-51 DetailsView 控件使用

5．运行结果

将 Ex6-2.aspx 设置为起始页，按 F5 键运行，程序运行结果如图 6-43 所示。

6.5 DataList 和 Repeater 控件的使用

GridView 和 DetailsView 控件只能按表格显示记录，DataList 和 Repeater 控件都可以实现自定义布局方式显示数据，从而给数据的显示添加了更多的灵活性和多样化。本节着重讲解这两个控件的项目模板的使用以及两者使用的差别。

6.5.1 自定义 DataList 布局显示数据

例 6-11 在数据库 db1.mdb 中建立包含表 6-5 中字段的"图书信息"表。用 DataList 控件通过编辑项目模板 ItemTemplate 实现数据按自定义布局显示，如图 6-52 所示。

图 6-52 使用 DataList 自定义布局显示数据

表 6-5　图书信息表结构

字段名	数据类型	说明
ID	自动编号	
书名	文本	字段长度：100
图片	文本	字段长度：50
价格	数字（单精度）	两位小数
作者	文本	默认长度
出版社	文本	默认长度

相关知识与技能：

Web 服务器控件 DataList 可以用自定义格式显示数据库的行。显示数据所用的格式在项、交替项、选定项和编辑项模板中定义。标头、脚注和分隔符模板也用于自定义 DataList 的整体外观。在模板中包括 Web 服务器控件 Button，可将列表项连接到代码，使用户得以在显示、选择和编辑模式之间进行切换。

Web 服务器控件 DataList 以某种格式显示数据，这种格式可以使用模板和样式进行定义。DataList 控件对于显示数据行很有用。可以选择将 DataList 控件配置为允许用户编辑或删除信息，还可以自定义该控件以支持其他功能，如选择行。

1．DataList 控件显示数据的一般方式

在 DataList 控件显示数据的一般步骤与前面介绍的数据显示控件一样，首先通过数据源控件建立与数据库的连接，配置选取数据的 SQL 命令；然后将数据源控件作为 DataList 控件的数据来源。

按 6.4.2 节中的操作步骤将 GridView 控件替换 DataList 控件，显示 db1.mdb 数据库中"成绩"表，操作结果如图 6-53 所示。

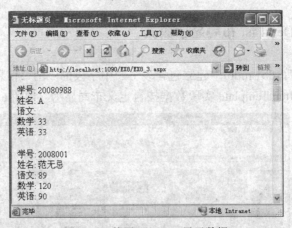

图 6-53　使用 DataList 显示数据

与 GirdView 控件不同的是，DataList 控件不能自动具有分页功能，其默认一条记录显示一组，每组重复显示的方向为垂直显示。设置重复显示方向属性 RepeatDirection 和重复显示的记录数属性 RepeatColumns，可以将其显示格式设置为如图 6-54 所示的形式（RepeatDirection

为 Horizontal；RepeatColumns 为 3）。

图 6-54 使用 DataList 显示数据

2．DataList 控件的项目模板

用 DataList 控件通过编辑项目模板 ItemTemplate，可以实现数据按自定义布局显示。

操作步骤：

1．建立"图书信息"表

按表 6-5 的结构建立"图书信息"表。其中，图片字段保存的数据是图片名称，实际图片保存在网站主目录中的某个文件夹中，必须预先做好图片。本例是保存在主目录下的 book_img 文件夹中，图片共有 6 张，名称分别为 1.jpg～6.jpg，如图 6-55 所示。

图 6-55 图片文件夹及图片文件

如果先新建项目，然后在 D:\EX8 物理文件夹中新建 book_img 文件夹并添加图片，则可能在"解决方案管理器"中不能马上看到 book_img 文件夹。此时，用鼠标右击项目名称（D:\EX8），在快捷菜单中选择"刷新文件夹"即可。此外，也可以通过"添加现有项"的方式将图片文件添加到新建的 book_img 文件夹中。

在"图书信息"表中输入图 6-56 所示的数据。

ID	书名	图片	价格	作者	出版社
1	虚拟仪器设计	1.jpg	26.4	史君成 等	国防工业出版社
2	测试技术及工程应用	2.jpg	59	不详	化学工业出版社
3	虚拟仪器设计与应用	3.jpg	29	孙晓云 郭立炜	电子工业出版社
4	逐步深入与开发实例	4.jpg	34	宋宇峰	机械工业出版社
5	虚拟仪器软件开发环境编程	5.jpg	30	张毅刚 乔立岩	机械工业出版社
6	虚拟仪器设计	6.jpg	49	刘君华	电子工业出版社
*（自动编号）			0		

记录: ◄◄ ◄ 2 ► ►► ►* 共有记录数: 6

图 6-56 "图书信息"表数据

2. 添加数据源控件，选取数据

新建 Web 窗体，保存为 EX6-3.aspx。在 Web 窗体上添加 AccessDataSource 控件，按照 6.4.1 节的操作步骤连接数据库。注意，这里连接的表是"图书信息"表。完成后，添加 DataList 控件到 Web 窗体，通过 DataList 控件的智能标记选择数据来源，如图 6-57 所示。

图 6-57 选择数据源

3. 设置属性

在图 6-52 中，数据是按水平方向重复两列显示的，可以通过设置 RepeatColumns 属性值为 2 和 RepeatDirection 属性值为 Horizontal 实现，显示格式如图 6-58 所示。

图 6-58 重复两列显示

此时按 F5 键运行程序，将看到如图 6-59 所示运行结果。

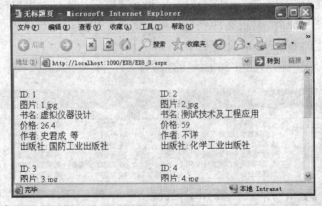

图 6-59 运行结果

从图中可以看到，"图片"位置显示内容只是文本而不是图片。

4．编辑项目显示模板

为了实现图 6-52 所示显示样式，并将图片显示出来，需要对数据项模板进行编辑。

选择 DataList 控件，通过智能标记选择"编辑模板"选项（如图 6-57 所示），进入模板编辑状态，如图 6-60 所示。

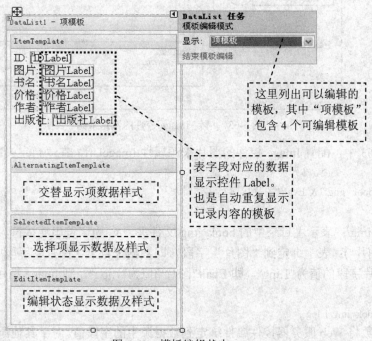

图 6-60　模板编辑状态

此时，可以编辑 ItemTemplate 中控件的布局，添加其他 Web 服务器控件以及 Html 服务器控件。使用添加到模板中的控件与在 Web 窗体放置的控件没有区别。为了按照图 6-52 格式显示数据，删除 ID 字段和图片字段显示的信息，在 ItemTemplate 中插入一个 3 列 4 行的表格（在菜单栏上选择"布局"→"插入表"选项），将第一列进行单元格合并，并且添加一个标准 web 服务器控件 Image。调整后，ItemTemplate 模板中控件布局如图 6-61 所示。

图 6-61　修改后的模板控件布局

为了使 Image 控件显示 book_img 文件夹中的图片，用 Image 控件的智能标记，对 Image 控件的图片来源属性 ImageUrl 进行配置，如图 6-62 和图 6-63 所示。

图 6-62　编辑 Image 控件

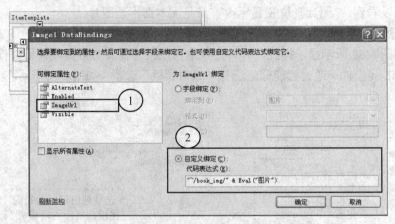

图 6-63　绑定 Image 控件的数据来源

在图 6-63 中，配置 Image 控件的图片来源属性 ImageUrl，在"自定义绑定"框输入以下绑定表达式：

　　　　"~/book_img/" & Eval("图片")

其中：

~/book_img/：表示主目录中的 book_img 文件夹，& 为字符串连接符。

Eval("图片")：表示绑定到"图片"字段，即数据来自于"图片"字段中的内容，如果当前记录中图片字段的值为"1.jpg"，即 Eval("图片")值为"1.jpg"，则 Image 控件的 ImageUrl 属性设置如下：

　　　　~/book_img/1.jpg

Eval 函数将 Web 服务器控件属性绑定到数据源中的字段值。对于其他添加的服务器控件，如果要设置属性值来自于表中的字段值，可以在图 6-63 中选择"字段绑定"单选按钮，然后选择绑定的字段即可，不需要手工输入。这里选择"自定义字段"选项的原因，是需要添加文件夹位置"~/book_img/"的文本部分。

将 DataList 控件背景（BackColor）属性设置为#E0E0E0 或其他颜色值，按 F5 键运行程序，将看到图 6-52 所示的运行结果。

6.5.2　DataList 的其他模板

例 6-12　DataList 控件选择模板使用，如图 6-64。

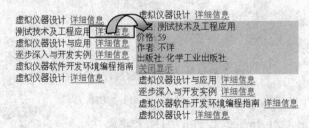

图 6-64　DataList 控件选择模板使用

相关知识与技能：

DataList 控件提供选择模板、编辑模板和交替显示模板，在不同的模板里可以显示数据的不同部分或不同样式。实现这些模板功能需要编写额外的代码。

操作步骤：

1. 模板编辑

新建 Web 窗体，保存为 EX6-4.aspx。添加数据源控件 AccessDataSource、DataList 控件后，按 6.5.1 节操作步骤用 AccessDataSource 连接数据、选取数据和 DataList 选择数据源后，进入 DataList 控件的模板编辑状态，按图 6-65 所示重新调整界面布局，并添加两个 Web 服务器标准控件 LinkButton。

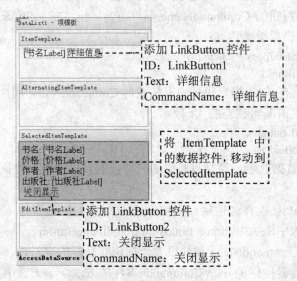

图 6-65　项模板编辑状态

2. 界面布局

退出模板编辑状态，Web 窗体界面布局如图 6-66 所示。

3. 事件过程代码

为了在运行后单击"详细信息"链接按钮能显示选中记录的内容，需要编写代码。

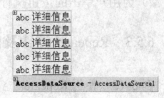

图 6-66　界面布局

切换到代码视图，在 DataList1 的 ItemCommand 事件中添加以下代码：

```
1    Protected Sub DataList1_ItemCommand(ByVal source As Object, ByVal e As System.Web.UI.
         WebControls.DataListCommandEventArgs) Handles DataList1.ItemCommand
2    If e.CommandName.ToString = "详细信息" Then
3        DataList1.SelectedIndex = e.Item.ItemIndex
4    Else
5        DataList1.SelectedIndex = -1
6    End If
7
8    DataList1.DataBind()
9    End Sub
```

代码说明：

行 1：DataList 控件内部的控件（如命令按钮、链接按钮、图片按钮等）触发的事件，可以通过检测参数 e 的属性 CommandName 判断是哪个控件被单击。因此，在链接按钮 LinkButton 中设置 CommandName 属性，以便检测。注意，若 CommandName 属性值设置为 edit、update 和 cancel（全部小写字母），则表示特定的含义；如果在 DataList 控件的 ItemItemPlate 添加 CommandName 属性值为 edit 的命令按钮，并且添加相应的 EditCommand 事件代码，单击时将显示 EditItemplate 模板中设置的内容。

行 2：判断被单击对象的命令名，以便执行相应操作。

行 3：设置 DateList 当前选中的记录，事件参数 e 属性 item.ItemIndex 可以检测当前事件中的记录的行。如果按钮的 CommandName 属性值为 edit，在 EditCommand 事件中需要编写以下代码，以显示编辑模板的内容：

```
DataList1.EditItemIndex = e.Item.ItemIndex
DataList1.DataBind()
```

行 4：取消选择状态。如果编辑模板中有按钮的 CommandName 属性值为 cancel，在 CancelCommand 事件中，取消编辑状态的代码为：

```
DataList1.EditItemIndex = -1
DataList1.DataBind()
```

行 8：重新绑定数据显示，这行是必须的，即按照新设置的属性刷新数据显示。

知识拓展：

可见，响应 DataList 控件（包括 GridView 控件）中的按钮事件一般步骤是：

（1）在控件模板中添加 Button、LinkButton 或 ImageButton。

（2）将按钮的 CommandName 属性设置为标识其功能的字符串，如"排序"或"复制"。

（3）创建用于容器控件的 ItemCommand 事件的方法。该方法中执行以下操作：

1）检查事件参数对象的 CommandName 属性，查看传入什么字符串。

2）为用户单击的按钮执行相应的逻辑。

6.5.3 Repeater 控件及自定义模板显示数据

例 6-13 使用 Repeater 控件显示"图书信息"表中的部分数据（书名和出版社数据列），页面显示结果如图 6-67 所示。

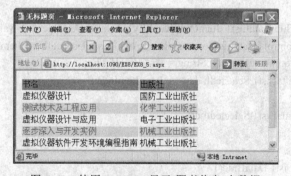

图 6-67 使用 Repeater 显示[图书信息]表数据

相关知识与技能：

Repeater 控件本身不提供显示数据的功能，仅提供 5 个自定义模板（如表 6-6 所示），通过在源视图中创建相应的模板实现数据显示布局。

表 6-6　Repeater 内置模板及含义

模板属性	说明
ItemTemplate	包含要为数据源中每个数据项都要呈现一次的 HTML 元素和控件。
AlternatingItemTemplate	包含要为数据源中每个数据项都要呈现一次的 HTML 元素和控件。通常，可以使用此模板为交替项创建不同的外观，例如指定一种与在 ItemTemplate 中指定的颜色不同的背景色。
HeaderTemplate 和 FooterTemplate	包含在列表的开始和结束处分别呈现的文本和控件。
SeparatorTemplate	包含在每项之间呈现的元素。典型的示例可能是一条直线（使用 hr 元素）。

与 DataList 控件不同的是，Repeater 控件不能实现多列显示样式。与其他数据显示控件类似，如果要显示数据库中的数据，必须先通过数据源控件连接并选取数据，然后为 Repeater 控件选择数据源，如图 6-68 所示。

图 6-68　为 Repeater 控件指定数据源

操作步骤：

1．添加数据源控件和 Repeater 数据控件

新建 Web 窗体，保存为 EX6-5.aspx。在 Web 窗体上添加 AccessDataSource 控件，通过向导连接数据库，并从"图书信息"表中选取数据；添加 Repeater 控件，选择数据源。界面布局如图 6-68 所示。

2．创建模板

切换到源视图，可以看到自动生成的的标记，如图 6-69 所示。

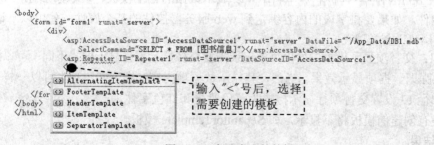

图 6-69　自动生成的的标记

3．输入代码

当从键盘按下<号时，在 <asp:Repeater>与 </asp:Repeater>之间将自动列出 5 个模板的内容，每个模板的含义如表 6-6 所示。为了以表格形式显示"图书信息"表数据，输入以下标记：

```
1    <asp:Repeater ID="Repeater1" runat="server" DataSourceID="AccessDataSource1">
2    <HeaderTemplate>
3    <table>
4      <tr style ="background-color:Gray ">
5       <td>书名</td><td>出版社</td>
6       </tr>
7    </HeaderTemplate>
8
9    <ItemTemplate>
10   <tr>
11   <td><asp:Label ID="Label3" runat="server" Text='<%# eval("书名") %>'></asp:Label></td>
12   <td><asp:Label ID="Label1" runat="server" Text='<%# eval("出版社") %>'></asp:Label></td>
13   </tr>
14   </ItemTemplate>
15
16   <AlternatingItemTemplate>
17   <tr style ="background-color:Yellow ;color:Red ">
18    <td><asp:Label ID="Label3" runat="server" Text='<%# eval("书名") %>'></asp:Label></td>
19   <td><asp:Label ID="Label1" runat="server" Text='<%# eval("出版社") %>'></asp:Label></td>
20   </tr>
21    </AlternatingItemTemplate>
22
23   <FooterTemplate>
24   </table>
25   </FooterTemplate>
26   </asp:Repeater>
```

标记说明：

行 2～7：标头模版。由于模板之外不能出现任何 HTML 标记，如果要在 Repeater 中创建表格，一般将表格标记<table>及表头标记<th>等放置在该位置，将表格结束标记放置在脚注模板 FooterTemplate 中（行 23～25）。这里可以出现任何的 html 标记。

行 9～14：数据项内容模板。这里自动重复显示数据的记录模板，可以添加任何 html 或 Web 服务器控件。如果要将字段的内容绑定到 web 服务器控件的某个属性，使用以下语法：

　　　　<%# Eval("字段名")%>

行 16～21：交替项显示模板。如果每条记录需要交替显示，且显示样式不同，可以添加交替项模板，以强调数据项显示效果。当然，其显示数据项内容（绑定字段项）可以一样，也可以不一样。如行 17 设置交替项行显示样式为黄色背景和红色字体。

另外，没有创建的模板将不显示，如 SeparatorTemplate 模板。

4．运行结果

按 F5 键运行后，程序运行结果如图 6-67 所示。

6.6 用 ADO.NET 进行数据库编程开发

6.6.1 概述

1. ADO.NET

ADO.NET 为创建分布式数据共享应用程序提供了一组丰富的组件，提供对关系数据、XML 和应用程序数据的访问，是.NET Framework 中不可缺少的一部分。ADO.NET 支持多种开发需求，包括创建由应用程序、工具、语言或 Internet 浏览器使用的前端数据库客户端和中间层业务对象在.NET 框架中，ADO.NET 类库位于 System.Data 命名空间下。System.Data 命名空间提供对表示 ADO.NET 结构的类的访问。通过 ADO.NET 可以生成一些组件，用于有效管理多个数据源的数据。

ADO.NET 通过数据处理将数据访问分解为多个可以单独使用或一前一后使用的不连续组件。ADO.NET 包含用于连接到数据库、执行命令和检索结果的.NET Framework 数据提供程序，可以直接处理检索到的结果，或将其放入 ADO.NET DataSet 对象，以便与来自多个源的数据或在层之间进行远程处理的数据组合在一起，以特殊方式向用户公开。ADO.NET DataSet 对象也可以独立于.NET Framework 数据提供程序使用，以管理应用程序本地的数据或源自 XML 的数据。

图 6-70 参考 Microsoft 官方给出的 ADO.NET 结构，说明 .NET Framework 数据提供程序与 DataSet 之间的关系。

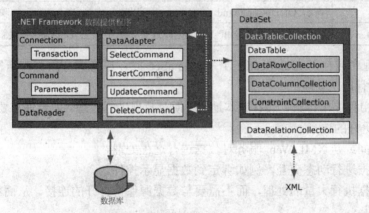

图 6-70　ADO.NET 结构

2. 用 ADO.NET 连接不同的数据库

.NET Framework 数据提供程序用于连接到数据库、执行命令和检索结果，可以直接处理检索到的结果，或将其放入 ADO.NET DataSet 对象，以便与来自多个源的数据或在层之间进行远程处理的数据组合在一起，以特殊方式向用户公开。.NET Framework 数据提供的程序是轻量的，在数据源和代码之间创建一个最小层，以便在不以功能为代价的前提下提高性能。

如表 6-7 所示，列出.NET Framework 中包含的.NET Framework 数据提供程序。

表 6-7　.NET Framework 数据提供程序

.NET Framework 数据提供程序	说明
SQL Server .NET Framework	提供对 Microsoft SQL Server 7.0 版或更高版本的数据访问。使用 System.Data.SqlClient 命名空间
OLE DB .NET Framework 数据提供程序	适合于使用 OLE DB 公开的数据源。使用 System.Data.OleDb 命名空间
ODBC .NET Framework 数据提供程序	适合于使用 ODBC 公开的数据源。使用 System.Data.Odbc 命名空间
Oracle .NET Framework 数据提供程序	适用于 Oracle 数据源。Oracle .NET Framework 数据提供程序支持 Oracle 客户端软件 8.1.7 版和更高版本，使用 System.Data.OracleClient 命名空间

3．System.Data.OleDb 命名空间的使用

可以通过 System.Data.OleDb 命名空间访问 Access 数据库（如果要访问 SQL Server 2000 以上版本数据库，应使用 System.Data.SqlClient 命名空间）。System.Data.OleDb 包含几个重要的类，如表 6-8 所示。

表 6-8　System.Data.OleDb 命名空间包含的主要对象

类	说明
OleDbConnection	连接到数据源
OleDbCommand	表示要对数据源执行的 SQL 语句或存储过程
OleDbDataReader	提供从数据源读取数据行的只向前读写记录的方法
OleDbParameter	表示 OleDbCommand 的参数，还可以表示它到 DataSet 列的映射
OleDbDataAdapter	表示一组数据命令和一个数据库连接，用于填充 DataSet 和更新数据源

决定应用程序应使用 DataReader 还是 DataSet 时，应考虑应用程序所需的功能类型。DataSet 用于执行以下功能：

（1）在应用程序中将数据缓存在本地，以便对数据进行处理。如果只需要读取查询结果，DataReader 是更好的选择。

（2）在层间或从 XML Web 服务对数据进行远程处理。

（3）与数据进行动态交互，例如绑定到数据显示控件。

（4）对数据执行大量的处理，而不需要与数据源保持打开的连接，从而将该连接释放给其他客户端使用。

如果不需要 DataSet 提供的功能，可以使用 DataReader 以向前只读方式返回数据，提高应用程序的性能。虽然 DataAdapter 使用 DataReader 填充 DataSet 的内容，但可以使用 DataReader 提高性能，这样可以节省 DataSet 所使用的内存，省去创建 DataSet 并填充其内容所需的处理。

4．在 ASP.NET 中使用 ADO.NET 访问数据库的一般步骤

（1）创建并使用 OleDbConnection 对象连接到数据库。

（2）创建并使用 OleDbCommand 对象执行 SQL 语句操作数据表。

（3）创建并使用 OleDbDataReader 对象只读取数据；或创建并使用 OleDbDataAdapter 对象操作数据，将数据填入 DataSet 对象。

（4）显示数据。

在 ASP.NET 中，使用 ADO.NET 访问数据库并显示数据的一般方式有两种，如图 6-71 所示。

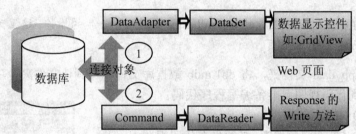

图 6-71　访问数据的两种方式

其中，方式 1 可以方便地将读取的数据在数据显示控件中快速显示，不需要编写额外的数据显示代码，但是，DataSet 对象需要额外占用服务器的内存，而且数据读取速度稍慢；方式 2 只向前读取数据，不需要额外占用服务器内存，数据读取效果比 DataSet 方式高，显示数据方式更加灵活，但需要额外编写显示数据代码。

6.6.2　使用 DataReader 访问数据库

例 6-14　使用 DataReader 对象读取 Access 数据库 db1.mdb 中"成绩"表数据，并将读取的数据以表格显示，程序运行结果如图 6-72 所示。

图 6-72　使用 DataReader 读取数据示例

相关知识与技能：

DataReader 对象读取数据是一种向前、只读的方式，即图 6-71 中的方式 2。要读取数据库中的数据，必须首先创建连接对象连接到数据库，然后通过创建命令对象执行 SQL 命令，将执行 SQL 命令结果通过 DataReader 对象逐一读取。

本例涉及的知识点：

（1）如何在 ASP.NET 中使用 ADO.NET。

（2）如何连接到数据库。

（3）如何执行 SQL 命令。

（4）如何显示读取的数据。

操作步骤：

1．创建项目

新建网站，保存在 D:\EX9 中，在打开的项目中新建 Web 窗体，保存为 EX9_1.aspx，并设置为起始页。

 也可以使用默认生成的 Default.aspx 页进入下一步的操作，这里为了例子的连贯性而建立新 Web 页。

用鼠标右击 app_data 文件夹，将 db1.mdb 数据库文件添加到该文件夹，项目中的文件如图 6-73 所示。转到代码视图，准备编写程序代码。

2．使用 ADO.NET

要使用 ADO.NET 访问数据库，必须先在代码视图中声明操作数据库的对象所在命名空间，即使用 Imports 关键字进行命名空间的声明。本例访问 Access 数据库，使用 Oledb 命名空间，声明语法如下：

图 6-73　项目中所有文件

> Imports System.Data.OleDb

说明：这行必须写在代码视图中所有代码的最前面（如果访问 SQL SERVER 数据库，将是 Imports System.Data.SqlClient 命名空间）。

3．创建连接对象

声明命名空间后，可以使用 OleDb 命名空间的各个对象。

创建连接 Access 数据库的连接对象，语句如下：

> Dim conn As New OleDbConnection

说明：这行代码定义并建立了连接数据库的对象，还需要指定其数据提供程序和指定数据源位置，即设置其连接字符串属性 ConnectionString。代码如下：

> conn.ConnectionString = "provider=Microsoft.Jet.OLEDB.4.0;Data Source=" &
> Server.MapPath("app_data\db1.mdb")

说明：

（1）provider：数据提供程序。不同类型的数据库有不同的数据提供程序（参考表 6-7）。这里连接 Access 数据库，是连接 Access 数据库的固定写法。

（2）Data Source：必须指定数据库的绝对位置。Server.MapPath 方法将相对主目录下的 app_data\db1.mdb 转换为绝对路径。

最后，通过以下代码实现数据库的连接。

> conn.Open()

4．创建命令对象

可以通过已经连接的对象创建准备执行 SQL 命令文本的对象。连接数据库后，添加以下代码：

> Dim comm As New OleDbCommand

说明：本行代码定义并建立了命令对象。

```
comm.Connection = conn
```
说明：必须建立与连接对象的关联，让命令对象知道操作哪个已经连接的数据库。
```
comm.CommandText = "select * from  成绩"
```
本行代码设置了命令对象准备执行的操作。

上述三行代码也可以简洁的写为一行：
```
Dim comm As New OleDbCommand("select * from  成绩", conn)
```

5．获取数据读取对象 DataReader

创建命令对象后，通过调用命令对象的 ExecuteReader 方法，返回读取数据记录的 DataReader 对象。代码如下：
```
Dim Dr As OleDbDataReader = comm.ExecuteReader
```

OleDbDataReader 对象 Dr 相当于数据表记录指针，可以通过 Dr 对象获取具体每一条记录数据。读取数据时，必须至少调用一次 Read 方法；返回 True 时，表示当前记录有数据，并自动将记录指针移动到下一条记录。可以通过 Item 属性读取当前记录每一个字段值。可以通过 GetName 方法获取表字段名。

6．完整的代码

```
1    Imports System.Data.OleDb
2
3    Partial Class Ex9_1
4         Inherits System.Web.UI.Page
5
6    Protected Sub Page_Load(ByVal sender As Object, ByVal e As System.EventArgs) Handles Me.Load
7         Dim conn As New OleDbConnection
8         conn.ConnectionString = "provider=Microsoft.Jet.OLEDB.4.0;Data Source=" & _
              Server.MapPath("app_data\db1.mdb")
9         conn.Open()
10
11        Dim comm As New OleDbCommand("select * from  成绩", conn)
12        comm.CommandText = "select * from  成绩"
13        comm.Connection = conn
14        Dim dr As OleDbDataReader = comm.ExecuteReader
15
16        Response.Write("<table border=1><tr>")
17        For i As Integer = 0 To dr.FieldCount - 1
18             Response.Write("<td>" & dr.GetName(i) & "</td> ")
19        Next
20        Response.Write("</tr>")
21
22        While dr.Read
23             Response.Write("</tr>")
24             For i As Integer = 0 To dr.FieldCount - 1
25                  Response.Write("<td>" & dr.Item(i) & "</td> ")
26             Next
27             Response.Write("</tr>")
28        End While
```

```
29          Response.Write("</table>")
30
31          conn.Close()
32      End Sub
33  End Class
```

代码说明：

行 14：ExecuteReader 方法执行配置的 SQL 命令文本，并返回 DataReader 对象访问已经选取的具体数据记录。

行 16～20：读取表格结构，作为表格首行输出。FieldCount 为字段数，GetName(i)方法为取得表格结构中的第 i 个字段名。

行 22：必须至少调用一次，才可以读取记录数据；只有 Read 方法为 True，表示当前记录包含数据，才可以进行读取；如果为 False，表示没有记录，或已经到了表最后一条记录了。

行 25：Item(i)表示第 i 个字段值，也可以简洁写为：Dr(i)

行 31：数据读取完毕，关闭数据库的连接。

6.6.3 在源视图中插入代码显示数据

例 6-15 按图 6-74 所示 Web 窗体布局，显示"图书信息"表的数据。"图书信息"表结构及内容同例 6-11。

图 6-74 界面布局

相关知识与技能：

在实际应用中，常常是预先布局好 Web 窗体界面，即预先安排好 Html 控件或 Web 服务器控件，然后在需要显示数据的位置插入动态代码。

在 ASP.NET 中如何实现代码视图与源视图中共享 ADO.NET 对象，实现数据的显示是本例要解决的问题。

操作步骤：

1．界面布局说明

例 6-14 中，表格在运行阶段动态输出。本例在设计阶段通过菜单"布局"→"插入表"选项，在 Web 窗体（Ex9_2.aspx）插入 4 行 3 列的表。

合并第 1 列后，添加一个 img 标记的 Html 控件，用于显示书籍图片。第 2 列是直接输入的文本，第 3 列是需要插入动态代码的列，准备显示从数据库读取的数据。

切换到源视图，看到生成的初始标记（为了说明问题，把样式属性做了删除）如下：

```
<table border="1">
    <tr>
        <td rowspan="4" >
            <img src="" /></td>
```

```
            <td >书名</td>
            <td  ></td>
        </tr>

        <tr>
            <td >价格</td>
            <td  > </td>
        </tr>

        <tr>
            <td >作者</td>
            <td  ></td>
        </tr>

        <tr>
            <td >出版社</td>
            <td  ></td>
        </tr>
    </table>
```

2. 编写代码

切换到代码视图，添加以下代码：

```vb
1       Imports System.Data.OleDb
2
3       Partial Class Ex9_2
4           Inherits System.Web.UI.Page
5
6           Dim conn As New OleDbConnection
7           Dim comm As New OleDbCommand
8           Public dr As OleDbDataReader
9
10          Sub OpenDB()
11              conn.ConnectionString = "provider=Microsoft.Jet.OLEDB.4.0;Data Source=" &
                    Server.MapPath("app_data\db1.mdb")
12              conn.Open()
13
14              comm.CommandText = "select * from 图书信息"
15              comm.Connection = conn
16              dr = comm.ExecuteReader
17          End Sub
18
19          Sub CloseDB()
20              dr.Close()
21              conn.Close()
22          End Sub
23
24          Protected Sub Page_Load(ByVal sender As Object, ByVal e As System.EventArgs) Handles Me.Load
```

```
25              OpenDB()
26          End Sub
27
28          Protected Sub Page_Unload(ByVal sender As Object, ByVal e As System.EventArgs) Handles
                Me.Unload
29              CloseDB()
30          End Sub
31      End Class
```

代码说明：

在代码视图中，编写了两个过程。连接数据库，并打开表读取表数据的过程 OpenDB 以及关闭数据库的过程 CloseDB，分别在页面打开和关闭时调用。

行 1～2：定义并创建两个页面的全局对象，以便在各个过程或函数中都可以使用。

行 3：定义 DataReader 变量 Dr 为 Public 类型，目的是使 Dr 变量可以在源视图可以使用，Dim 关键字定义的变量默认为 Private 类型，只能在代码视图中使用。

行 24～26：在页面装载时，调用了 OpenDB 过程，此时，Dr 已经是可以读取数据记录的指针对象了。在源视图中，可以通过<%%>代码标记使用该对象进行数据读取。

行 28～29：页面关闭（卸载）时，关闭数据的连接。

其他行的含义与例 6-14 相同，不再累赘。

3. 在源视图中使用 DataReader 对象显示数据

切换到源视图，在需要显示数据的列位置插入动态代码，完成的标记如下：

```
1       <table border="1">
2       <% While dr.Read%>
3           <tr>
4               <td rowspan="4" >
5                   <img src="<%="book_img/" & dr("图片") %>" /></td>
6               <td >书名</td>
7               <td ><%=dr("书名") %> </td>
8           </tr>
9
10          <tr>
11              <td >价格</td>
12              <td ><%=dr("价格")%> </td>
13          </tr>
14
15          <tr>
16              <td >作者</td>
17              <td ><%=dr("作者")%> </td>
18          </tr>
19
20          <tr>
21              <td >出版社</td>
22              <td ><%=dr("出版社")%></td>
23          </tr>
24      <% End While%>
```

```
25          </table>
```

标记说明：

粗体字为手工添加的代码。行 2～24 表示需要根据读取的记录数，重复显示的内容。添加动态代码与前面介绍的方法一样，即在<%%>中插入所需要的 ASP.NET 代码。这样，可以实现在页面的任意位置显示来自数据库的数据。

4．运行结果

添加代码后，按 F5 键运行，程序运行结果如图 6-75 所示。

图 6-75　运行结果

6.6.4　执行动态 SQL 查询——新增数据

例 6-16　添加记录到 Access 数据库 db1.mdb 中的"成绩"表。

相关知识与技能：

数据保存、修改和删除等编辑等操作，是动态网页设计中经常使用的数据编辑操作。在 ASP.NET 中，可以很方便地使用 ADO.NET 中的命令对象，执行动态 SQL 查询语句来完成这些功能。

操作步骤：

1．界面布局

新建 Web 窗体，保存为 Ex9_3.aspx。按图 6-76 所示创建界面布局。单击"保存到数据库"按钮时，将文本框中输入的数据保存到"成绩"表中对应的字段。

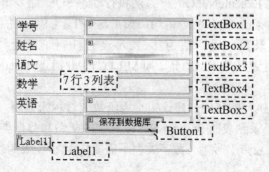

图 6-76　界面布局

2．事件代码

切换到代码视图，添加以下代码。

```
1    Imports System.Data.OleDb
```

```
2
3        Partial Class Ex9_3
4            Inherits System.Web.UI.Page
5
6            Protected Sub Button1_Click(ByVal sender As Object, ByVal e As System.EventArgs)
                 Handles Button1.Click
7                Dim conn As New OleDbConnection
8                Dim comm As New OleDbCommand
9                conn.ConnectionString = "provider=Microsoft.Jet.OLEDB.4.0;Data Source=" &
                     Server.MapPath("app_data\db1.mdb")
10               conn.Open()
11
12               Dim sql As String
13               sql = "Insert Into  成绩(学号,姓名,语文,数学,英语) Values('" & _
14               TextBox1.Text & "','" & _
15               TextBox2.Text & "'," & _
16               TextBox3.Text & "," & _
17               TextBox4.Text & "," & _
18               TextBox5.Text & ")"
19
20               comm.CommandText = sql
21               comm.Connection = conn
22               If comm.ExecuteNonQuery() > 0 Then
23                   Label1.Text = "保存成功"
24               End If
25               conn.Close()
26
27           End Sub
28
29   End Class
```

代码说明：

本例是使用命令对象的 ExecuteNonQuery 方法执行动态 SQL 命令语句。ExecuteNonQuery 方法用于执行不返回查询结果的 SQL 命令语句，如 INSERT、UPDATE 和 DELETE，返回值表示执行操作所影响的记录数，返回值为 0 表示没有任何记录受到命令执行的影响；ExecuteReader 方法用于执行返回结果的查询，如 SELECT，并通过 DataReader 对象读取查询结果。

行 7～26：单击按钮时执行的代码，建议定义为函数或过程来调用。

行 13～18：配置插入记录到表的 SQL 语句，注意字段类型和数据类型对应。这里的学号和姓名是文本类型，其值必须带引号"'"（数字类型不需要加引号）。&为字符串连接符，_为换行符。

在实际网页设计中，必须确保用户输入的数据类型在可以接受的范围内。可以使用验证控件验证，确保输入数据和数据正确性。

6.6.5 执行动态 SQL 查询——修改和删除数据

例 6-17 为"成绩"表添加修改和删除功能。

相关知识与技能：

网页设计中，如果要修改数据，一般是在显示数据的列表中提供"修改"链接功能，在新开窗口实现数据的修改和保存更新；删除功能一般不需要另开窗口，在显示页面中删除数据并刷新数据显示。本例实现的流程如图 6-77 所示，页面关系如图 6-78 所示。

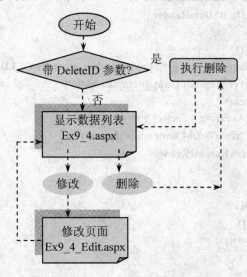

图 6-77 操作流程示意

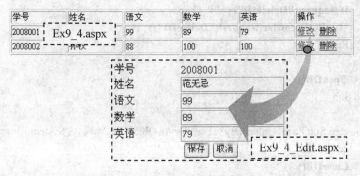

图 6-78 页面关系示意

操作步骤：

1．界面布局

创建 Web 窗体，保存为 Ex9_4.aspx。实现数据的列表显示，并在行显示的最后一列添加文字链接"修改"和"删除"。设计方法与例 6-16 相似。界面布局如图 6-79 所示。

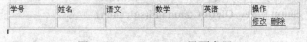

图 6-79 Ex9_4.aspx 界面布局

2．为 Ex9_4 添加事件代码

添加代码，实现连接数据库，执行 Select 查询结果，并定义页面全局变量 Dr，以便在源视图中可以使用该变量进行数据显示。代码如下（粗体字为手工添加的代码）：

```
1       Imports System.Data.OleDb
2
3       Partial Class Ex9_4
4           Inherits System.Web.UI.Page
5           Dim conn As New OleDbConnection
6           Dim comm As OleDbCommand
7           Public dr As OleDbDataReader
8
9           Sub OpenDB()
10              conn.ConnectionString = "provider=Microsoft.Jet.OLEDB.4.0;Data Source=" & _
                    Server.MapPath("app_data\db1.mdb")
11              conn.Open()
12              Dim sql As String = "select * from 成绩"
13              comm = New OleDbCommand(sql, conn)
14              dr = comm.ExecuteReader
15          End Sub
16
17          Sub CloseDB()
18              dr.Close()
19              conn.Close()
20          End Sub
21
22          Protected Sub Page_Load(ByVal sender As Object, ByVal e As System.EventArgs) Handles Me.Load
23              If Request("DeleteID")<>"" Then
24                  DelRecorder(Request("DeleteID"))
25              End If
26
27              OpenDB()
28          End Sub
29
30          Protected Sub Page_Unload(ByVal sender As Object, ByVal e As System.EventArgs) Handles
                Me.Unload
31              CloseDB()
32          End Sub
33
34          Sub DelRecorder(ByVal XH As String)
34              conn.ConnectionString = "provider=Microsoft.Jet.OLEDB.4.0;Data Source=" &
                    Server.MapPath("app_data\db1.mdb")
35              conn.Open()
36              Dim sql As String = "delete * from 成绩 where 学号='" & XH & "'"
37              comm = New OleDbCommand(sql, conn)
38
39              comm.ExecuteNonQuery()
```

```
40          conn.Close()
41      End Sub
42  End Class
```

代码说明：

本例大部分代码与例 6-15 相同。不同的是在 Page_Load 事件中添加了行 23～25 代码，判断打开本页面时是否传递了网址参数 DeleteID，如果检测到该变量，表示在单击"删除"链接时重新定向到本页面。这里定义了根据"学号"字段（表的主键）删除记录的过程 DelRecorder()，该过程在行 33～41 中实现。

3．源视图标记

编写以上事件代码后，切换到源视图，在源视图标记中插入显示数据的代码标记。在源视图的<table>与</table>之间，添加以下粗体字标记：

```
1       <table border="1" style="font-size: 10pt">
2           <tr>
3               <td style="width: 80px" >学号</td>
4               <td style="width: 80px" >姓名</td>
5               <td style="width: 80px">语文</td>
6               <td style="width: 80px">数学</td>
7               <td style="width: 80px">英语</td>
8               <td style="width: 80px">
9                   操作</td>
10          </tr>
11
12      <% While dr.Read%>
13          <tr >
14              <td ><%=dr("学号")%></td>
15              <td ><%=dr("姓名")%> </td>
16              <td ><%=dr("语文")%></td>
17              <td ><%=dr("数学")%> </td>
18              <td ><% =dr("英语")%> </td>
19          <td >
20          <a href ="Ex9_4_Edit.aspx?EditID=<%=dr("学号") %> ">修改</a>
21          <a href ="Ex9_4.aspx?DelctcID=<%=dr("学号") %> ">删除</a>
22          </td>
23          </tr>
24      <% End While%>
25      </table>
```

标记说明：

行 1～10：在页面插入表格时自动生成的标记。

行 12～24：根据记录数，自动重复显示的内容。

行 20：为文字"修改"添加链接，单击该链接时打开 Ex9_4_Edit.aspx 页面，并向该页面传递网址参数变量 EditID，其值是"成绩"表的关键字字段"学号"。根据该参数在 Ex9_4_Edit.aspx 页面中取得唯一一条记录进行显示。

行 21：为"删除"文字添加链接，单击"删除"链接时，打开 Ex9_4.aspx 页面（本页面），并传递网址参数 DeleteID。在该页面中，当页面触发 Page_Load 事件时，可以检测是否存在网址参数 DeleteID 的值，如果有，表示需要执行删除操作，将"显示数据"和"删除"功能在同一个页面实现。当然，也可以单独编写执行记录删除的页面，删除完毕重新定向到显示页面。

4．为实现"修改"功能添加 Web 窗体

（1）新建 Web 窗体，保存为 Ex9_4_Edit.aspx。名称要和 Ex9_4.aspx 页面中"修改"文字链接指定转向的页面相同。

（2）创建页面布局，如图 6-80 所示。

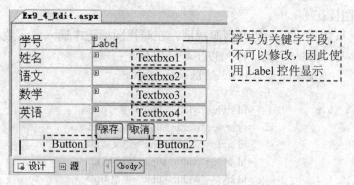

图 6-80   Ex9_4_Edit 界面布局

（3）为 Ex9_4_Edit 编写事件代码。

本页面是单击"修改"链接时转向的页面。打开本页面时，首先检测网址参数 EditID，根据 EditID 参数值，将数据重新显示以便修改。因此，为页面 Page_Load 添加如下代码，实现数据显示：

```
1    Protected Sub Page_Load(ByVal sender As Object, ByVal e As System.EventArgs) Handles Me.Load
2        If Page.IsPostBack = False Then
3            Dim xh As String
4            xh = Request("EditID")
5            DisplayInfo(xh)
6        End If
7    End Sub
8
9    Sub DisplayInfo(ByVal XH As String)
10       Dim conn As New OleDbConnection
11       Dim dr As OleDbDataReader
12           conn.ConnectionString = "provider=Microsoft.Jet.OLEDB.4.0;Data Source=" & _
                 Server.MapPath("app_data\db1.mdb")
13       conn.Open()
14
15       Dim sql As String = "select * from  成绩  Where  学号='" & XH & "'"
16       Dim comm As New OleDbCommand(sql, conn)
17
18       dr = comm.ExecuteReader
19       If dr.Read Then
20           Label1.Text = XH
```

```
21          TextBox1.Text = dr("姓名")
22          TextBox2.Text = dr("语文")
23          TextBox3.Text = dr("数学")
24          TextBox4.Text = dr("英语")
25      End If
26
27      dr.Close()
28      conn.Close()
29  End Sub
```

代码说明：

行 2：如果不是回发过程，则根据网址参数显示原始数据记录；由于单击"保存"按钮时会触发回发过程，如果不判断回发过程，显示记录的代码将再次被调用，文本框的值将是原始记录值。因此，保存操作将无法保存在文本框中最新录入的值。

行 19：这里不需要使用循环结构显示记录，原因：学号字段是关键字字段，可以唯一确定一条记录，也仅为一条记录。

（4）为"保存"按钮添加事件代码。

```
1   Protected Sub Button1_Click(ByVal sender As Object, ByVal e As System.EventArgs) Handles
        Button1.Click
2       Dim conn As New OleDbConnection
3       conn.ConnectionString = "provider=Microsoft.Jet.OLEDB.4.0;Data Source=" &
            Server.MapPath("app_data\db1.mdb")
4       conn.Open()
5
6       Dim sql As String
7       sql = "UPDATE 成绩 Set 姓名='" & TextBox1.Text & _
8           "',语文=" & TextBox2.Text & _
9           ",数学=" & TextBox3.Text & _
10          ",英语=" & TextBox4.Text & _
11          " WHERE 学号='" & Label1.Text & "'"
12
13      Dim comm As New OleDbCommand(sql, conn)
14      comm.ExecuteNonQuery()
15      conn.Close()
16
17      Response.Redirect("Ex9_4.aspx")
18  End Sub
```

代码说明：

该事件过程代码和例 6-16 类似，不同的是执行 SQL 语句。这里按条件执行 Update 命令。

行 17：本行代码执行完毕，重新定向到显示数据的页面 Ex9_4.aspx，可以在 Ex9_4.aspx 页面中看到最新修改后的数据。若设置按钮的 PostBackUrl 属性为 Ex9_4.aspx，则可以省略行 17。

（5）为"取消"按钮添加代码

"取消"操作是直接回到显示数据的页面 Ex9_4.aspx，代码非常简单：

```
Protected Sub Button2_Click(ByVal sender As Object, ByVal e As System.EventArgs) Handles
```

```
Button2.Click
    Response.Redirect("Ex9_4.aspx")
End Sub
```

6.6.6 使用 DataSet 访问数据库

例 6-18   使用 DataSet 实现访问 Access 数据库 db1.mdb，并将从数据库中读取的"成绩"表数据通过 GridView 控件显示。

相关知识与技能：

数据集 DataSet 是 ADO.NET 结构的主要组件，功能是从数据源中检索到数据在内存中的缓存。DataSet 提供独立于数据源的一致关系编程模型。DataSet 表示整个数据集，其中包含表、约束和表之间的关系。由于 DataSet 独立于数据源，DataSet 可以包含应用程序本地的数据，也可以包含来自多个数据源的数据。与现有数据源的交互通过 DataAdapter 控制。DataSet 对象模型如图 6-81 所示。

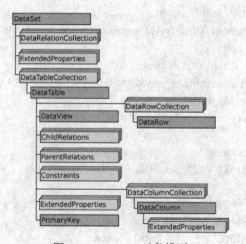

图 6-81 DataSet 对象模型

DataSet 可以理解为内存中的数据库，该数据库可以设有一张表（DataTable），也可以有多个表；数据表（DataTable）是有结构的，有行（DataRow）、列（DataColumn）；可以是空表，也可以包含数据；可以建立表与表之间的关系（DataRelation）；可以对其中的表进行查询、修改和追加等操作。

数据适配器（OleDbDataAdapter）充当 DataSet 和数据源之间的桥梁，用于检索和保存数据。

OleDbDataAdapter 通过 Fill 方法提供这个连接器：用 Fill 将数据从数据源加载到 DataSet 中，并用 Update 将 DataSet 中的更改发回数据源。

本例是 ASP.NET 中使用 ADO.NET 访问数据库的第二种方式，即图 6-71 中的方式 1，一般使用这种方式，数据大多采用数据控件显示。本例使用 GridView 控件显示成绩表中的数据，主要介绍使用 DataSet 访问数据库的一般步骤。

操作步骤：

1．界面布局

新建 Web 窗体，保存为 Ex9_5.aspx。将工具箱"数据"选项卡中的 GridView 添加到 Web 窗体。完成后的界面布局如图 6-82 所示。

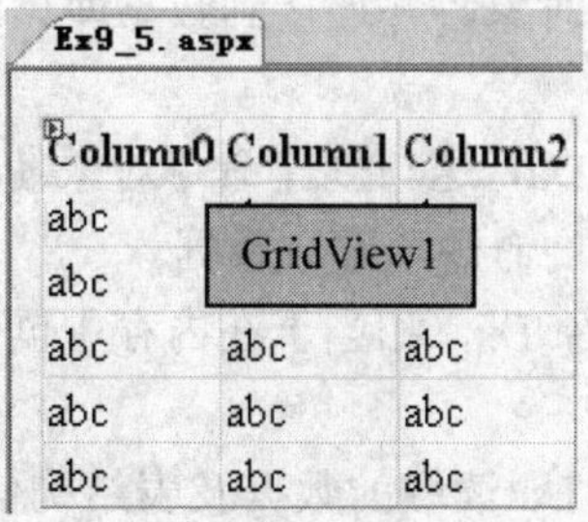

图 6-82　Ex9_5 界面布局

2．事件代码

切换到代码视图，在 Page_Load 事件中添加以下代码（粗体字即为手工添加的代码）：

```
1       Imports System.Data
2       Imports System.Data.OleDb
3
4       Partial Class Ex9_5
5           Inherits System.Web.UI.Page
6           Protected Sub Page_Load(ByVal sender As Object, ByVal e As System.EventArgs) Handles
                Me.Load
7               Opendb()
8           End Sub
9
10          Sub Opendb()
11              Dim conn As New OleDbConnection
12              conn.ConnectionString = "provider=Microsoft.Jet.OLEDB.4.0;Data Source=" & _
                    Server.MapPath("app_data\db1.mdb")
13              conn.Open()
14
15              Dim sql As String = "select * from  成绩"
16              Dim da As New OleDbDataAdapter(sql, conn)
17
18              Dim ds As New DataSet
19              da.Fill(ds, "成绩")
20
21              GridView1.DataSource = ds.Tables(0).DefaultView
22              GridView1.DataBind()
23
24              conn.Close()
25          End Sub
26
27      End Class
```

代码说明：

行 1：DataSet 位于 System.Data 命名控件，这里必须声明。

行 2：声明访问 Access 数据库的对象所在的命名空间。

行 7：在页面打开时调用自定义过程，该过程实现连接数据库和显示数据等一系列步骤。

行 11～13：创建连接数据库对象，并连接到数据库。这与之前介绍的一样。要操作数据库，必须连接到数据库。

行 16：创建数据适配器对象 Da，这与创建命令对象使用方式一样，通过已经建立的数据库连接对象，根据配置的 SQL 查询命令，读取数据。

行 18：定义并创建数据集对象 Ds，相当于在内存中创建了空的数据库，等待填充表结构及数据。

行 19：将数据适配器 z 对象 Da 读取的数据及表结构信息，填充内存中的数据库 Ds，执行该行代码后，Ds 对象将包含"成绩"表结构及所有数据。Fill 方法第一参数是填充对象，第二个参数为填充到 Ds 的表名，表名一般与原始表名称相同，也可以是其他自定义名称。

行 21：将 GridView 控件的数据来源属性设置为 Ds 中的第 1 个表的视图。

> **提示** 数据集对象 Ds 中，可以填充多个表的数据，其属性 Tables(内存表索引)或 Tables（ 内存表名称 ）可以作为数据控件的数据来源。

该行也可以写为：

```
GridView1.DataSource = ds.Tables("成绩")
```

其中，DefaultView 是默认属性，可以省略，而"成绩"必须是行 19 中指定的名称。

行 22：数据控件设置好数据来源后，必须进行绑定，即调用 DataBind 方法，数据控件才会显示数据。

3. 运行结果

按 F5 键运行，程序运行结果如图 6-83 所示。

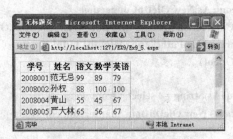

图 6-83　例 6-18 的运行结果

6.7 本章小结

本章简单介绍了数据库的基本概念，以及在 Access 2003 中创建数据库和调试 SQL 命令语句的方法和步骤，着重介绍了在 Web 应用程序中如何连接数据库、显示数据的的快捷方法。数据显示控件的选择依据所需要的功能而定。熟练掌握了本章数据控件的使用，将大大缩短基于 ASP.NET 的数据库应用程序的开发周期。

本章还介绍使用 ADO.NET 对象访问数据库基本思路和基本方法。使用数据控件或使用 ADO.NET 对象通过编码方式操作数据库，取决于页面显示或操作数据的需要，以及编程者对两者使用的熟悉程度。

习题六

一、简答题

1．什么是 ADO.NET？在 ASP.NET 中有哪两种访问数据库的方式？有何区别？如何选择使用？

2．详述使用 ADO.NET 对象访问数据的一般步骤。

3．与数据库通过数据控件实现显示和编辑的功能比较，使用 ADO.NET 通过编码方式操作数据库有何体会？

4．DataSet 是什么？其中的表数据如何显示？

二、上机操作题

1．在 Access 中按表 6-2 的结构创建数据库表，并设置订单编号、产品编号和客户编号为关键字。在 Access 的 SQL 视图中对本章 6.3 节例题进行记录的添加、修改和查询练习。

2．根据题 1 中的数据库建立页面，添加查询文本框，根据输入的订单编号，在 GridView 中显示查询结果，同时使 GridView 中的数据库可以实现修改和删除功能。

3．根据题 1 的数据库建立页面，在 GridView 中显示"订单表"数据，当选择某一行记录时，在 DetailsView 中显示客户详细信息。

4．创建网站，包含用户注册、后台用户管理、登录页面和若干其他页面。其中，注册页面提供输入用户名和密码等信息，并将用户名和密码保存到数据库；用户管理页面实现最高权限的管理员可以对用户名和密码进行修改和删除；设计登录页面，当用户登录网站时，从数据库中检索是否存在该用户，如果存在，可以浏览网站中的其他页面。

5．编写页面，对第 1～3 题中建立的数据库实现"订单表"记录的维护功能（显示、修改和删除）。注意，不用表格控件的编辑功能，自己设计界面，使用 ADO.NET 对象实现。

第7章 站点导航与母版页

本章导读

站点导航目的是使用户可以在比较复杂的网站结构中实现页面之间的快速转向。随着网站文件的不断增加，管理这些网页文件之间的链接关系是件困难的事情。ASP.NET 站点导航功能为用户导航站点提供一致的方法，将所有页面的链接保存在一个称为"站点地图"的独立文件中，通过站点导航控件读取文件中的信息，以列表方式或 Web 菜单方式呈现，从而使维护文件之间的链接关系变的更为轻松快捷。

站点导航控件在建立反映网站结构的站点地图的基础上，在 ASP.NET 网页呈现导航结构，使用户可以在站点内轻松地移动。通过使用以下 ASP.NET 站点导航控件，可以轻松地在页面中建立导航信息：

（1）SiteMapPath：显示导航路径（又称面包条或眉毛链接），向用户显示当前页面的位置，并以链接形式显示返回主页的路径。该控件提供了许多可供自定义链接的外观的选项。

（2）TreeView：显示一个树状结构或菜单，让用户可以遍历访问站点中的不同页面。单击包含子节点的节点，可将其展开或折叠。

（3）Menu：显示一个可展开的菜单，让用户可以遍历访问站点中的不同页面。将光标悬停在菜单上时，将展开包含子节点的节点。

7.1　使用 SiteMapPath 创建页面导航

例 7-1　假如某小型网站的结构如图 7-1 所示，使用 SiteMapPath 控件建立该网站地图。

图 7-1　网站结构

假定对应的网页文件如下：

（1）主页：Default.aspx

（2）新闻中心：NewsCenter.aspx

（3）产品系列：Product.aspx

（4）系列 A：A.aspx

（5）系列 B：B.aspx

（6）技术服务：Services.aspx

相关知识与技能：

使用 SiteMapPath 控件创建站点导航，既不用编写代码，也不用显式绑定数据。该控件可自动读取和呈现站点地图信息。

使用 SiteMapPath 控件建立上述网站导航前，必须先创建站点地图文件，保存在 D:\EX10 文件夹中。然后依次建立上述 ASP.NET 网页，并保存为指定的文件名。为了说明导航链接的实现，每个页面暂时不添加内容。完成后，在"解决方案资源管理器"中看到的文件列表如图 7-2 所示。

图 7-2　文件列表

操作步骤：

1．创建网站地图文件

（1）在"解决方案资源管理器"中添加新项。打开"添加新项"对话框，选择"站点地图"选项，添加站点地图文件，如图 7-3 所示。

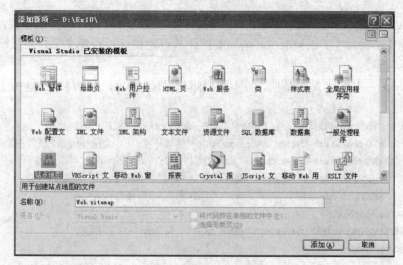

图 7-3　添加站点地图文件

（2）单击"添加"按钮，向项目中添加站点地图文件 Web.Sitemap。在打开的视图中可以看到以下 XML 格式的内容：

```
1    <?xml version="1.0" encoding="utf-8" ?>
2    <siteMap xmlns="http://schemas.microsoft.com/AspNet/SiteMap-File-1.0" >
3       <siteMapNode url="" title=""   description="">
4          <siteMapNode url="" title=""   description="" />
5          <siteMapNode url="" title=""   description="" />
6       </siteMapNode>
7    </siteMap>
```

标记说明：

行 1：固定写法，说明这是 XML 格式文件。

行 2、行 7：XML 文件的根节点，包含的子节点均在该对标记内，可以做为固定写法。站点地图文件是一份 XML 格式的文件。实际上，XML 文件是一份树状结构的文本格式数据库，标记以<siteMapNode></siteMapNode>形式成对出现，每一对标记代表一个节点，节点也可以包含多个子节点。

 提示　　XML 文件标记是区分大小写的。节点开始和结束标记大小写必须对应。

行 3：代表一个节点。

行 4～5：代表行 3 的两个子节点。

行 6：行 3 节点的结束标记，在行 3 和行 6 之间出现的标记<siteMapNode>均为其子节点。默认产生的站点地图结构如图 7-4 所示。

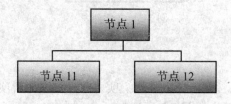

图 7-4　默认站点结构

每个节点都包含若干个属性，其中 url 代表节点对应的网页文件所在的位置，title 代表将显示在导航控件中的文字；description 是导航控件节点的描述性说明文字，当鼠标停留在节点上时显示提示信息。

（3）对于图 7-1 所示站点结构，在<siteMap>与</siteMap>之间将站点地图文件内容修改如下：

```
<siteMapNode url="Default.aspx" title="主页"  description="到主页">
    <siteMapNode url="NewsCenter.aspx" title="新闻中心"  description="->新闻中心" />
    <siteMapNode url="Product.aspx" title="产品列表"  description="->产品列表" >
      <siteMapNode url="A.aspx" title="产品 A 系列"  description="->A" />
      <siteMapNode url="B.aspx" title="产品 B 系列"  description="->B" />
    </siteMapNode>
    <siteMapNode url="Services.aspx" title="服务"  description="->服务" />
</siteMapNode>
```

 提示　　对照图 7-1 和对默认生成的标记的描述，上面的标记应该很好理解。

2. 添加站点导航控件

（1）建立站点地图文件 web.siteMap 文件后，可以直接将 SiteMapPath 拖动到每一个页面上。SiteMapPath 自动和站点地图文件内容建立联系。在 B.aspx 页面添加 SiteMapPath 控件的界面布局如图 7-5 所示。

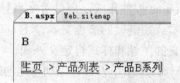

图 7-5 在 B.aspx 窗体添加 SiteMapPath 控件

（2）在所有页面添加 SiteMapPath 控件，将 B.aspx 设置为启始页，按 F5 键运行，程序运行结果如图 7-6 所示。

图 7-6 依次点击导航链接节点的运行结果

7.2 在页面使用 TreeView 控件

例 7-2 以例 7-1 中已经建立的站点地图文件作为 TreeView 的数据来源，使用 TreeView 控件建立站点导航。

相关知识与技能：

1. TreeView 的数据来源

可以用已创建的站点地图文件作为 TreeView 的数据来源，以树状形式列出网站的结构。此外，也可以使用已建立的其他 XML 文件作为 TreeView 的数据来源。

2. TreeView 的功能

Web 服务器 TreeView 控件用于以树形结构显示分层数据，如目录或文件目录。

该控件支持以下功能：

（1）自动数据绑定。该功能允许将控件的节点绑定到分层数据（如 XML 文档）。

（2）通过与 SiteMapDataSource 控件集成，提供对站点导航的支持。

（3）可以显示为可选择文本或超链接的节点文本。

（4）可通过主题、用户定义的图像和样式自定义外观。

（5）通过编程访问 TreeView 对象模型，从而可以动态地创建树、填充节点以及设置属性等。

（6）能够在每个节点旁边显示复选框。

3. 节点类型

TreeView 控件由一个或多个节点构成。树中的每个项都被称为一个节点，由 TreeNode 对象表示。节点可以有三种不同的类型：

- 根节点：没有父节点、但具有一个或多个子节点的节点。
- 父节点：具有一个父节点，并且有一个或多个子节点的节点。
- 叶节点：没有子节点的节点。

每个节点都具有一个 Text 属性和一个 Value 属性。Text 属性的值显示在 TreeView 控件中，Value 属性用于存储有关该节点的任何附加数据（例如,传递给与节点相关联的回发事件的数据）。

4. TreeView 控件在页面中呈现的形式

TreeView 控件在页面中呈现的形式如图 7-7 所示。各个部分说明见表 7-1。

图 7-7　TreeView 控件在页面中呈现的形式

表 7-1　图 7-7 中各部分的说明

项	说明
"展开/折叠" 图像	一个可选图像，指示是否可以展开节点以显示子节点。默认情况下，如果节点可以展开，该图像为加号 [+]；如果该节点可以折叠，该图像为减号 [-]
复选框	复选框是可选的，以允许用户选择特定节点
"节点" 图像	可以指定要显示在节点文本旁边的图像
"节点" 文本	在 TreeNode 对象上显示的实际文本，其作用类似于导航模式中的超链接或选择模式中的按钮

操作步骤：

1. 界面布局

新建 Web 窗体，保存为 Ex7_2.aspx。将工具箱"导航"选项卡中的 TreeView 控件拖动到 Web 窗体，通过智能标记向导进行界面布局，在"选择数据源"菜单中选择"新建数据源...."选项，如图 7-8 所示。

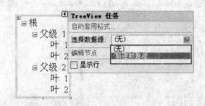

图 7-8 添加 TreeView 控件，选择数据源

2. 创建数据源连接

选择"新建数据源..."后，弹出"数据源配置向导"对话框，如图 7-9 所示。在该对话框中选择"站点地图"选项。

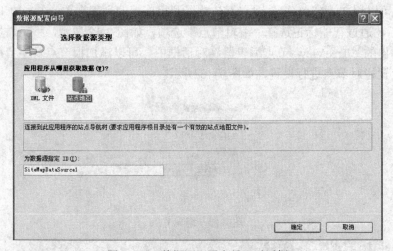

图 7-9 "数据源配置向导"对话框

完成数据源配置后，将看到页面自动添加了 SiteMapDataSource 数据连接控件。也可以在添加 TreeView 控件前先添加该控件，该控件不需要设置任何属性，自动和网站中的站点地图文件建立连接。一般情况下，一个网站中只用一个站点地图文件。在图 7-10 中选中"显示行"复选框，将看到节点之间的连线。

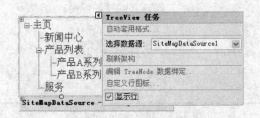

图 7-10 完成数据源配置

3. 测试运行

按 F5 键运行，程序运行结果如图 7-11 所示。

图 7-11 运行结果

站点地图文件中，每个 SiteMapNode 控件的 Title 属性和 Url 属性自动与 TreeView 控件中每个 TreeNode 对象的 Text 属性和 NavigateUrl 属性相关联。

此外，也可以用 TreeView 控件建立不与数据源相连接的列表视图。在添加 TreeView 控件到 Web 窗体后，通过智能标记选择"编辑节点"选项，如图 7-12 所示，手工添加要显示的列表数据。在弹出的"TreeView 节点编辑器"对话框中，可以添加根节点及字节点，可以通过右边的属性设置栏对节点进行设置，如图 7-13 所示。

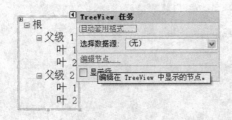

图 7-12 编辑节点

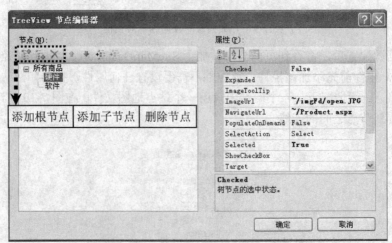

图 7-13 建立 TreeView 节点

知识拓展：

1. 主要属性的设置

在"TreeView 节点编辑器"对话框中，可设置的主要属性。

（1）ImageUrl：设置当前选中的节点的图片来源。

（2）NavigateUrl：设置单击当前节点时，转向的目标网页 URL。

（3）Selected：当前节点默认识状态是否被选中。

（4）SelectAction：点击时产生的动作，有 4 种选择，分别为：Expand（展开子节点）；Select（选择节点）；SelectExpand（选中并展开子节点）；None（不产生任何反应）。

（5）ShowCheckBox：是否在当前节点左边显示复选框。

（6）Target：单击节点时，按什么方式打开 NavigateUrl 属性中设置的目标网页，如 "_blank"代表新开窗口。

（7）Text：节点显示的文本内容。

（8）Value：节点代表的值，用于代码检测的判断。

2. 自定义 TreeView 控件的外观

TreeView 控件的外观可以完全自定义，这使得页面可以使用多种多样的显示样式。若要自定义 TreeView 控件的外观，可以执行以下操作：

● 指定影响控件显示和呈现的 TreeView 控件属性。

● 指定一个 ImageSet 属性，该属性选择一组在运行时与控件一起呈现的内置图像。

● 指定用于控制 TreeView 控件内特定 TreeNode 对象组的显示及呈现特性的图像和样式属性。

● 使用 Visual Studio 的自动套用格式功能，可迅速完成一组图像和样式属性的自定义。

● 为应用程序中的 TreeView 控件指定一个预定义主题，或一个定义运行时显示及呈现特性的外观。

（1）自定义节点旁的图像显示。

父节点展开时，默认显示"-"号，节点展开时默认显示"+"号。通过以下 3 个属性，可以自定义 TreeView 在父节点折叠、展开时，以及叶、子节点显示的图像：

1）CollapseImageUrl：指定 TreeView 控件折叠时节点显示的图像。

2）ExpandImageUrl：指定 TreeView 控件展开时节点显示的图像。

3）NoExpandImageUrl：指定 TreeView 控件叶、子节点显示的图像。

> **提示**　自定义节点显示的图片时，必须设置 ImageSet 属性值为 Custom，ShowLines 属性值为 False。

（2）改变 TreeView 控显示的外观样式

图 7-14 是 TreeView 各样式对应的部分示意。在 TreeView 属性窗口的"样式"选项卡中，可以设置节点的前景色和背景色。

图中未列出的 SelectedNodeStyle 部分表示节点在选中时的样式。

节点样式属性包含以下几个共同的属性：

1）NodeSpacing：指定整个当前节点与上下相邻节点之间的垂直间距。

2）VerticalPadding：指定在 TreeNode 文本顶部和底部呈现的间距。

3）HorizontalPadding：指定在 TreeNode 文本左侧和右侧呈现的间距。

4）ChildNodesPadding：指定 TreeNode 的子节点上方和下方的间距。

5）ImageUrl：指定在 TreeNode 旁显示的图像的路径。

对应节点的位置如图 7-15 所示。

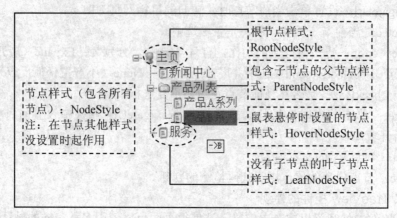

图 7-14　节点样式属性各对应部分

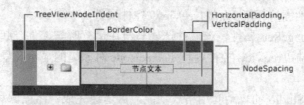

图 7-15　节点部分属性对应位置

7.3　在页面使用 Menu 控件

不用编写任何代码，同样可以使用菜单控件 Menu，以 XML 数据源或网站地图文件作为数据源，实现网站导航。实现的步骤与 TreeView 控件类似：首先建立网站地图文件，将工具箱"数据"选项卡中的 SiteMapDataSource 控件添加到 Web 窗体，再添加 Menu 控件并选择其数据源为 SiteMapDataSource，即可实现根据站点地图文件内容，以菜单方式实现站点导航。Menu 控件实现站点导航的界面布局和运行状态如图 7-16 所示。

图 7-16　Menu 控件实现站点导航的界面布局和运行状态

1. Menu 控件的两种显示模式

Menu 控件有一组以 Static（静态）和一组以 Dynamic（动态）开头的属性。这些属性分别对应 Menu 控件的两种显示模式：静态模式和动态模式。静态显示意味着 Menu 控件始终是完全展开的，整个结构都是可视的，用户可以单击任何部位。在动态显示的菜单中，只有指定的部分是静态的，仅当用户将鼠标指针放置在父节点上时，才会显示其子菜单项。也可以认为，运行时可见的菜单项为静态菜单项，当鼠标指向某静态菜单项而动态列出的菜单项，则为动态菜单（项）。

（1）静态显示行为。使用 Menu 控件的 StaticDisplayLevels 属性可控制静态显示行为。StaticDisplayLevels 属性指示从根菜单算起，静态显示的菜单的层数。例如，若将 StaticDisplayLevels 设置为 3，菜单将以静态显示的方式展开其前三层。静态显示的最小层数为 1，如果将该值设置为 0 或负数，该控件将引发异常。

如图 7-17 所示是设置 StaticDisplayLevels 为 3 时的设计阶段界面。

（2）动态显示行为。MaximumDynamicDisplayLevels 属性指定在静态显示层后应显示的动态显示菜单节点层数。例如，若菜单有 3 个静态层和 2 个动态层，则菜单的前三层静态显示，后两层动态显示。如果将 MaximumDynamicDisplayLevels 属性设置为 0，则不会动态

图 7-17 StaticDisplayLevels
为 3 的设计阶段界面

显示任何菜单节点。如果将 MaximumDynamicDisplayLevels 属性设置为负数，则引发异常。

2. 菜单控件 Menu 的使用说明

（1）设置菜单显示方向。设置 Menu 控件的 Orientation 属性可以使菜单水平布局（Horizontal）或垂直布局（Vertical）。

（2）设置动态菜单显示时间。Menu 控件的 DisappearAfter 属性表示当鼠标离开动态菜单时，动态菜单显示多长时间自动消失，默认为 500，单位为毫秒。修改该值可以增加或缩短动态菜单显示时间。

（3）使用图像。通过使用图像，使得鼠标指针悬停于菜单项上方时指示存在可用的子菜单项。此外，还可以使用图像来区分静态和动态菜单项，或用图像充当整个菜单或某个级别菜单项的背景。使用级联样式表（CSS）和 Menu 控件的属性，也可以指定要使用的图像，以及这些图像的显示方式。

1）使用默认的弹出图像。若要使用默认图像来指示某个静态菜单项包含子项，应将 StaticEnableDefaultPopOutImage 属性设置为 True；若要使用默认图像指示某个动态菜单项包含子项，应将 DynamicEnableDefaultPopOutImage 属性设置为 True。将这两个属性或其中一个属性的值设置为 False，将隐藏每个含有子项的菜单项上的默认黑箭头图像。

2）指定自定义指示器图标。若要使用为指示器图标创建的自定义图像，应为 StaticPopOutImageUrl 属性和 DynamicPopOutImageUrl 属性赋值。每个属性指定一个要使用图像的文件位置和名称。StaticPopOutImageUrl 属性控制用于静态菜单项的图像，DynamicPopOutImageUrl 属性控制用于动态菜单项的图像。

3）指定分隔符图像。可以使用分隔符图像分隔同一级别的菜单项。可以指定显示在静态菜单或动态菜单给定级别或全部级别的菜单项之上/下的分隔符图像。可以使用四个属性指定分隔符图像，两个用于静态菜单项的顶部和底部分隔符，两个用于动态菜单项的顶部和底部分隔符，即：

- StaticTopSeparatorImageUrl
- StaticBottomSeparatorImageUrl
- DynamicTopSeparatorImageUrl
- DynamicBottomSeparatorImageUrl

4）指定滚动图像。如果指定多个菜单项，用于显示动态菜单项的弹出窗口可能无法显示所有菜单项。Menu 控件将自动创建滚动条，以便用户能滚动浏览菜单项列表；可以使用 ScrollDownImageUrl 属性和 ScrollUpImageUrl 属性将自定义箭头或其他图像分配给滚动条的向上和向下图标。

5）在 CSS 中指定图像大小。图像的使用方式可能会显著影响 Menu 控件显示该图像的效果。例如，在首次显示某个页面时，如果浏览器尚未缓存 Menu 控件所使用的图像，在浏览器确定这些图像的大小前，它们呈闪烁或"跳动"状态。通过在级联样式表（CSS）中指定 Menu 控件所使用图像的大小，可以避免此类情况。

以下示例将类名 menuitem 分配给 StaticMenuItemStyle 和 DynamicMenuItemStyle 属性。

```
<StaticMenuItemStyle CssClass="menuitem" />
<DynamicMenuItemStyle CssClass="menuitem" />
```

然后，在包含菜单的页所引用 CSS 文件中，您可以引用该菜单项的 CSS 类并设置图像大小。

下面代码引用 CSS 类"menuitem"，并指定当菜单项有子项时用 40*40 像素的图像来指示。代码如下：

```
.menuitem {} /*Style code for each menu item goes here. */
.menuitem img
{
    width: 40px;
    height: 40px;
}
```

（4）菜单行为和样式。Menu 控件使用两种显示模式：静态模式和动态模式。静态显示模式意味着部分或全部菜单结构始终可见。完全静态的菜单显示整个菜单结构，用户可以选择任何部分。动态显示模式意味着当鼠标指针置于某些项上时显示部分菜单结构；仅当用户将鼠标指针放置在父节点上时，才会显示子菜单项。

StaticDisplayLevels 属性指示静态显示菜单项的层数。如果有四层菜单项，并且 StaticDisplayLevels 属性设置为 3，则静态显示前三层，动态显示最后一层菜单项。

若要控制菜单静态部分的外观，可以在名称中使用包含单词"Static"的样式属性，即：

```
StaticMenuStyle
StaticMenuItemStyle
StaticSelectedStyle
StaticHoverStyle
```

若要控制菜单的动态部分的外观，可以在名称中使用包含单词"Dynamic"的样式属性，即：

```
DynamicMenuStyle
DynamicMenuItemStyle
DynamicSelectedStyle
DynamicHoverStyle
```

StaticMenuStyle 属性和 DynamicMenuStyle 属性分别影响整组静态或动态菜单项。例如，如果使用 DynamicMenuStyle 属性指定一个边框，则整个动态区域将会有一个边框。

与此相反，StaticMenuItemStyle 属性和 DynamicMenuItemStyle 属性影响单个菜单项。例如，如果使用 DynamicMenuItemStyle 属性指定一个边框，则每个动态菜单项都有自己的边框。

当鼠标指针置于菜单项上时，StaticSelectedStyle 属性和 DynamicSelectedStyle 属性仅影响所选的菜单项，而 StaticHoverStyle 属性和 DynamicHoverStyle 属性影响菜单项的样式。

在实际网页设计中，不一定要使用菜单控件，用户也许更喜欢使用表格方式布局类似菜单的导航功能，结合客户端脚本语言如 JavaScript 或 Vbscript，进行更灵活的显示和控制。使用菜单控件可以节省编写代码的时间，提高开发效率。

7.4 使用 ASP.NET 母版页创建网站一致布局

例 7-3 参照图 7-18 的页面布局，设计母版页，并依照设计的母版页创建内容页。

图 7-18 参考网站

相关知识与技能：

本例以一个页面典型的布局为例，介绍母版页面建立和使用。

母版页相当于页面的模版。在大部分网站中，每个页面可能都有部分内容相同，如包含公司 LOGO、导航菜单和公司信息等内容，可以将这部分内容做成母版，在每个页面中都套用该母版，从而不需要为每个页面设计内容相同的信息，如图 7-19 所示。

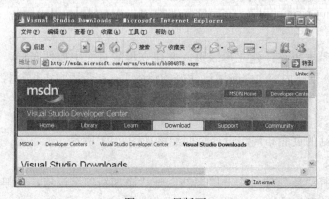

图 7-19 母版页

1. 母版页的组成

母版页由两部分组成：母版页面和内容页面。母版页也是一个 Aspx 页面，可以在其 Web 界面上添加任意的静态文本或控件，这些添加的界面都将显示在使用该母版的内容页面上。

特别是，母版页面可以包含一个或多个 ContentPlaceHolder 占位符控件，这些占位符控件空间位置将被套用该母版的内容页面中的内容所代替。

内容页面是一般的 aspx 页面，如果内容页面使用了母版，则内容页所有添加的界面元素将放置在母版页面中占位符控件所在的空间位置，母版页面中非占位符的其他元素将在内容页面显示，但不能编辑。

在内容页中，添加 Content 控件并将这些控件映射到母版页上的 ContentPlaceHolder 控件，可以创建内容。例如，母版页可能包含名为 Main 和 Footer 的内容占位符。在内容页中，可以创建两个 Content 控件，一个映射到 ContentPlaceHolder 控件 Main，另一个映射到 ContentPlaceHolder 控件 Footer，如图 7-20 所示。

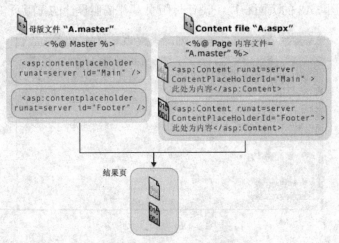

图 7-20　使用母版的页面输出过程

创建 Content 控件后，向这些控件添加文本和控件。在内容页中，Content 控件外的任何内容（除服务器代码的脚本块外）都将导致错误。

2. 母版页使用

制作母版页之前，要对页面结构布局进行规划，即分清页面中哪些信息是公共显示的部分，如页面顶部的菜单和 LOGO，以及页面底部的信息等，从而建立每个页面统一的整体布局。

操作步骤：

创建母版页的基本思路：建立母版页，并建立母版页面中控件布局，使用占位符控件为内容页面预留空间；创建内容页，应用已建好的母版页，在母版页占位符控件位置空间完成内容页面的控件布局。

1. 页面布局

根据图参考网站的页面布局，设计页面结构如图 7-21 所示。

2. 创建母版页

在菜单栏上选择"新建项目"→"网站"→"添加新项"选项，在弹出的"添加新项"对话框中选择"母版页"图标，如图 7-22 所示。

<table>
<tr><td colspan="2">LOGO 或 Flash</td></tr>
<tr><td colspan="2">网站菜单</td></tr>
<tr><td>左侧栏目</td><td>右侧详细页面内容</td></tr>
<tr><td colspan="2">底部信息</td></tr>
</table>

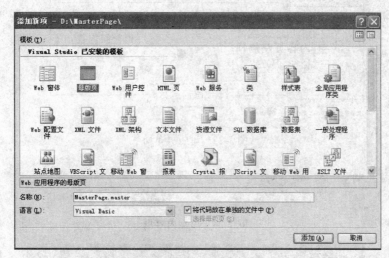

图 7-21　页面布局

图 7-22　“添加新项”对话框

在打开的 Web 窗体上默认生成一个内容占位符控件 ContentPlaceHolder1，在源代码视图<form>与</form>之间可以看到以下标记：

```
<div>
    <asp:contentplaceholder id="ContentPlaceHolder1" runat="server">
    </asp:contentplaceholder>
</div>
```

即页面中只有一个占位符控件。为了符合布局要求，将默认生成的内容占位符控件 ContentPlaceHolder1 删除，重新按照图 7-21 进行布局。

3．母版页面布局

插入一个 4 行 2 列的表格，将第一行进行列合并，准备插入图片或动态 Flash 文件。将第二行进行列合并，准备安排菜单栏目。将第四行列合并，准备显示一些静态文本。

提示　第 1、2、4 行的信息（包括静态文本和任何添加的非占位符控件，将全部显示在每一个使用该母版的内容页面上）。

在第 3 行左边和右边分别插入一个内容占位符控件 ContentPlaceHolder，调整表格和列的尺寸至合适位置；同时，将第 3 行两个单元格的垂直对齐方式设置为 Top 值（使得内容页放置在该占位空间的内容顶部对齐），母版页界面布局如图 7-23 所示。

4．建立内容页，并应用母版页

新建 Web 窗体，在保存时，在“添加新项”对话框中选中“选择母版页”复选框，如图

7-24，然后保存为 EX10_4.aspx。在紧接着弹出的"选择母版页"对话框中，选择建立的母版页 MasterPage.master，如图 7-25 所示。

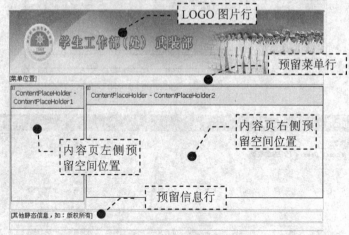

图 7-23　母版页布局

图 7-24　添加内容页

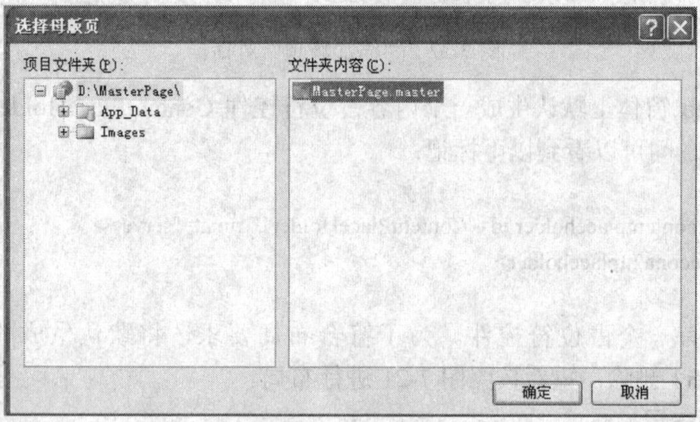

图 7-25　选择母版页

在打开的 Web 窗体 Ex10_4 中，母版页除了非内容占位符空间外，均变为灰色，表示在内容页不可编辑；而内容占位符空间在内容页上以 Content 内容控件代替，即放置在内容页的内容（静态文本或其他控件）只能在这两个内容控件中，如图 7-26 所示。运行时，这两个内容控件本身是不显示的。

转到该页面的源视图，可以看到以下自动生成的全部标记：

```
1    <%@ Page Language="VB" MasterPageFile="~/MasterPage.master" AutoEventWireup="False"
         CodeFile="EX10_4.aspx.vb" Inherits="EX10_4" title="Untitled Page" %>
2    <asp:Content ID="Content1" ContentPlaceHolderID="ContentPlaceHolder1" Runat="Server">
3    </asp:Content>
4    <asp:Content ID="Content2" ContentPlaceHolderID="ContentPlaceHolder2" Runat="Server">
```

5　　</asp:Content>

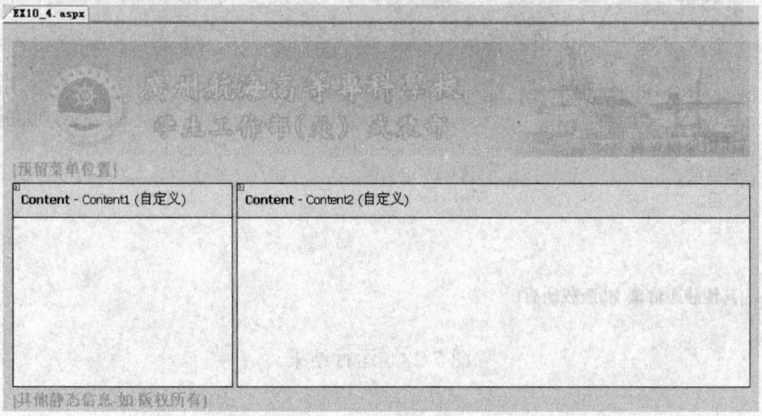

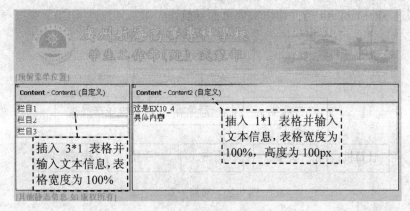

图 7-26　内容页设计界面

标记说明：

行 1：MasterPageFile 属性指定了使用的母版页文件，这是与未使用母版页不同的地方。一个项目中可以有多个母版。这里指定使用哪一个母版。同时，本源视图没有了<body>和<form>标记对，原因是每一个 aspx 页面只能有一个这样的标记对，而这样的标记对已经在母版页中使用了，取而代之的是使用 Content 内容控件。

行 2～3：左侧的内容页部分；在母版中通过内容占位符将内容页分成左右两部分。这两部分中可以自由添加所需要的内容。

行 4～5：右侧的内容页部分；

5．内容页布局

在图 7-26 的 Web 窗体中，可以按照需要添加任意的控件到 Content 控件中，如图 7-27 所示。

图 7-27　在内容页添加内容

6．运行内容页

将 Ex10_4.aspx 设置为起始页，按 F5 键运行，程序运行结果如图 7-28 所示。

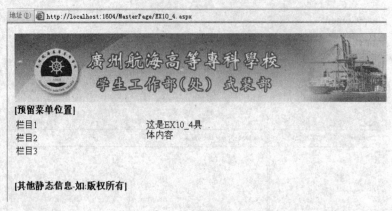

图 7-28　运行结果

7.5　本章小结

页面导航控件能够很好管理页面之间的链接关系，将原来需要大量脚本代码实现的功能包装为控件的形式，更加易于使用。母版页提供了网站页面一致的外观，理解和使用好母版页需要不断实践。

习题七

请参考下图建立"当当宝"购物网站，所有页面均要求使用母版页实现统一界面布局，布局方式可以参考本章介绍的布局方式内容。同时，页面之间按照如图 7-29 所示的关系创建网站地图，通过 SiteMapPath 控件使用实现页面导航。

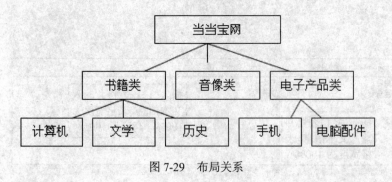

图 7-29　布局关系

第8章 网上教学质量评价系统开发

本章导读

本章以应用 ASP.NET 技术开发广州航海高等专科学校《网上教学质量评价系统》的网站项目为例,系统介绍该项目的整个开发过程,案例中涉及以下知识点:

(1)需求分析

(2)数据库规范化设计

(3)母版页制作

(4)网站地图的实现

(5)数据库连接与数据控件使用

(6)数据验证

(7)使用 ADO.NET 对象读写数据库

(8)文件上传的实现

(9)数据编辑与实现从 Excel 文件中导入数据到数据库

本案例分为前台操作和后台数据处理。前台是学生操作页面,后台为系统管理员操作页面。为便于学习,每一个页面的内容都列出技术要点,前后台页面无链接关系,可以独立学习和上机实践。

8.1 系统分析与总体设计

8.1.1 开发背景与需求分析

为了加强教学管理,提高教学质量,许多院校都在学期的期末或期中组织学生对任课教师所授课程进行不记名的民主评价,并以此评价结果作为教师岗位考核的参考依据。本章以网上教学质量评价系统网站的开发内容为蓝本,详细介绍用 ASP.NET 技术开发应用系统的全过程。

质量评价过程可以分为两个部分:数据采集和数据处理。如图 8-1 所示是一张纸质评价单的内容。根据收集的样例表格,可以得到需要收集的数据,即表单中 15 个评分项目的评分等级(A、B、C、D),每个学生对每门课程的任课教师都需要填写评价,根据项目的评分等级,得到被评价教师分数。全班学生对同一个教师的分数还要进行汇总,算出被评教师在该班的平均分。

　　以上分析可以得知需要采集的数据项，这些项目的分数可以设计一个"教师得分统计"数据表保存，保存的信息应该是：每个教师、在某个班级授课课程的每个学生的评价得分。该表具有类似以下的结构：

教师名称	班级名称	授课课程	学生	15 个项目分数

　　由以上信息可见，输入的信息至少有：教师信息（被评对象）、学生信息（评价对象）和授课信息（评价依据）；同时，为确保只有本班的学生才能对该班授课教师进行评价，必须在登录系统时对学生身份进行验证，根据其所在班级，列出所有该班级的授课教师名单进行评价。这是学生评价系统（前台操作页面）实现的思路。

　　录入数据，如教师信息、学生信息和授课信息，是通过后台系统实现的，由系统管理员进行操作。参加评价的学生不能进入后台操作界面进行数据编辑。

教学质量评价单

教师姓名：　　　　　　　　　　　　班组名称：

	A	B	C	D
01. 按时上、下课，言行文明得体	A	B	C	D
02. 严格要求学生，对上课迟到、早退、讲话、睡觉的学生实施有效管理	A	B	C	D
03. 备课认真，课前准备充分	A	B	C	D
04. 作业适量，认真足量批改	A	B	C	D
05. 关心学生，耐心辅导答疑，注重能力培养	A	B	C	D
06. 教学目标明确，重点突出，概括重点准确	A	B	C	D
07. 概念讲授正确，原理教学清晰	A	B	C	D
08. 课堂内容充实，信息量大，注意将学科新知识引入课堂	A	B	C	D
09. 理论联系实际，举例典型恰当，适度	A	B	C	D
10. 注重启发式教学，课堂气氛活跃，师生互动性好	A	B	C	D
11. 条理清晰，语言生动，表达流畅有节奏感	A	B	C	D
12. 因材施教，注重学生个性异常	A	B	C	D
13. 充分利用教学辅助工具，手段多样，使用得当	A	B	C	D
14. 按时完成课时计划，达到基本教学目标	A	B	C	D
15. 学有所得掌握课程知识和技能的程度	A	B	C	D

注：A-95；B-80；C-65；D-50

日期：　　　得到：

图 8-1　教学质量评价单样例

8.1.2　系统结构

　　根据需求分析，将整个网上评价系统分为前台和后台实现，初步设计系统结构如图 8-2 所示。

　　系统功能划分如图 8-3 所示，图中左边为前台（学生操作）的功能模块，右边为后台（管理操作）的功能模块。

图 8-2　教学质量评价系统总体结构

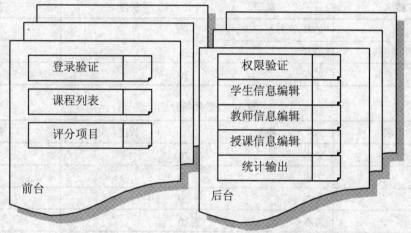

图 8-3　系统功能划分

8.1.3　数据库设计

从需求分析中可知，学生要登录系统执行评价操作，必须对学生身份进行验证，验证的依据就是学生及对应的学号是否一致，如果一致，则列出其所在班级的所有课程和授课教师信息。选择评价对象后，对列出的评价项目进行实际评价操作，完成后，将结果保存到分数表。因此，数据库中必须有学生信息表、教师信息表、授课信息表及保存评价分数的数据表。如表 8-1 至表 8-5 所示是数据库表的结构格设计。

表 8-1　学生信息表

字段名	类型	长度	备注
学生姓名	文本	50	
学号	文本	20	主键
所在系	文本	20	
班级名称	文本	20	

表 8-2　教研室信息表

字段名	类型	长度	备注
系部名称	文本	50	
教研室名称	文本	50	主键
教研室编号	文本	10	

表 8-3　教师信息表

字段名	类型	长度	备注
教师名称	文本	20	
教师编号	文本	10	主键
教研室编号	文本	10	

表 8-4　教师授课表

字段名	类型	长度	备注
教师编号	文本	10	
本学期授课课程	文本	50	
授课班级	文本	20	

表 8-5　教师得分统计表

字段名	类型	长度	备注
教师编号	文本	10	
课程名称	文本	50	
授课班级	文本	20	
学号	文本	20	
Score1～score15	数字	默认	15 个项目分数

在 Access 2003 中建立表的关系，如图 8-4 所示。

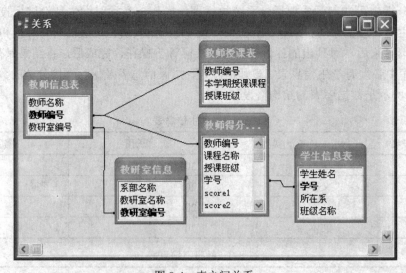

图 8-4　表之间关系

其中，表 8-5 "教师得分统计表"为学生评价教师过程中采集的数据，其他表的数据为后台录入或导入的数据。操作后台管理系统同样需要验证管理权限，为此建立一个后台管理操作的用户密码表（如表 8-6 所示）。

表8-6 权限管理表

字段名	类型	长度	备注
用户名	文本	50	
密码	文本	50	

数据库设计完成后，系统所用的表如图 8-5 所示。

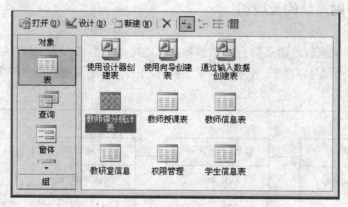

图 8-5 所用到的表

8.2 前台系统的实现

8.2.1 系统流程

前台系统主要用于采集学生评价数据，执行流程如图 8-6 所示。

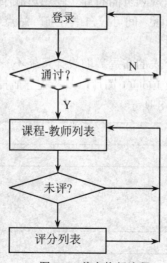

图 8-6 前台执行流程

首先提供登录页面，判断学生姓名及其学号是否存在，如果在"学生信息表"存在该学生，则在下一个页面列出该学生所在班级开设的课程和教师名单；选择评价对象后，进入下一个具体评价项目列表界面，执行评分操作。操作完毕，需要保存到数据表"教师得分统计表"，保存完毕，返回课程教师列表界面，准备评价下一位授课教师。为了避免对同一教师和课程重复评价，需要判断该学生对该课程教师是否已经评价过，如果已经评价，不再提供到下一页的链接。

8.2.2　前台网站结构及规划

根据图 8-6 所示流程，建立前台网站结构。该结构中页面按图 8-7 顺序执行，然后返回上一页。为了使每个页面具有统一外观，在学生操作的三个可见页面（图 8-7 中前三个页面）都使用母版页。

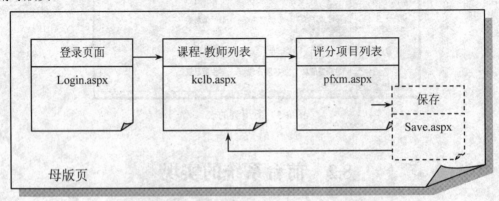

图 8-7　网站前台结构

8.2.3　母版页与站点地图的制作

建立前台所有页面前，需要先规划页面布局。使用母版页可以使"学生评价"页面具有统一的外观。为了在各个相关的页面之间可以自由导航，站点导航一般放置在母版页上。

1．母版页

界面布局因设计者而异，每个人的布局界面设计可能不一样。这里采用上、中、下三部分结构形式：上部分是一般站点的 LOGO 图片以及布置导航控件，中间为实际页面内容，下部分为一些说明性的文字，如图 8-8 所示。

图片
导航控件
内容页面空间
说明性文字

图 8-8　界面布局设计

2. 站点地图

根据图 8-7 所示网页关系,可以建立网站导航:"登录"→"课程列表"→"评分项目"。先建立包含以下内容的站点地图文件:

```
<?xml version="1.0" encoding="utf-8" ?>
<siteMap xmlns="http://schemas.microsoft.com/AspNet/SiteMap-File-1.0" >
    <siteMapNode url="~/Front/Login.aspx" title="登录页面"  description="重新登录">
        <siteMapNode url="~/Front/kclb.aspx" title="课程列表"  description="选择课程和教师" >
            <siteMapNode url="~/Front/pfxm.aspx" title="评分项目"  description="评分项目" />
        </siteMapNode>
    </siteMapNode>
</siteMap>
```

其中,Front 为项目主目录下的文件夹,所有前台网页文件均放置在该文件夹下。后台管理页面放置在 Back 文件夹中,分别存放的目的是便于项目文件管理。

8.2.4　前台网站的实现

至此,已经对网站前台功能的实现有了比较明确的思路:建立网站项目,添加数据库,建立放置前台所有网页文件的文件夹 Front;在该文件夹中添加并设计母版页;选用母版页,依次添加登录、课程列表、项目列表的页面,以及保存项目分数等级的页面;建立网站地图文件,并在母版页中添加导航控件。

1. 设计母版页

新建网站项目,保存在 D:\techSys。在打开的项目中,将设计好的数据库(假定数据库文件名为 hz_new.mdb)添加到 App_data 系统文件夹中。在 techSys 项目下新建 Front 文件夹,所有前台网站文件都将放置在这里,以便于管理(与此相应,将所有的后台网页文件放置在 Back 文件夹中)。

在 Front 文件夹中添加母版页,按默认文件名保存。在打开的母版页窗体中删除默认添加的内容占位符控件,按前面的设计思路重新布局,建立的母版页布局如图 8-9 所示。

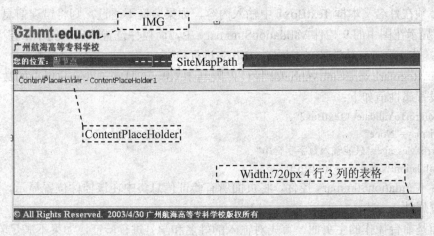

图 8-9　母版页布局

建立站点地图文件后,直接将 SiteMapPath 控件拖动到表格中的第二行。在 Web 窗体添加表格，并设置合适的尺寸，目的是使界面布局能满足界面布局要求。

2．设计登录页面

在 Front 文件夹中新建 Web 窗体，选择上一步建立的母版页，保存为 Login.aspx，如图 8-10
所示。

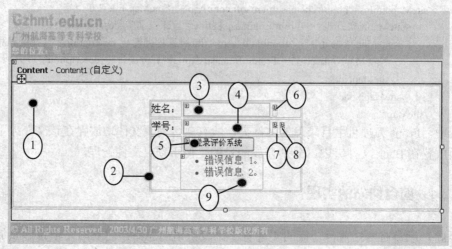

图 8-10　Login.aspx 页面布局

图 8-10 中的标示说明：

- 1：在 Content 内插入的 1 行 1 列的表格，属性：width: 100%; height: 200px。
- 2：4*2 表格，在该表格中插入两个文本框 TextBox1 和 TextBox2，即图中的 3 和 4，
  添加 Text 属性值为"登录评价系统"的按钮 Button1，即图中的 5。
- 6：对 TextBox1 文本框进行验证的项控件 RequiredFieldValidator1，设置属性值如下：
  ControlToValidate="TextBox1"
  Display="None"
  ErrorMessage="必须输入[姓名]"
  Text="*"

即：必须在姓名文本框 TextBox1 中输入内容，如果验证不通过，则将错误信息"必须输
入[姓名]"显示在图中的 9 控件 ValidationSummary 中，而控件位置不显示提示信息。

- 7：作用同 6，对学号文本框 TextBox2 进行验证。
- 8：RegularExpressionValidator 控件，限制 TextBox2 只能输入 6 位以上的数字字符，
  设置属性值如下：
  ControlToValidate="TextBox2"
  Display="None"
  ErrorMessage="只能输入数字字符串"
  ValidationExpression="[0-9]{6,}"
- 9：ValidationSummary 控件，将页面所有验证信息集中在该控件位置显示，不需要设
  置属性。

本页面是前台操作的主页面，首先对输入的姓名和学号进行验证，如果不满足验证规则，
则单击"登录评价系统"按钮时不会触发 Click 事件；如果满足验证规则，则执行 Click 事件
代码，检测录入的信息在数据库中是否存在，如果存在记录，则转向课程列表页面。

本页面所有代码如下：

```
1    Imports System.Data.OleDb
2
3    Partial Class _Default
4        Inherits System.Web.UI.Page
5
6    Protected Sub Button1_Click(ByVal sender As Object, ByVal e As System.EventArgs) Handles
         Button1.Click
7            Dim conn As New OleDbConnection
8
9            conn.ConnectionString = "provider=Microsoft.Jet.OLEDB.4.0;Data Source=" & _
                 Server.MapPath("../app_data/hz_new.mdb")
10           conn.Open()
11
12           Dim sql As String
13           sql = "select *   FROM 学生信息表 " & _
14           " WHERE  学生姓名='" & TextBox1.Text & _
15           "' AND  学号='" & TextBox2.Text & "'"
16
17           Dim comm As New OleDbCommand(sql, conn)
18           Dim dr As OleDbDataReader = comm.ExecuteReader()
19
20           If dr.Read = True Then
21               Session("xm") = dr("学生姓名")
22               Session("bj") = dr("班级名称")
23               Session("xh") = dr("学号")
24               conn.Close()
25               Response.Redirect("kclb.aspx")
26           End If
27
28   End Sub
29
30   Protected Sub Page_Load(ByVal sender As Object, ByVal e As System.EventArgs) Handles Me.Load
31           Session("xm") = ""
32           Session("hj") = ""
33           Session("xh") = ""
34       End Sub
35   End Class
```

代码说明：

在页面单击 Button1 按钮时，如果通过验证规则，将执行 Click 事件过程代码，从数据库中读取该学生信息，如果存在，表示可以执行下一步操作，在第 25 行将转向 kclb.aspx（课程列表）页面 。有关使用 ADO.NET 数据库的内容，请读者参考第 6 章相关内容。

21～23 行和 31～33 行使用了 Session 变量。如果定义了 Session 变量，该变量在各个页面均存在且可以使用，除非在关闭浏览器时重新打开网站页面。该特性很适合保存临时使用、在其他页面也需要使用的变量，例如在购物车网页中保存购买的商品和数量等。

在 kclb.aspx 页面，根据 Session("bj")变量（代表学生所在的班级名称）可以从"教师授课表"中列出该班级所有本学期开设的课程。

8.2.5 设计课程列表页面

课程列表页面的功能，是根据上一页面的学生班级名称 Session("bj")从数据库"教师授课表"中取得该班级所有开设课程，并以表格形式列出。

1. 界面布局

新建 Web 窗体，选择母版页，保存为 kclb.aspx。按图 8-11 所示布局界面。

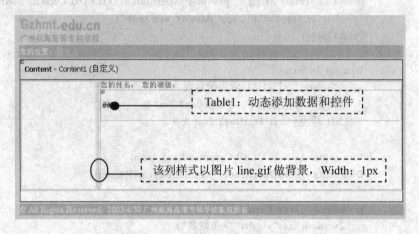

图 8-11 课程列表界面布局

2. 运行效果

为了更好理解界面布局和后面的事件过程，先描述希望看到的运行结果，如图 8-12 所示。

图 8-12 运行界面

3. 源视图代码

为了更好理解界面布局，将页面源视图中的标记列出如下：

```
<asp:Content ID="Content1" ContentPlaceHolderID="ContentPlaceHolder1" runat="Server">
    <table style="width: 100%; height: 200px">
        <tr>
            <td style="width: 20%">
            </td>
            <td style="background-image: url(../Images/line.gif); width: 1px">
            </td>
            <td valign="top">
                <span style="color: #FF8000; font-weight: bold; font-family: Verdana; font-size: 0.8em;">
                        您的姓名：<%=Session("xm")%>
                        您的班级：<%=Session("bj")%></span><br />
                <asp:Table ID="Table1" runat="server" Height="56px" Width="100%">
                </asp:Table>
            </td>
        </tr>
    </table>
</asp:Content>
```

4．事件过程

由图 8-12 中可见，页面运行时列出了课程名称和教师编号，单击"评分"单选按钮或"评分"链接时，将进入"评分项目"页面。开发中可能只使用其中一种方法，本案例将演示如何动态添加控件和动态建立文字链接，并将选择的数据传递到下一个网页。

 这里使用了 Table 服务器控件作为数据显示控件，同时作为其他控件的容器，从而可以动态添加单选按钮等服务器控件；如果使用 HTML 表格控件，则只能添加 HTML 控件，而不是 Web 服务器控件。

事件过程代码如下：

```
1    Imports System.Data.OleDb
2    Partial Class Front_kclb
3        Inherits System.Web.UI.Page
4        Protected Sub Page_Load(ByVal sender As Object, ByVal e As System.EventArgs) Handles Me.Load
5            If Session("bj") = "" Then
6                Response.Redirect("Login.aspx")
7            End If
8            InitTable ()
9        End Sub
10
11       Sub InitTable ()
12           Dim conn As New OleDbConnection
13           conn.ConnectionString = "provider=Microsoft.Jet.OLEDB.4.0;Data Source=" & _
14                           Server.MapPath("../app_data/hz_new.mdb")
15           conn.Open()
16
17           Dim sql As String = "select * FROM 教师授课表 WHERE 授课班级='" & Session("bj") & "'"
18           Dim comm As New OleDbCommand(sql, conn)
19           Dim dr As OleDbDataReader = comm.ExecuteReader()
```

```
20          Dim index As Integer = 1
21
22          Table1.Rows.Clear()
23
24          Dim r As New TableRow()
25          Dim c As New TableCell
26          c.Text = "选择"
27          r.Cells.Add(c)
28
29          c = New TableCell
30          c.Text = "课程-教师编号"
31          r.Cells.Add(c)
32
33          c = New TableCell
34          c.Text = "是否已评"
35          r.Cells.Add(c)
36          Table1.Rows.Add(r)
37
38          c = New TableCell
39          c.Text = "操作"
40          r.Cells.Add(c)
41          Table1.Rows.Add(r)
42
43          Dim kc As String
44          Dim bol As Boolean = False
45
46          While dr.Read
47              kc = dr("本学期授课课程")
48              bol = CheckState(conn, kc)
49
50          .   Dim op As New RadioButton
51              op.ID = "OP" & index
52              op.Text = "评分"
53              op.AutoPostBack = True
54              op.GroupName = "RD"
55              AddHandler op.CheckedChanged, AddressOf RadioButton1_CheckedChanged
56
57              index += 1
58              r = New TableRow()
59              r.ID = "Row" & index
60
61              c = New TableCell
62              If bol = False Then c.Controls.Add(op)
63              r.Cells.Add(c)
64
65              c = New TableCell
```

```
66                    c.Text = dr("本学期授课课程") & "-" & dr("教师编号")
67                    r.Cells.Add(c)
68
69                    c = New TableCell
70                    c.Text = IIf(bol, "已评", "未评")
71                    r.Cells.Add(c)
72
73                    c = New TableCell
74                    c.Text = IIf(bol = False, "<a href=pfxm.aspx?KC=" & Server.UrlEncode(dr("本学期
                        授课课程")) & "&BH=" & dr("教师编号") & ">评分</a>", "")
75                    r.Cells.Add(c)
76
77                    Table1.Rows.Add(r)
78                End While
79
80            conn.Close()
81        End Sub
82
83        Function CheckState(ByVal conn As OleDbConnection, ByVal kc As String) As Boolean
84            Dim sql As String
85            sql = "SELECT count(*) as 记录数 From 教师得分统计表 WHERE 学号='" &
                    Session("xh") & "' and 课程名称='" & kc & "'"
86
87            Dim comm As New OleDbCommand(sql, conn)
88            Dim dr As OleDbDataReader = comm.ExecuteReader()
89            dr.Read()
90
91            Return Val(dr("记录数")) > 0
92        End Function
93
95        Protected Sub RadioButton1_CheckedChanged(ByVal sender As Object, ByVal e As System.EventArgs)
96            Dim RowIndex As Integer = Val(CType(sender, RadioButton).ID.Substring(2))
97            Dim cellText As String = Table1.Rows(RowIndex).Cells(1).Text
98            Dim pos As Integer = cellText.IndexOf("-")
99            Dim KC As String = cellText.Substring(0, pos)
100           Dim BH As String = cellText.Substring(pos + 1)
101           Response.Redirect("pfxm.aspx?KC=" & KC & "&BH=" & BH)
102       End Sub
103
104   End Class
```

代码说明：

本页页面代码看上去比较多，但总体来看只有 4 个过程。

行 4～行 9：Page_Load 事件过程代码。进入该页面时，首先判断 Session("bj") 变量是否存在，如果不存在，说明不是由登录页面进去该页面的，而是直接在 IE 输入网址，企图绕过验证进入该页面的，这是非法查看页面的情况。因此，在行 6 中重新定向到登录页面，只有从登

录页面进入，才可能存在 Session("bj")变量值。

行 11～行 81：动态建立表格，以显示数据和添加控件、链接的过程代码。

其中：

行 12～行 19：根据班级名称，使用 ADO.NET 对象从授课课程表取得该班级所有授课课程以及授课教师编号的过程。

行 24～行 41：动态创建表格标题栏。思路：先建立单元格对象，赋值后，添加到建立的行对象，再将行对象添加到表格，从而动态创建表格行。行 46～行 77 也是使用读取的数据，创建并添加表格行。

行 48：根据课程名称调用自定义过程 CheckState()，CheckState()过程在行 83～行 92 中实现，判断该学生对该门课程是否已经评分，如果已评分，则不再显示评分链接或单选按钮控件。

行 50～行 55：动态创建单选按钮服务控件，并设置其相关属性。其中，行 51 设置单选按钮 ID，命名格式为 OP1～OPN。通过判断 ID 属性值的第三位，可以知道是哪行的单选按钮；根据行号可以取得表格中单元格的内容（行 96 需要使用）；行 53 使单击单选按钮时触发其事件，行 55 为单选按钮添加选择发生变化时的事件 CheckedChanged，该事件必须自定义实现（行 95～102 是该事件实现过程），其语法格式描述如下：

AddHandler 对象.事件名, AddressOf 自定义过程名

AddHandler 和 AddressOf 均为关键字。

> **提示** 自定义过程中的参数形式必须和对象对应事件的参数形式一致。

行 54：使所有的单选按钮都成为一组，即表格中所有单选按钮每次只能选择其中一个。

行 74：建立文字"评分"链接。向评分页面传递两个网址参数：课程名称 KC 和教师 BH。

行 95～102：为动态创建的单选按钮建立的事件过程，该事件过程根据单选按钮 ID 取得当前单击的表格行，再根据行号取得选择该行单元格的"课程-教师编号"信息，然后将该信息字符串拆分成课程名称 KC 和教师编号 BH 数据，传递到下一页面处理。

下面以图 8-13 为例，分析各行代码含义。

选择	课程-教师编号	是否已评	操作
○评分	廉洁修身-J002	未评	评分
○评分	概论-J001	未评	评分

图 8-13　课程列表数据

假设单击了表格第 2 个单选按钮，则有以下的执行代码。

```
ID→OP2
ID.Substring(2)→2
RowIndex →2
cellText =Table1.Rows(RowIndex).Cells(1).Text→概论-J001
pos=cellText.IndexOf("-")→2
Dim KC As String = cellText.Substring(0, pos)→概论
Dim BH As String = cellText.Substring(pos + 1)→J001
```

8.2.6 设计评分页面

根据上一页传递过来的网址参数（教师编号 BH 和课程名称 KC），列出 15 个评分项目，根据学生选择的项目对应的分数，将教师编号、课程名称、学号、分数等信息保存到数据库中的"教师得分统计表"。

1．界面布局

新建 Web 窗体，选择母版页，保存为 pfxm.aspx。如图 8-14 所示布局界面。本页面的布局比较简单，首先插入一个两列多行的表格，在表格第一行显示课程名称和编号；然后根据图 8-1 中的评价单，列出评分项目，每一个项目对应一个 RadioButtonList 控件、四个单选按钮。为便于直接保存分数，Text 属性和 Value 属性分别为：A-95；B-80；C-65；D-50。

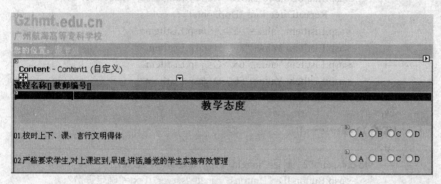

图 8-14　界面部分布局

2．源视图标记

将内容占位符标记的内容列出如下，为节省篇幅，对于项目列表只列出前两项的标记内容。

```
<asp:Content ID="Content1" ContentPlaceHolderID="ContentPlaceHolder1" Runat="Server">
    <table border="0" cellpadding="0" cellspacing="0" style="width: 100%;font-size: 10pt;
        background-color: #cccc99;">
    <tr>
        <td colspan="2" style="background-color: #ff8000">
            <b>课程名称[<%=KC %>| 教师编号[<%=BH %>]</b></td>
    </tr>
    <tr>
        <td align="left" colspan="2" style="height: 1px; background-color: black">
            <asp:Literal ID="Literal1" runat="server"></asp:Literal></td>
    </tr>
    <tr>
        <td style="background-color: #66ff33;" align="center" colspan="2">
            <h3 style="background-color: #66ff33">教学态度</h3>
        </td>
    </tr>
    <tr>
        <td style="width: 79%">
            01.按时上下、课，言行文明得体</td>
```

```
        <td style="width: 50%">
            <asp:RadioButtonList ID="RadioButtonList1" runat="server"
                RepeatDirection="Horizontal">
                <asp:ListItem Value="95">A</asp:ListItem>
                <asp:ListItem Value="80">B</asp:ListItem>
                <asp:ListItem Value="65">C</asp:ListItem>
                <asp:ListItem Value="50">D</asp:ListItem>
            </asp:RadioButtonList></td>
    </tr>
    <tr>
        <td style="width: 79%">
            02.严格要求学生,对上课迟到,早退,讲话,睡觉的学生实施有效管理</td>
        <td style="width: 50%">
            <asp:RadioButtonList ID="RadioButtonList2" runat="server"
                RepeatDirection="Horizontal">
            <asp:ListItem Value="95">A</asp:ListItem>
            <asp:ListItem Value="80">B</asp:ListItem>
            <asp:ListItem Value="65">C</asp:ListItem>
            <asp:ListItem Value="50">D</asp:ListItem>
        </asp:RadioButtonList></td>
    </tr>
    [省略 13 项………..]
    <tr>
        <td colspan="2" style="height: 19px; text-align: center;">
            <asp:Button ID="Button1" runat="server" Text="确定评分" />
        </td>
    </tr>
</table>
</asp:Content>
```

3. 运行效果

为更好理解界面布局和后面的事件过程，先将希望看到的运行结果描述如图 8-15 所示。

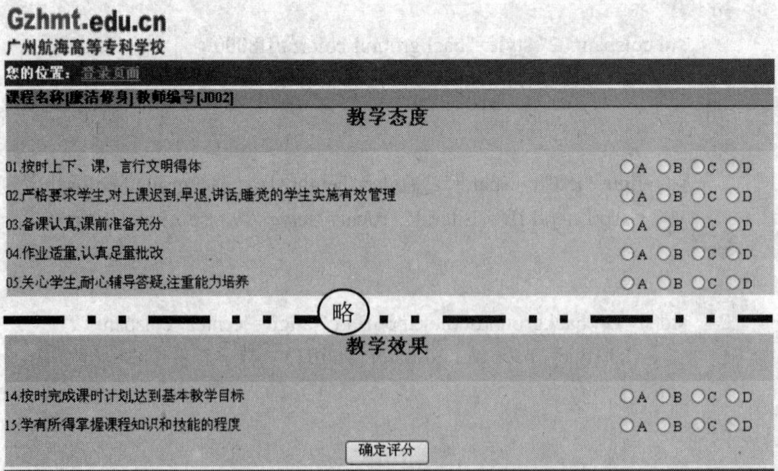

图 8-15　运行效果

4．事件过程

单击"确定评分"按钮时，需要判断是否有项目没有评分。为此，需要在按钮的 Click 事件中进行验证。事件过程代码如下：

```
1      Partial Class Front_pfxm
2          Inherits System.Web.UI.Page
3
4          Public KC As String
5          Public BH As String
6
7          Protected Sub Button1_Click(ByVal sender As Object, ByVal e As System.EventArgs)
                   Handles Button1.Click
8              Dim bol As Boolean = False
9              Dim ctl As New Control
10             For Each ctl In Page.Master.FindControl("ContentPlaceHolder1").Controls
11                 If ctl.ID.ToString.ToLower.IndexOf("radiobuttonlist") >= 0 Then
12                     If CType(ctl, RadioButtonList).SelectedIndex < 0 Then
13                         bol = True
14                         Exit For
15                     End If
16                 End If
17             Next
18
19             If bol = False Then
20                 Server.Transfer("save.aspx")
21             Else
22                 Literal1.Text = "<font color=white><H2>你还有项目未选择！请选择后再确定！
                       </h2></font>"
23             End If
24         End Sub
25
26         Protected Sub Page_Load(ByVal sender As Object, ByVal e As System.EventArgs) Handles Me.Load
27             KC = Request("KC")
28             BH = Request("BH")
29             If KC = "" Or BH = "" Then
30                 Response.Redirect("login.aspx")
31             End If
32         End Sub
33     End Class
```

代码说明：

行 4、行 5：定义两个页面全局变量，以便在页面的 Load 事件中保存网址参数值，定义为 Public 类型，使得代码视图中定义的变量可以在源视图作为代码插入到<%%>标记中使用。

行 10～17：通过列举循环，依次获取页面上每一个控件，如果获得控件的 ID 字符串转换为小写后包含"radiobuttonlist"，在本页中即为 RadioButtonList 控件。为判断是否被选择，需要将用类型转换函数 Ctype 转换为 RadioButtonList 控件，根据属性 SelectedIndex 可以判断是否其被选择。只要有一个没有选择，就将提示信息显示在页面上的 Literal1 控件中；如果全部选择，则将该页面上所有信息传送到 Save.aspx 页面，准备保存数据。

如果页面包含母版页，则本页面上所有控件都将是母版页中内容占位符控件的子控件，因此必须使用以下代码。

```
For Each ctl In Page.Master.FindControl("ContentPlaceHolder1").Controls
```

以列举每一个本页面的控件。

如果没有母版页的页面，则有以下 3 种情况。

（1）判断是否存在的控件，可使用以下代码：

```
If Page.FindControl("控件名") IsNot Nothing Then
End If
```

（2）如果是列举本页面所有控件，可使用以下代码：

```
For Each ctl In Page.Controls
Next
```

（3）如果是列举上一页面的控件，可使用以下代码：

```
For Each ctl In    Page.PreviousPage.Controls
Next
```

8.2.7　设计保存数据页面

项目评分页面提交信息后，在保存页面检测上一页所有的选择信息，并将结果保存到数据库。保存页面 Save.aspx 仅执行数据操作，不需要显示出来。保存完毕，重新定向到课程列表页面，以便继续对下一个教师进行评分。

本页面代码如下：

```
1      Imports System.Data.OleDb
2
3      Partial Class Front_Save
4          Inherits System.Web.UI.Page
5          Dim KC As String = ""
6          Dim BH As String = ""
7
8          Protected Sub Page_Load(ByVal sender As Object, ByVal e As System.EventArgs) Handles Me.Load
9              kc = Request("kc")
10             BH = Request("bh")
11
12             If kc = "" Or bh = "" Or Session("xh") = "" Then
13                 Response.Redirect("Login.aspx")
14             Else
15                 SaveData()
16             End If
17         End Sub
18
19         Sub SaveData()
20             Dim conn As New OleDbConnection
21
```

```
22        conn.ConnectionString = "provider=Microsoft.Jet.OLEDB.4.0;Data Source=" & _
              Server.MapPath("../app_data/hz_new.mdb")
23        conn.Open()
24        Dim sql As String
25        Dim datStr As String = "'" & BH & "','" & KC & "','" & Session("BJ") & _ "','"
              & Session("XH") & "'"
26
27        Dim ctl As New Control
28        For Each ctl In   _ Page.PreviousPage.Master.FindControl
              ("ContentPlaceHolder1").Controls
29            If ctl.ID.ToString.ToLower.IndexOf("radiobuttonlist") >= 0 Then
30                datStr = datStr & "," & CType(ctl, RadioButtonList).SelectedValue
31            End If
32        Next
33
34        sql = "INSERT INTO  教师得分统计表(" & _
35        " 教师编号,课程名称,授课班级,学号," & _
36        " Score1,Score2,Score3,Score4,Score5,Score6," & _
37        " Score7,Score8,Score9,Score10,Score11,Score12,Score13,Score14,Score15) " & _
38        " VALUES(" & datStr & ")"
39
40        Dim comm As New OleDbCommand(sql, conn)
41        comm.ExecuteNonQuery()
42        conn.Close()
43
44        Response.Redirect("kclb.aspx")
45    End Sub
46 End Class
```

代码说明：

行 8～17：读取网址参数，如果其值为空，表示不是由上一页提交的目标页；同时判断 Session("xh") 变量，确保是经过登录页面进入该页面，而不是通过直接输入网址及参数进入该页面。

行 19～42：获取上一页选择控件的值，组合成 SQL 语句并执行。行 28 中，PreviousPage 表示上一页，而上一页又是包含母版页，因此，使用以下代码：

PreviousPage.Master.FindControl("ContentPlaceHolder1").Controls

其余部分完成字符串连接及组合成 INSERT INTO 语句，最后执行该 SQL 语句。

行 44：执行保存动作后，返回课程列表页面，以便继续评分。

8.3 后台管理的实现

8.3.1 系统功能模块

后台管理也必须进行权限验证，验证通过才可以进入主操作面板进行功能模块选择操作。

权限验证过程及其实现与前台系统相似，不再进行分析，本节将省略验证步骤。后台管理系统的结构如图 8-16 所示。

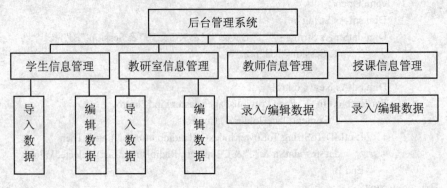

图 8-16　后台管理功能模块

数据录入或编辑功能可以有多种实现方式。本案例的"学生信息管理"和"教研室信息管理"功能模块中，采用从 Excel 文件中导入数据的方式，将数据保存到服务器数据库中；后两个功能模块中，使用直接录入和数据选择的方式实现。实际网站开发过程中，如果有大量的数据需要保存到数据库，如果采用录入一条记录即提交保存，这种方式录入效率非常低；导入方式是将数据暂时保存到 Excel 文件中，然后上传到服务器，在服务器中进行读取 Excel 文件数据，最后导入到数据库。

为了使页面具有统一的操作界面，这里也建立母版页，所有操作页面都使用母版页。由于前台数据采集和后台数据管理都在同一网站项目实现，将后台管理网页全部放置在 Back 文件夹中，以便于管理。当然，也可以建立独立的后台管理网站项目。

8.3.2　设计母版页

新建母版页，以默认文件名保存到 Back 文件夹，作为所有后台管理页面的母版。规划界面布局，界面设计如图 8-17 所示。删除默认内容占位符控件，插入 4 行两列表格，其中，第 2 行和第 4 行为装饰行，第 3 行左边插入导航 TreeView 控件，右边为内容页空间，共分为上、左、右和下 4 部分，调整合适的尺寸。

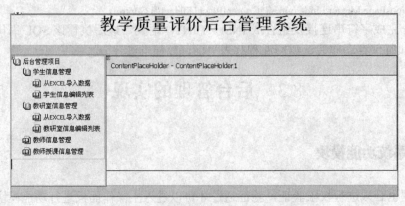

图 8-17　后台管理母版页界面布局

对于树导航控件 TreeView ，这里仅将其源视图中的标记属性列出如下：

```
<asp:TreeView ID="TreeView1" runat="server" ImageSet="WindowsHelp" Width="170px">
<Nodes>
<asp:TreeNode Text="后台管理项目" Value="0" NavigateUrl="～/Back/Start.aspx">
<asp:TreeNode Text="学生信息管理" Value="1" NavigateUrl="～/Back/Start.aspx">
<asp:TreeNode Text="从 EXCEL 导入数据" Value="2" NavigateUrl="～/Back/DateImport.aspx?T=1"/>
<asp:TreeNode NavigateUrl="～/Back/StdList.aspx" Text="学生信息编辑列表" Value="3" />
</asp:TreeNode>

<asp:TreeNode Text="教研室信息管理" Value="4" NavigateUrl="～/Back/Start.aspx">
<asp:TreeNode NavigateUrl="～/Back/DateImport.aspx?T=2" Text="从 EXCEL 导入数据" Value="5" />
<asp:TreeNode Text="教研室信息编辑列表" Value="6" NavigateUrl="～/Back/JsList.aspx" />
</asp:TreeNode>

<asp:TreeNode Text="教师信息管理" Value="7" NavigateUrl="～/Back/AddJs.aspx" />
<asp:TreeNode Text="教师授课信息管理" Value="8" NavigateUrl="～/Back/AddKc.aspx" />
</asp:TreeNode>
</Nodes>
<ParentNodeStyle Font-Bold="False" />
<HoverNodeStyle Font-Underline="True" ForeColor="#6666AA" />
<SelectedNodeStyle Font-Underline="False" HorizontalPadding="0px" VerticalPadding="0px"
    BackColor="#B5B5B5" />
<NodeStyle Font-Names="Tahoma" Font-Size="8pt" ForeColor="Black" HorizontalPadding="5px"
    NodeSpacing="0px" VerticalPadding="1px" />
</asp:TreeView>
```

以上 TreeView 节点属性使用"TreeView 节点编辑器"添加和设置。

8.3.3　设计学生信息管理页

学生信息一般有成千上万条记录，如果每录入一次即保存一次，页面在每次执行保存过程都要在客户端和服务器之间往返一次，造成数据录入效率的低下。一般的做法是批量录入或从已经编辑好的文件中导入。无论从何种文件中导入，文件都必须先上传到服务器中指定的文件夹中，然后执行服务器的动态网页实现导入数据操作。

　　　　实际网站中，存放上传文件的文件夹必须设置可读写属性，否则将出现没有权限上传的异常。

本案例客户端主目录下建立存放上传 Excel 文件的文件夹 XlsFile。利用 ADO.NET 对象，可以象读写 Access 数据库一样读写 Excel 文件。

1. 上传 Excel 文件到服务器

（1）界面布局。新建 Web 窗体，选择 Back 文件夹中的母版页，以 DateImport.aspx 文件名保存到 Back 文件夹中。添加文件上传控件到 Web 窗体，按图 8-18 设计界面。

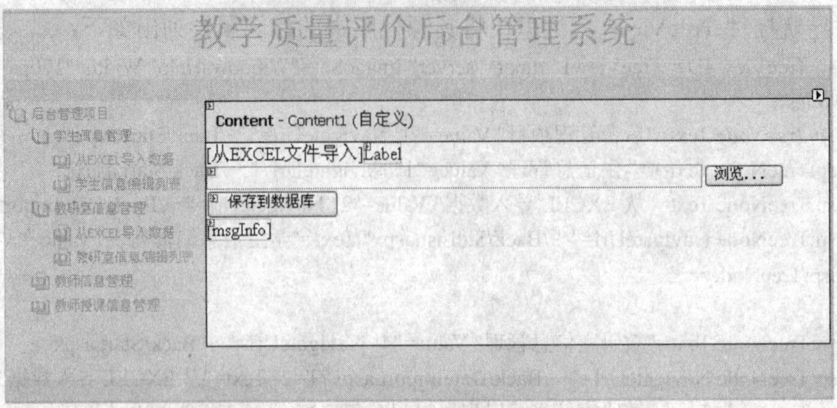

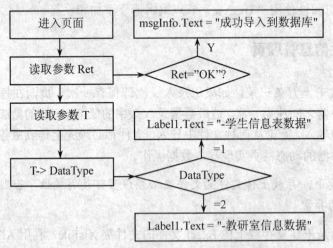

图 8-18　学生信息数据上传界面

为了更好理解该界面布局，将其源视图标记列举如下：

```
<asp:Content ID="Content1" ContentPlaceHolderID="ContentPlaceHolder1" Runat="Server">
    [从 EXCEL 文件导入]<asp:Label ID="Label1" runat="server" Text="Label"></asp:Label><br />
        <asp:FileUpload ID="FileUpload1" runat="server" Width="512px" /><br />
        <asp:Button ID="Button1" runat="server" Text="保存到数据库" /><br />
        <asp:Label ID="msgInfo" runat="server"></asp:Label>
</asp:Content>
```

（2）事件代码。由于学生信息管理和教研室信息管理模块采用相同的录入方式：从 Excel 文件中导入。因此，两个模块的页面代码可以共享，即在一个页面实现，不需要为每个页面编写同样的代码实现同一功能。运行时，可以通过传递网址参数来区分当前操作的功能，上传页面的流程图如图 8-19 所示。

图 8-19　上传页面的流程图

如果 Ret 参数值为 OK，说明从导入页面返回，这是在导入数据页面设置的网址参数。如果参数为 T，则单击导航树控件的节点链接进入的页面。在母版页中，树节点对应的链接包含着 T 这个网址参数：

```
<asp:TreeNode Text="从 Excel 导入数据" Value="2" NavigateUrl="~/Back/DateImport.aspx?T=1"/>
<asp:TreeNode NavigateUrl="~/Back/DateImport.aspx?T=2" Text="从 Excel 导入数据" Value="5" />
```

单击"保存到数据库"按钮时，执行的流程如图 8-20 所示。

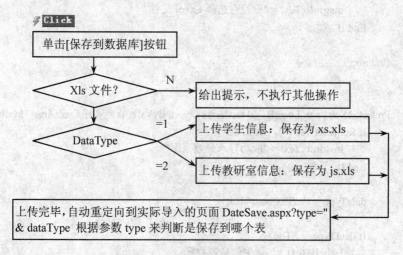

图 8-20　按钮事件过程示意

（3）本页的事件代码如下：

```
1    Imports System.IO
2    Partial Class Back_DateImport
3        Inherits System.Web.UI.Page
4        Dim dataType As Integer = 0
5        Protected Sub Button1_Click(ByVal sender As Object, ByVal e As System.EventArgs)
             Handles Button1.Click
6
7            Dim SavePath As String = Server.MapPath("~/xlsFile/")
8            If FileUpload1.HasFile Then
9                Dim sExt As String
10               sExt = Path.GetExtension(FileUpload1.FileName).ToLower()
11               Dim ExtString As String = ".xls"
12
13               If ExtString.IndexOf(sExt) >= 0 Then
14                   Try
15                       If dataType = 1 Then
16                           FileUpload1.SaveAs(SavePath & "xs.xls")
17                       ElseIf dataType = 2 Then
18                           FileUpload1.SaveAs(SavePath & "js.xls")
19                       End If
20
21                       Response.Redirect("DateSave.aspx?type=" & dataType)
22                   Catch ex As Exception
23                       msgInfo.Text = "无法上传文件"
24                   End Try
25               Else
26                   msgInfo.Text = "只能选择 xls 文件."
27               End If
```

```
28              Else
29                  msgInfo.Text = "你没有选择 Excel 文件."
30              End If
31
32          End Sub
33
34
35      Protected Sub Page_Load(ByVal sender As Object, ByVal e As System.EventArgs) Handles Me.Load
36          If Request("ret") = "OK" Then
37              msgInfo.Text = "成功导入到数据库"
38          End If
39
40          dataType = Val(Request("T"))
41
42          If dataType = 1 Then
43              Label1.Text = "-学生信息表数据"
44          ElseIf dataType = 2 Then
45              Label1.Text = "-教研室信息数据"
46          End If
47      End Sub
48  End Class
```

代码说明：

行 1：由于行 10 使用到了 Path 对象，必须声明 Path 对象所在的命名空间 System.IO。

 文件上传的内容已经在第 4 章 "Web 服务器控件" 中有详细介绍，结合图 8-19 和图 8-20，可以方便地理解代码。

 每次上传文件，都将自动覆盖存在的文件，保存为固定名称是便于在导入页面直接制定该文件名。

2．将 Excel 文件数据导入到 Access 数据库

（1）导入到数据库的数据，必须满足数据库中对应表的字段类型。

Excel 表格中第一行的列名最好和数据库中的字段名对应，以确保 Excel 表中的数据及类型与对应的 Access 数据库表的数据类型相同。

以要导入到 "学生信息表" 的数据为例，假设 Excel 文件中的格式和数据如表 8-7 所示。

表 8-7　学生信息表的数据

学生姓名	学号	所在系	班级名称
龚明	2007303136	轮机系	轮机 071
郑爱	2007303124	轮机系	轮机 071
俞小剑	2007303125	航海系	驾驶 071
钟玲	2007303126	航海系	驾驶 071
骆海平	2007303127	航海系	驾驶 071
梁凤语	2007303129	轮机系	轮机 071

（2）新建 Web 窗体，不需要选择母版页（本页不需要显示），以 DateSave.aspx 为文件名，保存到 Back 文件夹中。

（3）在 DateSave.aspx.vb 的代码视图中编写以下代码：

```
1      Imports System.Data.OleDb
2      Partial Class Back_DateSave
3          Inherits System.Web.UI.Page
4          Dim dataType As Integer
5          Protected Sub Page_Load(ByVal sender As Object, ByVal e As System.EventArgs) Handles
               Me.Load
6              dataType = Val(Request("type"))
7              Dim conn As New OleDbConnection
8              conn.ConnectionString = "provider=Microsoft.Jet.OLEDB.4.0;Data Source=" & _
                   Server.MapPath("../app_data/hz_new.mdb")
9              conn.Open()
10
11             Dim sql As String = ""
12             If dataType = 1 Then
13                 sql = "INSERT INTO  学生信息表(学生姓名,学号,所在系,班级名称) SELECT  学
                       生姓名,学号,所在系,班级名称  FROM [Excel 8.0;database=" &
                       Server.MapPath("../xlsFile/xs.xls") & "].[Sheet1$]"
14             ElseIf dataType = 2 Then
15                 sql = "INSERT INTO  教研室信息(系部名称,教研室名称,教研室编号) SELECT
                       系部名称,教研室名称,教研室编号  FROM [Excel 8.0;database=" &
                       Server.MapPath("../xlsFile/js.xls") & "].[Sheet1$]"
16             End If
17             Try
18                 Dim comm As New OleDbCommand(sql, conn)
19                 comm.ExecuteNonQuery()
20                 Response.Redirect("DateImport.aspx?ret=OK&T=" & dataType)
21             Catch ex As Exception
22                 Response.Write(ex.Message & "</br>" & sql)
23             End Try
24             conn.Close()
25         End Sub
26     End Class
```

代码说明：

以上代码的关键是如何选取 Excel 文件的数据。在行 13 和行 15 可以看到，SQL 中的 FROM 子句的内容为：

```
FROM [Excel 8.0;database=" & Server.MapPath("../xlsFile/js.xls") & "].[Sheet1$]"
```

表示插入到 Access 数据库中的数据来自 Excel 文件，FROM 后面子句的格式为：

[Excel + 版本代号;database=Excel 文件绝对路径].[Excel 文件的工作表名$]

工作表名后必须带$符号，前后两部分需要[]符号，并以点号"."分开。

> **提示** 如果仅仅要从 Excel 文件中，逐行读出表格行数据，则在建立好连接对象后，将其 ConnectionString 属性值设置为：
> conn.ConnectionString = "provider=Microsoft.Jet.OLEDB.4.0;Data Source=" & _
> Server.MapPath("../xlsFile /js.xls") & ";Extended Properties=Excel 8.0;"

与打开 Access 数据库的区别，在于连接字符传多了黑体字部分。调用 Conn.open ()后，其他读写操作与读写 Access 数据库完全一样。

3．使用数据控件实现数据编辑

导入数据后，需要提供其他编辑功能，如修改、删除等。以学生信息编辑为例，建立 StdList.aspx 页面，对数据库中已有的数据进行显示和编辑。本功能用数据控件 GridView 实现学生信息数据的显示和编辑，不需要编写代码。由于学生信息的数据量比较大，应提供分类及分页显示的功能。本例提供按班级显示的功能。

（1）界面布局。新建 Web 窗体，选择母版页，以 StdList.aspx 为文件名保存到 Back 文件夹中。添加 3 行 1 列表格到窗体，并添加 DropDownList 控件到表格第 1 行中。DropDownList 控件主要将"学生信息表"中班级名称选取出来，并且班级名称不重复。在 DropDownList 控件中选择班级名称后，在后面添加数据控件 GridView 中对应的班级信息数据。

（2）使 DropDownList 的数据项来自"班级信息表"的操作步骤。

1）使用 DropDownList 智能标记，单击"选择数据源.."，在数据源配置对话框中选择"新建数据源"。

2）在"选择数据源类型"对话框中选择 Access 数据库类型。

3）在"选择数据库"对话框中选择数据库文件。

4）在"配置 Select 语句"对话框中选择表名。

> **提示** 这里仅仅显示"班级名称"列，因此，应选择"学生信息表"，并选中"班级名称"列。

确定后，运行时将发现班级名称很多是重复的，原因是选择了每一条记录中的"班级名称"。为了显示唯一的班级名称，需要切换到源视图中，对自动添加的数据源控件标记进行修改。找到下面标记：

SelectCommand="SELECT [班级名称] FROM [学生信息表] "

修改为：

SelectCommand="SELECT [班级名称] FROM [学生信息表] GROUP BY [班级名称] "

即可按"班级名称"字段分组选择。

（3）在 DropDownList 控件中选择班级名称时，为了使 GridView 表格控件能按班级名称显示班级信息数据，可按以下步骤操作：

1）再窗体中添加 GridView 控件，按 DropDownList 配置数据源的步骤选择数据源。

2）在"配置 Select 语句"对话框中配置 WHERE 条件，如图 8-21 所示。

3）单击"添加"按钮后，为了使 GridView 控件可以执行编辑和删除操作，需要在"配置 Select 语句"对话框中单击"高级。。。"按钮，在弹出的"高级 SQL 生成选项"对话框将选择第一个选项。

4）设置其他属性，使 GridView 控件样式如图 8-22 所示。

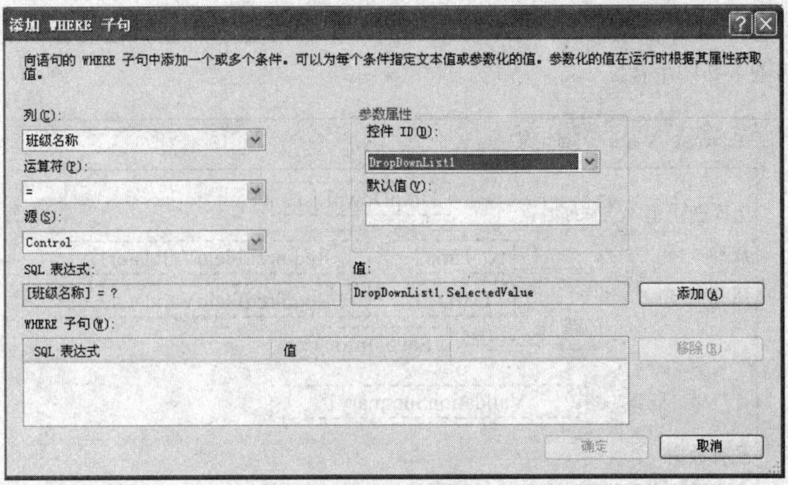

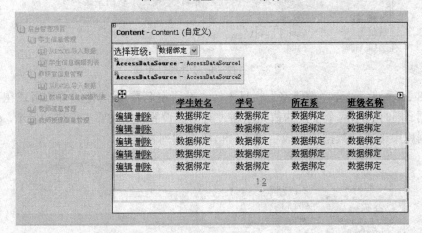

图 8-21　配置 WHERE 条件

图 8-22　界面布局

4．运行结果

程序运行结果如图 8-23 所示。

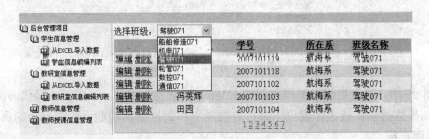

图 8-23　运行效果

8.3.4　设计教师信息管理页

教师信息的数据不会太多，可以用录入的方式进行录入，也可以使用导入的方式。对于显示或录入信息不多的管理页面，可以在录入页面中同时显示和编辑已经存在的数据。本页面的运行界面如图 8-24 所示。

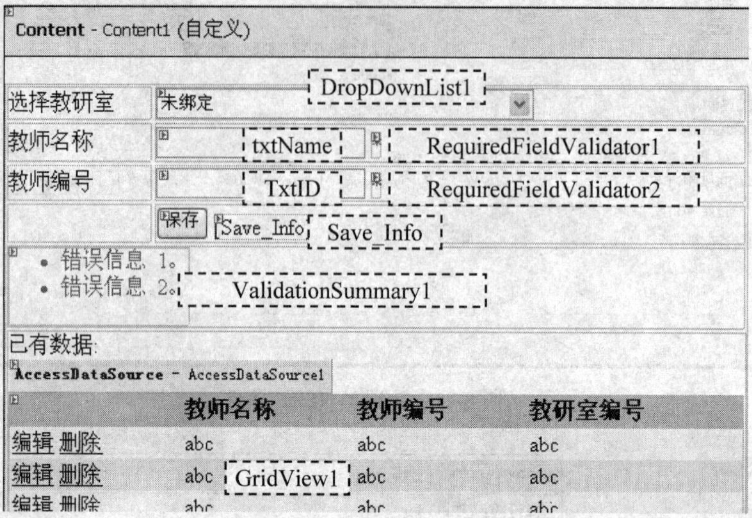

图 8-24　教师信息管理页布局

由图 8-25 可见，"选择教研室"栏目中按"教研室名称-教研室编号"格式在下拉列表框列出了数据。同时显示两个字段的值无法通过对话框设置，如果要实现这种显示，必须编写代码，将数据库中读出的数据连接成字符串，再填充到列表框中。

图 8-25　教师信息管理页

在图 8-25 中，数据显示和编辑使用 GridView 数据显示控件，不需要编写代码即可实现编辑功能。如果数据量比较大，建议单独将数据显示和数据编辑功能设计为单独的页面。

1. 界面布局

新建 Web 窗体，选择母版页，以文件名 AddJS.aspx 保存到 Back 文件夹。按图 8-24 布局界面。由于教师名称和教师编号是必须输入项，这里添加了验证控件对文本框输入信息进行验证。DropDownList1 控件的数据项使用编写代码填充数据，GridView1 控件设置编辑和删除功能，其连接的数据源控件 AccessDataSource1 必须配置"高级 SQL 生成选项目"，以便自动生成 INSERT、UPDATE 和 DELETE 语句。

2．事件过程代码

代码如下：

```
1    Imports System.Data.OleDb
2
3    Partial Class Back_AddJs
4        Inherits System.Web.UI.Page
5        Protected Sub Page_Load(ByVal sender As Object, ByVal e As System.EventArgs) Handles Me.Load
6            If Page.IsPostBack = False Then
7                SetDropDownList()
8            End If
9        End Sub
10
11       Sub SetDropDownList()
12           Dim conn As New OleDbConnection
13
14           conn.ConnectionString = "provider=Microsoft.Jet.OLEDB.4.0;Data Source=" &
                 Server.MapPath("../app_data/hz_new.mdb")
15           conn.Open()
16           Dim sql As String = "SELECT  教研室名称,教研室编号  FROM  教研室信息  GROUP
                 BY  教研室名称,教研室编号"
17           Dim comm As New OleDbCommand(sql, conn)
18           Dim dr As OleDbDataReader = comm.ExecuteReader
19           While dr.Read
20               DropDownList1.Items.Add(dr(0) & "-" & dr(1))
21           End While
22
23           conn.Close()
24       End Sub
25       Protected Sub Button1_Click(ByVal sender As Object, ByVal e As System.EventArgs)
                 Handles Button1.Click
26           Dim conn As New OleDbConnection
27
28           conn.ConnectionString = "provider=Microsoft.Jet.OLEDB.4.0;Data Source=" &
                 Server.MapPath("../app_data/hz_new.mdb")
29           conn.Open()
30
31           Dim sql As String = ""
32           Dim pos As Integer = DropDownList1.SelectedValue.IndexOf("-")
33           Dim BH As String = DropDownList1.SelectedValue.Substring(pos + 1)
34
35           sql = "INSERT INTO  教师信息表(教师名称,教师编号,教研室编号) VALUES('" &
                 txtName.Text & "','" & TxtID.Text & "','" & BH & "')"
36
37           Try
38               Dim comm As New OleDbCommand(sql, conn)
39               comm.ExecuteNonQuery()
```

```
40
41                Save_Info.Text = "本次保存成功"
42                txtName.Text = ""
43                TxtID.Text = ""
44            Catch ex As Exception
45                Save_Info.Text = (ex.Message & "</br>" & sql)
46            End Try
47
48            conn.Close()
49            GridView1.DataBind()
50        End Sub
51    End Class
```

代码说明：

本例的重点如何按照需要的格式，将数据库中读取的数据填充到数据控件。

行 6：初次打开页面时才需要读取数据。

行 16：GROUP BY 分组依据，选择按分组的唯一记录。注意，分组的目的是选择不重复的记录，SELECT 后面的字段要与 GROUP BY 后面字段一致（教研室信息表的记录都是不重复的，可以不需要分组子句）。

行 20：将读取的字段值按"教研室名称-教研室编号"格式在下拉列表框中显示。其中，dr(0)与 dr("教研室名称")作用相同，是读取字段值的两种方式，都可以使用。0 是 SELECT 后的第一个字段，1 是 SELECT 后的第二个字段，依此类推。

行 25~50：将选择和输入的数据保存到数据库。其中，行 41 保存成功后的提示；行 45 保存失败的提示；行 49 在保存后刷新显示 GridView1 的数据。

3．本例的修正

实际上，下拉列表框控件也可以使用数据源控件连接和选取数据。本例需要在下拉列表框取得的内容是编号，而编号不直观，需要提供对应的名称以供选择。因此，可以将其属性设置如下：

```
DataTextField="教研室名称"
DataValueField="教研室编号"
```

则在下拉列表框只直观显示名称，而对应的值为编号，省略了上述事件过程中 SetDropDownList 过程代码的编写。修正后的界面如图 8-26 所示。

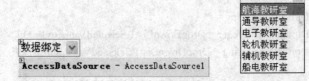

图 8-26　代替 SetDropDownList 过程的界面布局和运行结果

对应的标记如下：

```
<asp:DropDownList ID="DropDownList1" runat="server" DataSourceID="AccessDataSource1"
    DataTextField="教研室名称" DataValueField="教研室编号" />
<asp:AccessDataSource ID="AccessDataSource1" runat="server" DataFile="~/App_Data/hz_new.mdb"
```

SelectCommand="SELECT [教研室名称], [教研室编号] FROM [教研室信息]" />

保存时，将代码视图中的行 35 修改为：

sql = "INSERT INTO 教师信息表(教师名称,教师编号,教研室编号) VALUES('" & txtName.Text & "','" & TxtID.Text & "','" & **DropDownList1.SelectedValue** & "')"

8.3.5 设计授课信息管理页

授课信息管理页的主要功能，是将选择的授课教师、授课班级以及录入的授课课程信息保存到数据库"授课课程"表中，可以列出当前已经录入的授课信息，以避免重复录入。该页面内容的设计类似 8.3.4 节中介绍的方法。这里给出界面布局、源视图标记和所有事件代码，读者自行分析。运行界面如图 8-27 所示。

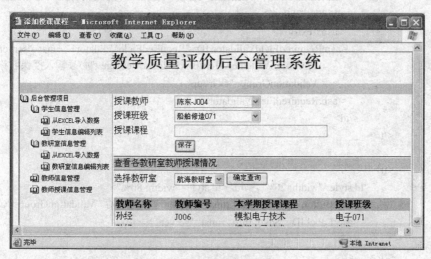

图 8-27 授课信息添加页

1. 界面布局

新建 Web 窗体，选择母版页，以文件名 AddKC.aspx 保存在 Back 文件夹中。在打开的窗体中，按图 8-28 所示界面布局添加控件，调整合适尺寸和样式，设置相应属性。

2. 源视图标记

切换到源视图，应该看到以下的标记（下面列出完整的源视图供参考）：

```
<%@ Page Language="VB" MasterPageFile="～/Back/MasterPage.master" AutoEventWireup="False"
    CodeFile="AddKc.aspx.vb" Inherits="AddKc" title="授课课程管理" %>
<asp:Content ID="Content1" ContentPlaceHolderID="ContentPlaceHolder1" Runat="Server">
    <table style="width: 100%">
        <tr>
            <td style="width: 20%">授课教师</td><td style="width: 80%">
                <asp:DropDownList ID="DropDownList1" runat="server" Width="160px" />
            </td>
        </tr>

        <tr>
            <td style="width: 20%">授课班级</td><td style="width: 80%">
```

```
            <asp:DropDownList ID="DropDownList2" runat="server"
                DataSourceID="AccessDataSource1"
                DataTextField="班级名称" DataValueField="班级名称" Width="160px" />
        <asp:AccessDataSource ID="AccessDataSource1" runat="server"
            DataFile="~/App_Data/hz_new.mdb"        SelectCommand="SELECT [班级名称] FROM
            [学生信息表] GROUP BY [班级名称]" />
    </td>
</tr>


<tr>
    <td style="width: 20%">授课课程</td>
    <td style="width: 80%">
        <asp:TextBox ID="TextBox1" runat="server" ValidationGroup="CGroup"
          Width="280px">
        </asp:TextBox>
        <asp:RequiredFieldValidator ID="RequiredFieldValidator1" runat="server"
            ControlToValidate="TextBox1" ErrorMessage="必须输入授课名称"
            ValidationGroup="CGroup">
        </asp:RequiredFieldValidator>
    </td>
</tr>


<tr>
    <td style="width: 20%"></td><td style="width: 80%">
        <asp:Button ID="Button1" runat="server" Text="保存" ValidationGroup="CGroup" />
        <asp:Label ID="Save_Info" runat="server"/>
    </td>
</tr>
<tr><td style="width: 20%"> </td><td style="width: 80%"> </td></tr>
<tr><td colspan="2" style="height: 1px; background-color: black"></td></tr>
<tr><td colspan="2" style="background-color: #cccc99">查看各教研室教师授课情况</td>
</tr><tr><td colspan="2" style="height: 1px; background-color: black"></td></tr>


<tr>
    <td style="width: 20%; height: 21px">选择教研室</td>
    <td style="width: 80%; height: 21px">
        <asp:DropDownList ID="DropDownList3" runat="server"
            DataSourceID="AccessDataSource2"
            DataTextField="教研室名称" DataValueField="教研室名称">
        </asp:DropDownList>
        <asp:Button ID="Button2" runat="server" Text="确定查询" />
        <asp:AccessDataSource ID="AccessDataSource2" runat="server"
            DataFile="~/App_Data/hz_new.mdb"
            SelectCommand="SELECT [教研室名称] FROM [教研室信息]">
        </asp:AccessDataSource>
    </td>
```

```
            </tr>

            <tr>
                <td colspan="2">
                    <asp:GridView ID="GridView1" runat="server" BackColor="LightGoldenrodYellow"
                        BorderColor="Tan" BorderWidth="1px" CellPadding="2" ForeColor="Black"
                    GridLines="None" Width="100%">
                        <FooterStyle BackColor="Tan" />
                        <SelectedRowStyle BackColor="DarkSlateBlue" ForeColor="GhostWhite" />
                        <PagerStyle BackColor="PaleGoldenrod" ForeColor="DarkSlateBlue"
                            HorizontalAlign="Center" />
                        <HeaderStyle BackColor="Tan" Font-Bold="True" />
                        <AlternatingRowStyle BackColor="PaleGoldenrod" />
                    </asp:GridView>
                </td>
            </tr>
        </table>
</asp:Content>
```

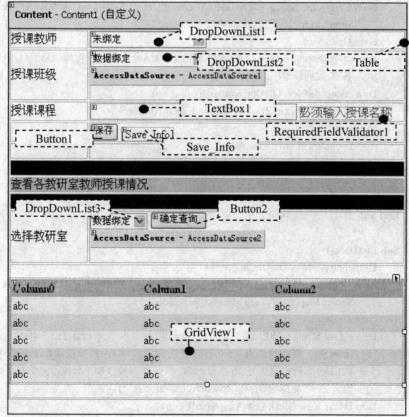

图 8-28 授课信息编辑界面布局

3．事件过程代码

在代码视图中编写以下代码，以实现要求的功能：

```
Imports System.Data
Imports System.Data.OleDb


Partial Class AddKc
    Inherits System.Web.UI.Page


    Protected Sub Page_Load(ByVal sender As Object, ByVal e As System.EventArgs) Handles Me.Load
        If Page.IsPostBack = False Then
            SetDropDownList()
        End If
    End Sub


    Sub SetDropDownList()
        DropDownList1.Items.Clear()
        Dim conn As New OleDbConnection

        conn.ConnectionString = "provider=Microsoft.Jet.OLEDB.4.0;Data Source=" &
            Server.MapPath("../app_data/hz_new.mdb")
        conn.Open()
        Dim sql As String = "SELECT 教师名称,教师编号 FROM 教师信息表 GROUP BY 教师
            名称,教师编号"
        Dim comm As New OleDbCommand(sql, conn)
        Dim dr As OleDbDataReader = comm.ExecuteReader
        While dr.Read
            DropDownList1.Items.Add(dr(0) & "-" & dr(1))
        End While


        conn.Close()
    End Sub


    Sub ListData()
        Dim conn As New OleDbConnection
        conn.ConnectionString = "provider=Microsoft.Jet.OLEDB.4.0;Data Source=" &
            Server.MapPath("../app_data/hz_new.mdb")
        conn.Open()
        Dim sql As String = "SELECT 教师信息表.教师名称,教师授课表.* FROM 教师信息表
            inner join 教师授课表 on 教师信息表.教师编号=教师授课表.教师编号 WHERE 教
            师信息表.教研室编号 in (SELECT 教研室编号 FROM 教研室信息 WHERE 教研
            室名称='" & DropDownList3.SelectedValue & "')"
        Dim Da As New OleDbDataAdapter(sql, conn)
        Dim ds As New DataSet

        Da.Fill(ds)
        GridView1.DataSource = ds.Tables(0).DefaultView
```

```vb
    GridView1.DataBind()
    conn.Close()
End Sub


Protected Sub Button1_Click(ByVal sender As Object, ByVal e As System.EventArgs) Handles
        Button1.Click
    Dim conn As New OleDbConnection

    conn.ConnectionString = "provider=Microsoft.Jet.OLEDB.4.0;Data Source=" &
        Server.MapPath("../app_data/hz_new.mdb")
    conn.Open()

    Dim sql As String = ""
    Dim pos As Integer = DropDownList1.SelectedValue.IndexOf("-")
    Dim BH As String = DropDownList1.SelectedValue.Substring(pos + 1)

    sql = "INSERT INTO  教师授课表(教师编号,本学期授课课程,授课班级) VALUES('" & BH
        & "','" & TextBox1.Text & "','" & DropDownList2.SelectedValue & "')"
    Try
        Dim comm As New OleDbCommand(sql, conn)
        comm.ExecuteNonQuery()

        Save_Info.Text = "本次保存成功"
    Catch ex As Exception
        Save_Info.Text = (ex.Message & "</br>" & sql)
    End Try
    conn.Close()
End Sub


Protected Sub Button2_Click(ByVal sender As Object, ByVal e As System.EventArgs) Handles
        Button2.Click
    ListData()
End Sub
End Class
```

8.4　网站发布

　　网站设计完成后，需要发布网站。整个项目的所有文件列表如图 8-29 所示（项目名称为 techSys），图 8-30 为实际保存位置的文件列表。

图 8-29　项目所有文件列表

图 8-30　物理位置文件目录

网站发布步骤如下：

1．菜单栏的选择

在菜单栏上选择"生成"→"发布网站"，如图 8-31 所示。

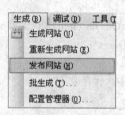

图 8-31　发布网站

2．发布的位置

在弹出的对话框中选择发布的位置，如图 8-32 所示。

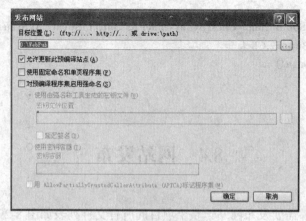

图 8-32　选择发布位置

3．完成发布

打开选择发布的文件夹，可以看到项目中生成的发布文件。将所有的发布文件复制到服务器 IIS 主目录下，即可完成网站的发布。

在 IIS 配置中，必须设置主启动文件，这里对学生前台操作的主文件是 Front 文
件夹中的 Login.aspx，参见图 8-33 和图 8-34。

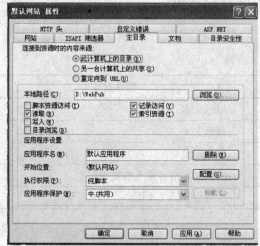

图 8-33 IIS 配置 1 指定主目录

图 8-34 IIS 配置 2 指定主页文档

8.5 本章小结

本章以实际案例介绍用 ASP.NET 开发网站项目的方法和步骤，以及 ASP.NET 中操作数据
库的方法与技巧，是对本书所有内容的一个综合演练。通过本章内容的学习，帮助读者掌握
ASP.NET 开发动态网页的技术。

本章涉及的内容包括网站整体设计、母版页制作、网站地图实验、数据库设计、数据控
件的使用、SQL 语句的综合应用。

附录 ASP.NET 工具箱 "标准" 选项卡
中的 Web 服务器控件

1．标签和文本框类控件

控件类型	控件描述
Label Web 服务器控件	显示文本
Literal Web 服务器控件	显示文本
HyperLink Web 服务器控件	建立超链接
TextBox Web 服务器控件	接受文本信息输入的文本框
HiddenField Web 服务器控件	隐藏数据的文本框

2．按钮类控件

控件类型	控件描述
Button Web 服务器控件	提交按钮
ImageButton Web 服务器控件	图像提交按钮
RadioButton Web 服务器控件	提供单一选项的控件
CheckBox Web 服务器控件	提供多项选择的控件

3．图像类控件

控件类型	控件描述
Image Web 服务器控件	图像显示
ImageMap Web 服务器控件	支持图像热点的服务器端控件

4．列表类控件

控件类型	控件描述
RadioButtonList Web 服务	单选按钮列表
CheckBoxList Web 服务器控	复选按钮列表
ListBox Web 服务器控件	列表控件
DropDownList Web 服务器控件	下拉列表控件
BulletedList Web 服务器控件	项目列表控件

5．容器类控件

控件类型	控件描述
MultiView 和 View Web 服务器控件	视图切换控件组
Panel Web 服务器控件	容器面板控件
PlaceHolder Web 服务器控件	占位符控件
Table、TableRow 和 TableCell Web 服务器控件	表格控件

6. 其他类控件

控件类型	控件描述
AdRotator Web 服务器控件	轮显控件
FileUpload Web 服务器控件	文件上传
Calendar Web 服务器控件	日历控件

参考文献

[1] 柳青，严健武. Visual Basic .NET 程序设计. 北京：人民邮电出版社，2008.

[2] （美）Scott Mitchell. ASP.NET 2.0 入门经典. 北京：人民邮电出版社，2007.

[3] 陈惠贞，陈俊荣. ASP.NET 程序设计. 北京：中国铁道出版社，2004.

[4] 刘瑞新，崔庆. Visual Basic .NET 程序设计. 北京：机械工业出版社，2006.

[5] 章立民. 用实例学 ASP.NET. 武汉：华中科技大学出版社，2002.